リ文庫

背信

ロバート・B・パーカー
菊池　光訳

早川書房
6315

BAD BUSINESS
by
Robert B. Parker

Translated by
Mitsu Kikuchi
Published 2008 in Japan by
HAYAKAWA PUBLISHING, INC.
This book is published in Japan by
arrangement with
THE HELEN BRANN AGENCY, INC.
through TUTTLE-MORI AGENCY, INC., TOKYO.

ジョウンに——おたがいうまくいってる

背信

登場人物

スペンサー	私立探偵
スーザン	スペンサーの恋人
ホーク	スペンサーの相棒
ヴィニイ・モリス	ガンマン。ホークの仲間
マーリーン・ロウリイ	スペンサーの依頼人
トレントン（トレント）	マーリーンの夫。キナージイ社の最高財務責任者
バーナード（バーニイ）・アイゼン	キナージイ社の最高業務責任者
エレン	バーナードの妻
スティーヴ・ギャヴィン	キナージイ社の警備部長
アデル・マッカリスター	同開発担当上級副社長
ボブ・クーパー	同最高経営責任者
ウイルマ	クーパーの妻
ダリン・オゥマーラ	ラジオのトーク・ショウ番組の司会者
リタ・フィオーレ	弁護士
エルマー・オニール ジェリイ・フランシス	私立探偵
クワーク	殺人課警部
ヒーリイ	州警察の警部
セシル	胸部外科医
マーティ・シーゲル	公認会計士

1

「あなた離婚関係の仕事は？」女が言った。

「やる」私が言った。

「腕はいいの？」

「いい」

「私は可能性には関心がない。推測も。法廷で通用する証拠が必要なの」

「それはおれと関係のないことだ。そのほうは証拠次第だ」

彼女は物静かに依頼人用の椅子に坐って、その点について考えていた。

「証拠をでっち上げるようなことはしない、と言ってるのね」

「そうだ」

「その必要はないわ。あの野郎は、丸一日ペニスをズボンに納めておくことができないのよ」

「外で食事をするのが多少不自由になるにちがいない」

彼女は私の言葉を無視した。私はそういうことに慣れている。主として面白半分に言っていることだ。

「私は常々、どんな男であれ、私のような女を裏切る者がいることを、人に信じてもらうのに苦労してるの。どう、私を見て」

「信じられない」

「弁護士は、あなたは費用がかかりすぎる、と言ってるわ。でも、たぶん、それだけの価値はありそうね」

「同じことがスーザン・シルヴァマンについても言える」

彼女は眉をひそめた。

「スーザン・シルヴァマンって、いったい誰なの？」

「おれの夢の女性だ」

彼女はまた眉をひそめた。そのうちに言った、「私をからかってるのね」

「性格なのだ」

「とにかく、私の性格じゃない。この仕事、欲しいの？」

「もちろん」

「弁護士は、あなたが使った費用の正確な明細報告を求めるわ」

「もちろん、そうだろう」私が言った。

彼女は旧式な感じの美人だ。いかにも女らしい。契約健康トレイナーやステアマスター以前の美人。私たちみんながまだはるかに若かった頃の《ライフ》誌に載るような女性。ウエストラインが詰まった白いポルカ・ドットのドレスに、白いポルカ・ドットのバンドが付いたものすごく大きな麦わら帽が似合いそうな女性。もちろん、実際には、ベージュのパンツスーツを着て大きな真珠の首飾りを着けている。赤みがかったブロンドの髪は長く、徹底的にスプレイしてあって、中世の宗教画に見る円光のように顔を囲んでいる。唇は心持ち薄く、目が小さい。私は、彼女を裏切った場合を想像してみた。

「私を代理しているのはフランプトン・アンド・キーズなの。あの法律事務所を知ってる？」

「知らない」

「あなたは、今後のビジネスはすべて彼らを通して行なうことになる。業務執行社員はランディ・フランプトンという人だわ」

「なぜ彼らにおれを雇わせなかったのだ」

「私は、自分の代わりに他人に判断してもらうことはしないの。自分であなたの目を直視したかったの」

私は首肯《うなず》いた。

「あなたは夫の写真を持っているのか？」私が言った。「疑わしき愛人たちの名前？　住所？　そのような事柄を？」

「それらすべてはランディからもらえるわ」

「それと、依頼料？」

「ランディがそれも処理してくれるわ」

「ランディは大したものだな。彼はあなたの名前もおれに教えてくれるのかな？」

「今はそれは内密にしておきたいの。これはとても微妙な状況なのよ」

私は微笑した。

「奥さん、いったんあなたの夫の名前を知ったら、おれがあなたの名前を調べ出すのにどれくらい時間がかかると思っているのだ？」

「私……」

私は太陽のように明るい穏やかな笑みを浮かべた。その太陽のように明るく穏やかな笑みで北極の氷冠を溶かすことができるのだ。彼女はひとたまりもなかった。

「マーリーン」彼女が言った。「マーリーン・ロウリイ。夫はトレントン・ロウリイ」

「はじめまして」私が言った。「おれの名前はスペンサーだ」

「もちろん、あなたの名前は知ってるわ。私がどうやってここに来たと思ってるの？」

「電話帳でハンサムの項を調べたのだと思っていた。そうしたら、おれの写真がそこに出ていた」

彼女は今朝ここに来て初めて微笑した。

「そうね」彼女が言った。「あなたは、荒っぽい感じでちょっとハンサムかもしれないわね」

「タフだ。しかし、神経こまやか」

「そうかもしれない。ランディと話し合ってくれる？」

「直ちに」私が言った。

2

フランプトン・アンド・キーズは、ベヴァリイの中心部の二階建ての建物の二階にある。大きな町がボストンの郊外でなく、分離した存在であった第二次大戦前に建てられた長さ一ブロックのビルの一つだ。ボストンの大きな法律事務所よりオープン・スペースが少ない。小さなオフィスが多いが、仕切りで区切られたこぢんまりした部屋ではない。狭い受付区域に長さ四フィートほどの快速帆船の模型がある。壁に船の絵がいくつも掛かっている。小さな読書台にのっている雑誌はすべてゴルフとヨット関連の物だった。

受付のデスクに、ゴルフやセーリングに献身的とは思えない小さなスエターを着た胸の大きい若い女性が坐っていた。入って行くと、私にうれしそうに微笑した。たいがいの男にうれしそうに微笑するのだろう。

「スペンサーという者だ」私が言った。「ランディ・フランプトンに会いたい」

「どういうご用件で？」

「ランディ（好色）が彼のファースト・ネイムなのか、彼を形容する言葉なのか、確かめたいのだ」

彼女は私を見て一分ほど眉をひそめていたが、間もなく大きな笑みを浮かべた。

「それはまちがいなく彼のファースト・ネイムです、ミスタ・スペンサー。それ以外にミスタ・フランプトンにお会いになりたいご用件は？」

「マーリーン・ロウリイに言われて来た、と伝えてもらいたい」

「承知しました」私に微笑した目が生き生きと輝いていた。

業務執行社員、ランディ・フランプトンは角部屋がオフィスになっていた。ランディはさして背が高くない。体重は身長と不釣合いだ。白髪まじりの髪は調髪の必要がある。濃紺のスーツはプレスが必要で、私が持っているスーツよりさほど高価ではない。黄色のシルク・タイを着けていて、白いブロードのシャツを着ており、カラーの片方の先端がややゆがんでいる。机の向こう側に坐っているので見えなかったが、靴は磨いてないにちがいない。

「すると、彼女はきみを雇うことにしたのだな」フランプトンが言った。

「雇わないわけがないだろう？」私が言った。

フランプトンが軽くため息をついた。

「マーリーンは時にとっぴなことをする」彼が言った。「彼女は、すべてこの事務所を通して行なわれる、と指示したのか？」

「した。しかし、彼女が本気で言ったのかどうか、確信がない」

フランプトンが愛想のいい笑みを見せた。

「その点はいかにも彼女らしい。しかし、私は本気で言っているのだ。きみと私は同じ側にいる必要がある」

「おれに対する支払いはあんたがやってくれる、という点はかなりはっきりしてたな」

「慎重に作成した経費明細を毎週提出してもらって、われわれが毎週支払う。調査が完了したら、最終的な請求書を提出してもらいたい。依頼料について相談しようか？」

私は自分の依頼料を告げた。彼が首を振った。

「失礼だが、それは論外だ」

「そうだろう」

「その点について、私たちはちょっと話し合う必要がある」

「だめだ」私が言った。

「話し合わない、と言うのか？」

「そうだ」

「それでは、残念ながら依頼はできない」

「オーケイ」私は立ち上がった。「あんたからマーリーンに言うか、それともおれが」

「そういうことか？」フランプトンが言った。「話し合いはしない？　なにもしない？」

「マーリーンは、仕事を依頼されて楽しい相手には見えない」

「楽しみが必要なのか？」

「楽しみ、あるいは金」

　フランプトンは、寄り掛かった椅子を回して、窓から外を見ていた。

「きみが私を抜き差しならない立場に追い込んでいるのは判っているな」彼が言った。

「判っている」

「私が、我々はきみを雇うのは反対だ、とマーリーンに言いたくないのは判っているな」

「判っている」

「契約書が必要か？」

「握手で結構だ」

「そんなことはばかげている。きみは契約書を作るべきだ」

「判っている。あんたの反応を見たかっただけだ」

　フランプトンは慎重に私を見ていた。

「きみはちょっと違うな」彼が言った。「そうだろう？」

　その質問に対する答えはすべて間が抜けているように思えたので、答えなかった。

「私たちが契約書の原稿を作成し、きみはそれを自分の弁護士に見せるがいい」

「オーケイ」

「今始めるつもりはあるかね？」

「もちろん」

「よろしい。きみはなにを知っているのだ」

「マーリーンは、夫が彼女を裏切っている証拠を入手してもらいたがっている」

「それ以外には？」

「ない」

「私からなにを聞きたいのだ？」

「彼女の夫の名前、住まいと勤め先の住所、彼の異なった写真を二、三枚、彼の車の詳細、ナンバー。それに、場合によっては、彼女の疑念に対するあんたの反応」

彼は、ファイルの引き出しに手を入れて大きなマニラ封筒を取り出し、私の前にぽんと放った。

「写真だ」彼が言った。「トレントン・ロウリイの。彼は四十七歳だ。彼とマーリーンはこのマンチェスターに住んでいる。住所はその封筒の中にある。勤め先の住所も。車を数台持っている。その種類は、私は知らない。ナンバーも知らない。彼の仕事先はウオルサムのトテン・ポンド・ロード沿いにある。キナージイという会社で、自分の社屋を持っている」

「キナージイ？」私が言った。

フランプトンが肩をすぼめた。

「どういう意味か、私はまったく知らない」

「彼らはなにをやっているのだ？」

「ある種のエネルギイ取引だ」

「ということは、発電所を運営している、ということではないな」私が言った。

「ちがう、ちがう。彼らは貿易業者——ブローカーだ。ここで電力を買い、あそこで売る」

「すごいな。議会とそっくりだ」

フランプトンがちらっと笑みを見せた。

「キナージイは非常に業績のいい会社だ」

「それで、彼はそこでなにをやっているのだ」

「彼は最高財務責任者だ」

「ミスタ・ロウリイは金持ちなのか？」

「そうだ。それに、たいへんな影響力の持ち主だ」

「こわーい。あんたたちは彼の代理人をも務めているのか？」

「とんでもない。当然ながら、我々は、離婚で双方の代理を務めることはできないが、たとえできたとしてもありえない。あの会社はコーン・オークス・アンド・ボールドウインを使っている。たぶん、彼自身の代理も務めているのだろう」

「おれの質問の最後の部分はどうなのだ？」

「私がどう思うか？」

私は首肯いた。

「トレントン・ロウリイは長年にわたって、望みのものはすべて手に入れてきた。彼は常に、マーリーンが望むものをすべて与えてきた」

「すると、彼は浮気をしている、と思うのか?」

「判らない。彼はそのつもりになればすると思う」

「マーリーンはなにか証拠をつかんでいるのか?」

「判らない。彼が浮気をしているのは判っている、と言っている。しかし、その非難の本質に触れるようなことは一切言わないのだ」

「彼女に多少なりとも本質的なものがあるのか?」

「この件に関して?」

「どのような場合でも」

フランプトンはゆっくりと首を振った。

「マーリーンは依頼人だ。弁護士が自分の依頼人の個人的な奇癖について語るのは妥当性を欠くことになる」

「驚いたな。誠実なのか?」

「人は思いがけないところで誠実を見出す。たまには法律事務所においてすら」

「おれは勇気づけられたよ」私が言った。

3

私はリタ・フィオーレを〈フェデラリスト〉での夕食に招いた。リタはコーン・オークスの刑事関係主任弁護士だ。しかし、私は、彼女がノーフォーク郡の地方検事補だった頃から知っていて、健康的、プラトニック的な形でお互いに好感を抱いている。

「愛の生活はどうなのだ」双方にマーティニが届くと、私が言った。

「忙しいわ」彼女が言った。「でも、いつもながらの質問——どうして世の中には馬の数より馬のけつのような愚か者が多いのだろう？」

「相変わらずミスタ・ぴったりを探しているのだな？」

「常に。去年はやっと捕まえたと思ったの。ノース・ショアの警察署長」

「しかし？」

「しかし、彼には前妻がいた」

「それで？」

「それで、彼は彼女を手放そうとしないのよ」

「仕方がないな」

「そうなの。その言葉がフィオーレ家のモットーになるかもしれないわ」

「それで、前ミスタ・ぴったりは？　何番目だったかな、五番目？」

「離婚が確定した」私を見てにやっと笑った。「彼も徹底的にやっつけてやったわ」

「もちろん、そうだろう。トレントン・ロウリイについてどんなことを知っている？」

「彼はキナージイの最高財務責任者だわ」

「彼について教えてくれ」

「依頼人について話すのは、倫理に反することになってるわ」

私は首肯いた。ウエイターがメニュを持ってきた。私たちは目を通して注文した。

「カクテルのお代わりをお持ちしましょうか？」彼が言った。

リタが彼を見上げて微笑した。

「お願いするわ」彼女が言った。

「こちらは？」

「彼も一杯いただくわ」リタが言った。

「承知いたしました」

ウエイターはメニュを手にしてリタに微笑し、立ち去った。

「我がウエイターはきみにぞっこん引かれている」私が言った。

「すごい。まともなウエイター」

「ことによると、彼はミスタ・ぴったりかもしれない」

「ありえないわ。一つには、ウエイターは私に贅の限りを尽くさせることはできない。第二に、かりに私にぞっこん引かれているとしたら、彼らはミスタ・不適である証拠だわ」

「ことによると、結婚するのを止めて、たんに人々と寝ることにするのがいいかもしれない」

「今それをやってるのよ。あなたを除いて」

「残念だな。トレントン・ロウリイはどうなのだ？」

「依頼人の秘密保持はどうなの？」

「何杯かのマーティニと夕食でどうだろう？」

ウエイターが私たちの二杯目のマーティニを持ってきた。リタは幸せそうに飲んだ。

「何杯かのマーティニとチリ産のスズキで私を買収できる、と思ってるの？」

「思ってる」

サラダが来た。リタはボストン・レタスの一切れを指でつまんで食べた。指で食べて優雅に見える女性で私が知っているのは、ほかにスーザンしかいない。

「なぜ彼について知りたがるの？」リタが言った。「どうして、たんに現場を押さえることですませないの？　その哀れな女性に話して、手数料を受け取り、いつでも離婚訴訟で証言できるようにしていればいいのよ」

「きみと夕食をする口実になるのだ、お嬢さん」

「まるで口実が必要なような言い方ね」

「おれは、自分が取り組んでいる状況について、ある程度の知識を得ておきたい。おれたちがそろそろまた一緒に夕食する時期だった。恰好の相乗作用であるように思えたのだ」

「あなたは知ることにとても熱心だわ」

「知は力だ」

リタはまたマーティニを一口飲んだ。青みを帯びた大きな目が心持ち和らいだ。飲むといつもそうなる。豊かな赤毛で、脚がすばらしく、ビル・ゲイツより頭がいい。

「私たちのところでは、一つの部署全体がキナージイの仕事をしている」リタが言った。「私、そこの主任の男、トム・クラークと話をしたの。仕事時間以外のロウリイについて知るべきことは何一つない、と彼が言ったわ。ロウリイは人より早くから仕事をはじめ、遅くまで仕事をしていて、トムの知っている限りでは、それ以外の生活はないそうだわ」

「おれにはミスタ・ぴったりであるようには聞こえないな」

「明らかにミセズ・ロウリイもそう思ってるようね」

私は肩をすぼめた。

「彼女は別れたいのかもしれない」私が言った。「しかし、彼女は全財産の半分を持って行きたいのだ」

「女性がそう願うのは無理もないわね。最後の離婚の場合、私は、もちろん、半分ですませるようなことはしなかったわ」

「マーリーンはそれほど経験を積んでいないのかもしれない」

「リタという名前の人が、マーリーンという名前を面白がっているのか？」

「マーリーン？」

「めったにそういう機会がないのよ」

サラダの皿が下げられた。アントレが来た。ウエイターがアイス・バケットからソーヴィニヨン・ブランのボトルを取って、試飲のためにリタに少し注いだ。リタが大丈夫だと言うと、私たち二人のグラスに注いだ。

「すると、彼は大いなる成功者なのだ」私が言った。

「もちろん、そうよ。キナージイは巨大な収益組織なの」

「たんにエネルギイのブローカーで？」

「そうなの。あなたが自分の配電系統の中で電力不足をきたした場合、彼らは、ほかの供給源から電力を手に入れてあなたに回し、莫大な金額を請求する。二年ほど前のカリフォルニアの電力不足の場合のように」

「そんなに簡単なのか？」

「多くのビジネスは、根底では簡単なのよ。判るでしょ。アメリカン航空がボストンであなたを乗せてロスに運ぶ。それがサーヴィスなの。複雑なのは、どうやって利益を挙げてそれをやるか、という点なの」

「彼らは市場を操作することができるのか」

「たぶん」

「どうなのだ?」

「たぶん。トムは依頼人の邪悪な点はほとんど目に入らないし、口にすることはさらに少ないのよ」

「彼は噂話をするのか?」

「私にはしないわ。依頼人についてはしない。彼は、ロウリイに関してはゴシップの種になるようなことは一切ない、と断言してるの」

「彼を信じるのか?」

「トムは会社人間なのよ。それに、業務執行社員になりたがってる。事務所が、跳べ、と言ったら、彼は、〈どれだけ高く?〉と言う」

「と言うことは、かりにロウリイが、跳べ、と言ったら……」

「どれだけ高く」リタが言った。「またセックスの話しない?」

「しない手はない」私が言った。

4

午前六時、心臓を始動させるために大きなカップでコーヒーを飲むと、マサチュセッツ高速道から出て、一二八号線を南へ、ウォルサムに向かった。キナージイ・ビルは一二八号線からちょっと入ったところにある。革新的な醜い建物だ。五種類の煉瓦を使った壁の表面仕上げに、黒いガラスと浮き模様の付いたコンクリートが入り混じったこれ見よがしの重層建築。まるでダース・ヴェイダーの別荘のようだ。

正面入り口の近くに、〈最高経営責任者《CEO》〉、〈最高業務責任者《COO》〉、〈最高財務責任者《CFO》〉と記した駐車スペースがある。来客用スペースに駐車して、出勤してきた時のトレントン・ロウリイの生の姿を見られるかどうか、待った。六時十分には位置について油断なく見張っていた。ぎりぎりで間に合った。六時十五分に、銀色のBMWのスポーツ・カーが〈最高財務責任者〉の駐車スペースに入って、ロウリイが降り立った。

彼は写真とそっくりだった。力強い顎、長めの波打った黒い髪。細い金縁に小さな丸いレンズが入っている眼鏡を掛けている。ぱりっとして清潔でプレスされた注文仕立ての褐色のサマー・スーツにピン・カラーの紺色のシャツ、淡い紺のタイを締めている。高級なコロンのにおいを放っているのはまずまちがいない。いちばん早い出勤者であるのを誇るようなきびきびした足取りで、まだ人気のないビルに入って行った。

〈朝の六時十五分に出勤するような男が、いったいどのような不倫を行なうのだろう？〉

ほかの社員全員が出勤するまでその場で粘ったが、ロウリイと情事を行なっている可能性のありそうな者は一人も見かけなかった。もちろん、そんなことを確認するのは困難であるのは認める。そのあいだにBMWのナンバーを書き控えた。それが終わると、まだ多少エネルギイが残っていたので、ボストンに帰り、ジムへ行った。

午後四時、元気を回復した筋肉と清い心で、電解質を補充するためにバドワイザーの大缶を飲むと、キナージイに戻ってロウリイが出てくるのを待った。彼が出てきた時には八時近くになっていた。こちらはサブ・サンドウイッチともう一杯のビールについて深く思いを巡らせていた。彼に付いて一二八号線を北に向かって二号線に出ると、二号線をケンブリッジへ行った。川沿いにハイアット・ホテルに行くと、ロウリイは道路から下りて、ホテルの裏の駐車ビルに車を乗り入れた。

車と二十ドルをドアマンに渡してロビイのエレベーター近くでぶらぶらしていると、ロウリイが入ってきた。一泊用の小さなバッグを持っていて、こちらには見向きもせずにエレベーターに向かった。ハイアットには二十階まで吹き抜けのポートマン・ロビイがあって、ガラス囲いのエレベーターで目当ての階に上り、各部屋のドアがロビイを見下ろす内部バルコニイに面している。彼は七階へ行って降り、左に折れてバルコニイの中途まで行き、ドアをノックした。ドアが開いて彼が入って行った。私は腕時計を見た。九時十分前で、ロウリイの夕方が始まったばかりだった。自分が年寄りになったような気がした。エレベーターで七階に上り、左へ、ロウリイがノックした十二番目のドアへ行った。七一七号室だった。番号を控えて階下に下りると、ロビイのエレベーターの近くで、鼻の大きい小男の向かいに腰を下ろした。小男は褐色のウインドブレーカーを着て新聞を読んでいた。真剣に新聞と取り組んでいた。読みながら、時折、微笑したり、眉をひそめたり、首を振ったりしていた。その一方で、私は、ホテルに入ってきてエレベーターを乗り降りする人々を真剣に観察していた。最初の一時間に、合格点に達する女性を三人見たが、一人はめったに見られない美人だった。スーザンを十点とすると、九点に相当した。カクテル・ラウンジからピアノの音が聞こえてくる。十一時十五分になると、エレベーターに乗り降りする人の数が減った。私は、オール親子野球チームについて考え始めた。鼻の大きな小男はようやく新聞を諦めて、音もなく口笛を吹いているようだった。〈聞こえない歌ははるかに甘い〉。一塁手をディック・シスラーにするところまでいった時、七一七号室のドアが開いて、トレントン・ロウリイが女性と出てきた。女性はショルダー・ストラップの付いた大きなバッグを持っていた。二人はエレベーターまで歩き、降りてきた。エレベーターから降りる彼女はなかなかの美人だった。短いブロンドの髪を掻き上げている。肢体は格好良く、脚がやや太めだが、失格と判定するまでにはいたらない。目にメーキャップを施し、口紅は真新しいようだ。それでも、表情に性交後の一種のたるみらしきものが見られるように思えた。法廷では通用しないかもしれないが、これまでにほかの場所で見ている表情だった。まちがいではない。二人は駐車ビルに通じる通路を私たちのほうへ歩いてきた。二人が通り過ぎるとすぐ、私は立ち上がって、車を受け取るべくドアマンのほうへ急いで行った。鼻の大きな小男が私のすぐ後に付いていた。ドアマンが車のキイを取りに行っている間に、私たちは顔を見合っていた。

「あんたは彼女を尾行しているな」私が言った。

彼がにやっと笑った。

「で、あんたは彼を尾行してる」

私はにやっと笑った。

「今度は、おれたちが入れ替わる」私が言った。

彼が首肯いた。

「あんたは彼女を家まで尾行し、おれは彼を家まで尾行する。そうすれば、我々は、誰が誰であるか判る」

「情報を共有するほうが簡単かもしれない」私が言った。

「いいや、これはきちんとやらなければならない」小男が言った。

小男がシャツのポケットから仕事用の名刺を出した。

「しかし、後でお互い話し合うことはできるかもしれない」名刺をよこした。「あんたがおれのナンバーを調べる手間が省ける」

彼の名刺を受け取り、自分の名刺を渡し、ロウリイが駐車ビルから出てくると、二人ともそれぞれの車に乗り込んだ。ロウリイに続いて車を走らせる時、小男が私に向かってぐっと親指を立て、ロウリイを追って走り去った。私も女性の後を追って車を走らせた。

5

小男の名前はエルマー・オニールで、内密の調査専門、と名刺に書いてあった。こちらも同様だ。翌朝、私がオフィスに入った直後にやって来た。

「コーヒー、あるかね？」彼が言った。

「今淹れようとしてるところだ」

「ありがたい」

私がコーヒーを測ってフィルター・バスケットに入れ、容器に水を入れて、コーヒーメイカーのスイッチを入れる間、彼は依頼人用の椅子の一つに坐って脚を組んでいた。

「あんたの名はスペンサー」彼が言った。

「そうだ」

「おれの名前は知ってるな」

「知ってる」

コーヒーメイカーが促すように音を立てた。私はコーヒー・マグを二つ、スプーンを二つ、砂糖とハーフ・アンド・ハーフの小さなカートンを出した。エルマーはオフィスを見回していた。

「仕事がうまくいってるにちがいない」彼が言った。

「オフィスがかくも優雅だからか？」

「いいや。ここは掃き溜めだ。しかし、場所がいい——かなりの家賃を払ってるにちがいない」

「掃き溜めは厳しい言い方に聞こえるな」

エルマーは手でハエを追い払うような身振りをした。

「おれがアーリントンにいるのはそのためだ。家賃がはるかに安いし、必要があればすぐさま街に入れる」

コーヒーができた。注いだ。

「おれの依頼人の名前はまだ判らないのか？」私が言った。

「彼はマンチェスターに住んでいる。それに、おれたちの話し合いが終わったら、登記所で彼のナンバーを調べることができる」

私は首肯いた。

「彼の名前はトレントン・ロウリイだ。ウオルサムのキナージイという会社の最高財務責任者だ」私が言った。

エルマーは、それが彼にとってなにか意味があるかのように首肯いた。コーヒー・カップを私の机の縁に置いて小さな手帳を取り出し、控えていた。

「あの女は誰だ？」私が言った。

「エレン・アイゼン。夫は同じところで働いている」

「キナージイ？」

「そうだ」

「それに、トレモント通りをちょっと入った新しい分譲マンションに住んでいる」

「それに、あんたは、おれが教えなかったら登記所で彼女のナンバーを調べるつもりでいた」

「いずれにしても調べるかもしれない」私が言った。

「なんだ。おれを信用しないのか？」

「彼があんたを雇ったのか？」

「そうだ。ロウリイの女房があんたを雇ったのか？」

「そうだ」

エルマーが椅子にちょっと寄り掛かると、前の脚が浮いた。彼は爪先で椅子をかすかに揺らしていた。

「とにかく、おれたちは、二人が一緒に寝ていることが判った」

「おれたちは、二人がホテルの一室で一緒に時間を過ごしたことが判っている」

「なんだ。純粋主義者か」

「あんたは、何事もきちんとやらなければならない、と言ったんじゃなかったのか？」

「それは、あんたを信用できるかどうか判らなかったからだ」

「なんと不親切な」私が言った。「おれの依頼人は、ホテルの部屋で一緒に時間を過ごした、というよりもっと具体的な証拠を求めるはずだ。彼女は、浮気をする馬鹿野郎が持っている物をすべて取り上げるつもりでいるのだ」

「おれのほうの男は、彼女が浮気をしているかどうかだけ、知りたがっている」エルマーが言った。

「彼の名前はアイゼンなのか？」

「そうだ、もちろん」

「女は、時には、結婚前の名前を使うことがある」

「それはばかげた話だ」エルマーが言った。「男の名前はバーナード・アイゼンだ。そのなんとかいう、キナージイという会社の最高業務責任者だ」

「世間は狭いな」私が言った。

「だから、おれたちは依頼人に話すべきだと思う」

「おれは、彼ら自身にもっと深く穴を掘らせたい」

彼はまたコーヒーを一口飲んだ。

「それは、あんたの依頼人がおれの依頼人より多くのことを求めているからだ」

「たしかにそうだ。しかし、あんたが依頼人に話したら、たぶん、おれは、自分の依頼人が求めるものを手に入れることができなくなるはずだ」

「しかし、おれの依頼人は、今おれに判っていることで満足する」

「倫理的ジレンマだ」私が言った。

エルマーがちょっと眉をひそめた。

「そういうことにはもうあまり出会わないな」彼が言った。「コーヒーまだあるか?」

もう一杯注いでやった。彼は、砂糖とハーフ・アンド・ハーフをたっぷり入れて、ゆっくり掻き回していた。

「それ以外に、もう一つ、ちょっとしたことがあるんだ」彼が言った。

「とにかく、カップ二杯のコーヒーで、おれはなにか得られるはずだ」

彼がにやっと笑った。

「ほかにも誰か、ミセズ・ロウリイを尾行しているようだ」

6

スーザンと私は、ケネバンクポートの海岸で石の桟橋に腰掛け、海を眺めながら枝編みのバスケットの弁当を食べていた。

「それで、私の理解するところでは」彼女が言った、「あなたは、ミセズ・ロウリイの依頼でミスタ・ロウリイを尾行し、ミセズ・アイゼンと秘密の情交を重ねているミスタ・ロウリイは、ミスタ・アイゼンに依頼されたエルマー・オニールに尾行されている」

「その通り」

スーザンはロブスター・クラブ・サンドウイッチを手にしていて、二枚のパンを開き、サンドウイッチの中身を別々に、ゆっくりと、ほんの少しずつ食べていた。

「それで、二人が密会した後、確認のためにミセズ・アイゼンを家まで尾行して行った……」

「新しいリッツへ」

彼女はサンドウイッチのベイコンを一切れ食べた。私はライト・ライのパストラミを一般的な方法で食べていた。

「それで、ミスタ・オニールは、ミスタ・ロウリイを家まで尾行して行った」

「そうだ」

「そして、ミセズ・ロウリイを監視している誰かと出会った」

「そうだ」

「なんと恐ろしい」スーザンが言った。

「恐ろしい？」

「私立探偵の一団。あなたは、ミスタ・ロウリイもミセズ・ロウリイの不倫現場を捕まえたがっている、と推測しているのね？」

「そうだ」

スーザンがレタスの葉を少し食べた。漁船が一艘、ポッポッポとエンジンの音を立てて私たちの前を河口に向かい、少年が舵を取っていた。大人が彼のそばに立っていた。私たちは彼らが通り過ぎるのを見ていた。

「正真正銘の間抜けどもの一団」スーザンが言った。

「すごい」私が言った、「きみたち精神科医は、独自の術語を持ってるんだな？」

「もちろんよ。あなたはその三人目の探偵の身元が判っているの？」

「いや。エルマーは車のナンバーを確認することができなかったのだ」

私はピクルスを食べて、下方の巨大な花崗岩のブロックに寄せる黒い水を眺めていた。

「もちろん、それらのことで、あなたが雇われた仕事は変わらないわね」

「もちろん」

「雇われた仕事を片付けて料金を受け取り、先へ進むことね」

「そうだ」

すぐ下の海水の動きに、さらに大きな、より大きな海の風景へ引かれて行くような気分を味わっているうちに、水平線のはるか彼方の大洋の、永遠に近い存在を感じ始めた。

「でも、あなたはそうしない」スーザンが言った。

「しない？」

「絶対に」

私たちはリースリングを二本持ってきていた。私は二人のグラスに白ワインをついだ。

「ワインのボトル、プラスティックのカップ、それにきみがいれば、あとはなにもいらない」私が言った。

「あなたは、ミスタ・ロウリイが、ミセズ・ロウリイを尾行させるために誰か雇ったか、もしそうだとしたら、なぜか、をなんとしても知らなければならない」

「おれが知りたがる？」

「そう」

「それはなぜだ？」

「あなたはそういう人だから。あなたは、なにかを手に取ったら、それがなにであるか、完全に知るまでは下に置くことができない。あなたの想像力がなんとしてもそれを手放さないし、あなたが望もうと望むまいと、必ずあらゆる角度からそれを眺めて、なにでできているのか知ろうとする」

「それに対する名前はあるのか？」

「私の職業では、性格判断と呼んでるわ」

「つまり、説明が付かない、ということだ」

「基本的にはそうなの」スーザンが言った。「手っ取り早く言えば、あなたはそういう人なのよ」

「まちがいないか？」

「ないわ」

「きみがおれのことを熟知しているから？」

スーザンが微笑した。「そう」

「それで……？」

彼女の笑みが広がった。

「私もそういう人間だから」

「そのために仕事における能力が優れている」

「私たち二人とも能力が優れている」スーザンが言った。「私たちは真実の猟犬なのよ」

「ウー、と唸るところだ」

私たちは、肩が触れ合ったまま陸を背にして坐って弁当を食べ、ワインを飲み、大洋の仮借ないキネーシスを感じていた。

「〈ホワイト・バーン〉まで歩いて帰って昼寝をしようか？」私が言った。「その後、プールで泳いでカクテルを飲み、夕食にするか？」

「〈昼寝〉というのは、もっと活動的なことの婉曲な表現なの？」

「その二つは両立しないわけではない」

「そうね」スーザンが言った。「でも、その二つが同時に起きないことが重要だわ」

そうはならなかった。

7

「取引の内容はこうだ」私がエルマーに言った。「あんたはエレン・アイゼンに付いていて、彼女がおれのほうの男と会ったら、おれに知らせ、おれは、ミセズ・ロウリイを監視しているのが誰か、調べてみる」

「誰がミセズ・ロウリイを監視しているか、どうして問題にするんだ？」

「性格判断に関係があるのだ」私が言った。

「もちろん、そうだろう。それでおれになにか入るのであれば、応じてもいい」

「おれはあんたに借りができる」

「かりに調べ出すことによってあんたになにがしかの金が入ったら、その半分はおれのものだ」

「もちろん」

「あんたを信用して大丈夫かな」エルマーが言った。

「もちろん」

彼はなにも言わないでしばらく私を見ていた。その小さな黒い目は心持ち楕円形で、オニールの遠い先祖は東洋人であったかもしれない、という印象を与える。そのうちに、彼が一人でゆっくり首肯いた。

「いいだろう」彼が言った。「あんたの言うことは信用できる」

「どうしてそうと判るのだ？」

「おれには判る」エルマーが言った。「絶えず連絡するよ」

彼が立ってドアへ歩いて行った。肩で風を切るような感じで歩いた。体がもっと大きかったら、もっと大きく肩を揺するにちがいない。名犬パール二世がオフィスのソファの上で起き上がり、前を通るエルマーをじっと見ていた。毛を逆立てるようなことはしなかったが、尻尾を振ることもしなかった。

「このくだらない犬はおれを嫌っている」彼が言った。

「用心深いだけだ。おれたちのところに来てまだ日が浅いのだ」

「彼はドーベルマンの一種なのか？」

「彼女はジャーマン・ショートヘアド・ポインターだ」

「おなじことだ」

私は歩いて行くとパールと並んでソファに坐り、私を舐めるためにパールが首を伸ばした。

「今がチャンスだ」私が言った。「逃げろ」

エルマーが無事脱出すると、エルマーがパールの気持ちを傷付けていないのを確かめるために、しばらく一緒に坐っていた。やがて、パールをスーザンの家に連れて行った。スーザンは一階で患者を診ていた。パールがスーザンの住まいである二階へ階段を駆け上って行った。ドアを開けると、スーザンの寝室に駆け込んでベッドに跳び上がり、枕の一つをくわえて激しい勢いで抑圧した。自尊心は健在のようだった。クッキイをやり、水があるのを確認すると、玄関の間のテイブルにスーザン宛のメモを置き、マンチェスターに向かった。

8

道路からかなり奥まった角地の、開拓時の木立がまったくない敷地にあるロウリイ家の屋敷は、ボストン北部のほかのいかなる屋敷に劣らず大きくて金がかかっており、醜い。設計者はたぶんポストモダンと言ったのだろう。過去の価値を犠牲にすることのない二十一世紀の外観、と主張したのだろう。私が見た感じでは、委員会によって組み立てられた家のようだった。ドーマー・ウインドウ、円柱、ニッチ、尖塔、ポーチ、丸窓と、私の収入のように不規則な輪郭の屋根がある。表の庭には花、やぶ、木立はない。最近刈った芝生が安っぽく単調な感じで広がっているだけで、その中をアスファルト舗装の車道が車庫の前の車回しへと延びている。家を建てた後、夫妻の資金が尽きた感じだ。全体が気持ちの高揚する白塗りだ。鎧戸が想像力に富んだ灰色だ。

私は、脇道の角を曲がり、道路の両側の日陰をつくっている樹々の間を通してロウリイ家の車道が見える辺りに駐車した。買ったばかりのジェリイ・マリガンとチェット・ベイカーのCDをかけた。ちょっとばかりチェットに合わせて歌った。〈みんなが愛の歌を書いてるが、おれのためではない……〉。次にリー・ワイリーとボビイ・ハケットをかけた。

午後四時半に銀色のレクサスSUVが道路を下ってきて車道に入った。車道の突き当たりに駐車し、淡いピンクのガーメント・バッグを持ったマーリーンが降りた。濃い栗色のシヴォレ・セダンがマーリーンと同じ方角から道路を下ってきて、私がいる脇道に入ってきた。運転者が通り過ぎながら慎重に私を見回していた。私はバックミラーで彼のナンバーを読み取って書き控えたが、人々はつねにその巧妙なやり方に感心する。彼は道路を五十ヤードほど行った辺りでUターンし、私の後ろに駐車した。

私たちはそのままでいた。私はディーン・マーティンを何曲か聞いた。以前から彼は私の声に似ている、と思っている。スーザンはいつも、似ていない、と言う。何羽かのムクドリがロウリイ家の表の芝生で餌を探しており、ほかにシジュウカラが二羽いた。ディーンの声を小さくしてカー・フォンでフランク・ベルソンにかけ、五分ほど殺人課であちこち回されたあげく、彼が出た。

「車のナンバーを調べてくれないか」私が言った。

「いいとも」彼が言った。「真の警察仕事をするチャンスは歓迎だ」

「登記所の連中に大きな顔をさせないほうがいいよ」番号を告げて切った。バックミラーで後ろの男がカー・フォンで話しているのが見えた。私は微笑した。もうすぐ、お互いに相手の名前を知るはずだ。またしばらくディーンを聞き、芝生で鳥たちが餌をあさっているのを眺めていると、ベルソンが電話してきた。

「車はテンプルトン・グループで登録されている、サマー通り、一〇〇番だ」

「会社の車だ」

「テンプルトン・グループという名前の男がその辺を歩き回っていない限り」

「なにをする会社か、知ってるのか？」

「お前が訊くだろうと思って、法執行官のみが知っているある特殊な調査方法を使ったのだ」

「電話帳を調べたんだ」

「そうだ。探偵社だ」

「もちろん、探偵社であるはずだ」

「お前はおれにマーティニ二杯とステーキの借りができた」ベルソンが言った。

「おれの付けにしておいてくれ」

「お前の付けは満杯だ」ベルソンが言い、電話を切った。

リタ・フィオーレに電話した。

「コーン・オークスは特定の探偵社を使ってるのか？」

「それだけ？」リタが言った。「〈ヘロー、セックスの象徴、コーン・オークスは誰を使ってるの〉じゃないのね」

「彼らは誰を使っているのだ？」

「私はあなたを使ってるわ」

「判っているが、例えば離婚事件とか企業犯罪の場合は誰だ？」

「冗談じゃないわ、私は刑事訴訟を担当してるのよ。ホワイト・カラーの間抜けどもが誰を使ってるか、知らないわ」

「訊くことはできる」

「そして、あなたに電話するの?」

「その通り、セックスの象徴」

リタが電話を切った。私は、一九三八年のカーネギイ・ホール・ジャズ・コンサートでのベニイ・グッドマンのCDをかけた。アヴァロンの中途辺りでリタが電話をかけてきた。

「ロートン社」彼女が言った。「ブロード通りにある大きな会社。彼らは非常に慎重に仕事をする、ということだわ」

「きみと違って」私が言った。

リタが笑って電話を切った。リタは笑い声がすばらしい。私はしばらくいろいろなことについて考えた。テンプルトン・グループを雇ったのが誰であれ、たぶん、コーン・オークスを通してはいないのだろう。だからといって、キナージイの誰かでないということにはならない。だが、誰かであるということにもならない。私は前々から、なにも教えてくれない手掛かりがいやでならない。しばらくたつと、考えるのにうんざりして、なにもしないでいるよりなにかすることにして車から降り、後ろの栗色のシヴォレへ歩いて行った。暖かい日だった。運転者は窓を開けていた。

「おれが誰か、もう判ったのか?」私が言った。

「電話がかかってくることになっている」運転者が言った。

私は胸のポケットから名刺を一枚出して彼に渡した。彼は、読んで首肯き、返してよこした。

「おれが誰か知っているか?」彼が言った。

「テンプルトン・グループの仕事をしているのは判っている」

「おれより素早い調査手段があるな」

「連絡先が有能なんだ」私が言った。「話し合わないか」

「そのほうがよさそうだな」彼が言い、助手席のほうに首を倒した。私は回って行って乗り込んだ。

「おれの名はフランシスだ」彼が言った。「ジェリイ・フランシス」

肩が張った角張った顔の男でラップアラウンド・サングラスを掛け、つばの広い麦わらのフェドラに紺のシルク・バンドを巻いている。

「誰を尾行してるんだ?」彼が言った。

「そっちから先に」私が言った。

彼は首を振った。

「許可を受けていない者と事件のいかなる部分についても話し合うのは、会社の方針に反するのだ」

「それに、許可を受けていない、という点ではおれは最高だ。その反面、あんたはマーリーン・ロウリイの二、三百ヤード後ろに付いて現われた。それが手掛かりになるかもしれんな」

フランシスが肩をすぼめた。

「おれはトレント・ロウリイをつけているんだ」

フランシスがにやっと笑った。

「なるほど、離婚事件だ」彼が言った。

「誰が先に誰を捕まえるか」

「それに勝者が財産の大半をもらう。あんたは彼女の仕事をしてるのか？」

「そうだ」私が言った、「彼を尾行している」

フランシスが軽い笑い声を発した。

「それで、あんたは、おれが誰の仕事をしているか、知ってるのか？」

「亭主だ」私が言った、「女房を尾行している。彼女の現場を捕まえたのか？」

「許可を受けていない者と事件のいかなる部分についても話し合うのは、会社の方針に反するのだ」

「もちろん、そうだ」

「これまでのところ、彼女が一緒にいるのをおれが捕まえた唯一の男は彼だ」

「彼女の夫？」

「そうだ。おれを雇った男だ」

フランシスはロウリイの家を見ていた。木立を通し、芝生の向こうでマーリーン・ロウリイが家から出てくるのが見えた。私は車から降りた。

フランシスがエンジンをかけた。

「仕事の時間だ」彼が言った。

私はドアを閉めた。

窓を通して私が言った、「一夕を楽しんでくれ」

「もちろん」彼が車のギヤを入れ、マーリーンが自宅の私道から出てくる通りの角に向かってゆっくりと下って行った。間もなく彼女が出てきて右折し、適当な間をおいてフランシスが彼女に付いて行った。

私は人気のない郊外の通りにしばらく立っていた。置き去りにされたような気がした。尾行する相手がいない。夏の虫の羽音が聞こえ、そのためにあらゆるものがいっそう静かな感じがする。しばらくその静けさに耳を傾けると、自分の車へ行ってエンジンをかけた。我が家に帰った。

9

翌朝、青い花柄の黄色いサマー・ドレスを着たマーリーン・ロウリイが私に会いに来た。背がまっすぐな椅子に坐って脚を組み、膝頭を見せてくれた。

「まだ彼を捕まえていないのね」彼女が言った。

「捕まえる、という言葉の意味による。コーヒー、飲みますか？」

「結構。なにが判ったの？」

「彼がべつの女性とホテルの部屋にいるところは見つけた」

「いつ？」

「月曜日の夜」

「それなのに、報告しなかったのね？」

「そうだ」

「なぜ？」

「あんたは、べつの女性とホテルの部屋にいるだけで充分だと思っているのか？」

「いいえ。私は証拠が欲しいの。あの野郎が油断している現場を捕まえたいの。彼女も。

あるいは、彼女たち。誰であれ、彼が一緒に寝てる女」

「ホテルの一室で一緒に三時間いるというのは、たぶん、離婚訴訟では充分だと思う」

「私はすべてを握りたいの」

「彼を辱めたいのだ」私が言った。

「もちろん、そうよ。あなた、想像できる？　できないわ。もちろん、できない。彼の間抜けな友人たちのために、私がどれくらいディナー・パーティを主催したか、あなたには想像も付かないわ。どうすれば気持ちのいい会話が維持できるか。自分が美しく見えるために、エステティック・サロンで何時間過ごしているか。その彼が私の目を盗んで浮気してる？　私を見て。私は美しいわ。信じられないくらい頭がいい。これまで彼にとって完璧な妻でいたわ。人々は私を好いてくれる。人々があの馬鹿野郎に好感を抱いているのは、私と結婚してるからだわ。私がいなかったら、彼はどこかで金物屋をやってるはずだわ。その彼が私を裏切る？」

「想像も付かないな」私が言った。

「その通りよ。だから、動かぬ証拠をつかむまで彼に付いていて。写真が必要だわ」

「写真」

「彼と、誰であれ、彼が寝てる女」

「行為中の写真」

「絶対に」

「台紙を付けて額に入れてもらうべきかな？」

「私をからかってるの？」

「そうではなさそうだ」

「私は結果を期待してる。それも、迅速に手に入ることを期待してる。それがあなたの手に負えないようだったら、やれる人間を誰か見つけるわ」

「そうしたらどうだ」私が言った。

「なんて？」

「この仕事をやらせる人間をほかに見つけたらどうか」

「とんでもない。困ったわ。そういう意味で言ったのではないのよ。時折、私は自分の考えをあまりにも明確に示すために、ぶっきらぼうに聞こえるかもしれない。私はあなたにやってもらいたいの。ほかの人間にやってもらいたくない。ご免なさい。あなたを怒らせるつもりはなかったのよ。ご免なさい」

私は手のひらを彼女に向けて両手を挙げた。もういい、という仕草をした。

「おれは怒っていない」

「礼金の額を上げてもいいわ」

「おれは最後の仕事で、ドーナッツを四つもらった。あんたの今の支払い基準で結構だ」

「後はどういうことになるの？」

「取り決めをしよう。おれはあんたのために、不倫を立証するに足る証拠を手に入れる。

あんたは、それがなにであって、どうやって手に入れるか、おれに指示するのを止める」

「あなたを怒らせるつもりはなかったのよ」

「怒ってはいない。ただ、内部志向的な傾向があるだけだ」

マーリーンは心持ち眉をひそめて、なにか考えているような表情を試みていた。

「とにかく」彼女が言った。「私たちはこのまま続けられるのね？」

「おれの条件で」

「もちろん、そうよ。それで結構だわ」

「よろしい。しばらくあんたの夫に付いて、ほかになにが浮かんでくるか、見てみよう」

「ありがとう」

「判ってる」

私たちはしばらく黙って坐っていた。彼女が椅子の上で心持ち位置を変えた。素足に黄色のスリング・バック・ヒールをはいている。脚が日焼けしていた。五月だ。人工的な日焼けだろう。

「私、ほんとにあなたが好きなの」彼女が言った。「ほんとに」

私は首肯いた。

「私を美人だと思わない？」

「思う」

「自分が大勢の男たちを怯えさせるのが判ってるの。判る……美人で教育があって金持ち。

男は威嚇されるような気がするの」

「おれはなんとか勇気を奮い起こそうとしている」

「あなたもほんとに好男子だと思うわ」

「ジムの連中がいつもおれにそう言っている」

「一人でいるのは容易なことではないの」彼女が言った。「ましてや、女の場合は。あなたを頼りにしてるわ」

「可愛いレイディ。安心して大丈夫だ」

「私を笑ってる？」

「一緒に」私が言った。「一緒に笑っているのだ」

10

というわけで、その日の午後遅く、トレントン・ロウリイの銀色のビーマー《BMW》がまっすぐ見通せる監視位置に戻っていた。本を二冊持ってきていた。サイモン・シャマの『レンブラントの目』は大きすぎて、車で監視している時以外は持ち歩くことができない。もう一冊は『ゲノム』というはるかに小さな本で、車なしでいる時の暇つぶし用だ。シャマの本は、坐って一気に読むのは不可能な本で、立ったまま読むことなど論外だ。ここ四、五年間、一度に二、三章ずつ読んでいる。『ゲノム』はまだ読み始めていない。

四時半頃になると、人々がキナージイのオフィスから帰り始めた。ビーマーは駐車したままになっている。私は本を読み続けた。六時に車のエンジンをかけて、ラジオのスイッチを入れた。ソックスがなんらかの理由で夕方早めのゲームをやっているが、たぶん、テレビ放送と関連があるのだろう。私はテレビには完全に満足しているが、以前から、野球は、究極的には、ラジオ放送向けに考えられたものだ、という気がしている。コマーシャルが多すぎて、隙間に試合の話を押し込むのに苦労している時はべつにして、試合そのもののペースがゆっくりしているので、アナウンサーは、その試合や選手たち、過去の試合や選手たちについて話をすることができる。七回になる頃には、車の内部照明をつけても本が読めないほど暗くなったので、『レンブラント』を置いて試合放送を聞いた。九時十五分には試合は終わった。完全に暗くなって、駐車場に残っているのは銀色のビーマーと私だけだった。

ロウリイはオフィスでエレン・アイゼンとセックスしているのだろうか？　彼は最高財務責任者なのでソファがあるにちがいない。カメラを持っていきなりオフィスに入って行き、〈やっぱり！〉と叫ぶことはできる。しかし、カメラを持っていないし、〈やっぱり！〉と叫ぶことに興味はない。いきなり入って行って〈やっぱり！〉と叫んだ時、彼が机についてマトリックス精算表に目を通していたら、恥ずかしいことこの上ない。しかも、カメラがないのだから、飛び込んでいった時にやれることと言えば、二人に指を一本向けて〈パチッ〉というくらいのものだ。

飛び込まないことにした。彼のオフィスの番号に電話した。四回鳴った後、彼のヴォイス・メールが応答した。十五分待ってまたかけた。今度もヴォイス・メールだ。彼が建物から出てきたとしたら、自分が見逃しているはずはまったくない。なにしろ、この種の仕事を、かくも長い年月、かくも巧みにこなしてきているのだから、見逃すはずがない。彼は、べつのドアからさっと出て行って、腕を広げて待っているエレン・アイゼンの胸に飛び込んだのだろうか？　今のこの瞬間、二人は、彼女のヴォルヴォ・ステイション・ワゴンの後ろの座席で狂ったように抱き合っているのだろうか？　あるいは、彼は、罪の意識に耐えられなくなって、スイス・アーミイ・ナイフで手首を切ったのだろうか？　暗闇の中で坐って、力付けてくれるように輝いている星を眺めながら、その点について考えた。彼がどこにいるのか、なんとしても知る必要がある。

車から降りて正面のガラス戸へ歩いて行き、ノックした。中の机についている警備員が小さな画面のテレビを見ていた。受話器を取り上げて私のほうを指差した。ドアの外側に受話器がある。取り上げた。

「どんなご用ですか？」警備員が言った。

「ここでトレント・ロウリイと会うことになっていたのだ」私が言った。「七時に」

「お名前は？」

「ジョニイ・ワイズミュラー」

「リストにお名前が載っていませんな、ミスタ・ワイズマン」

「社交的な用件だ」

「お役に立つ方法はないようですな」

彼は、テレビ番組〈ジェパディ〉の大当《ジャックポット》たり問題を見逃したくないのだ。

「彼のことが心配になり始めているのだ。彼の車はまだここにある」

「彼のオフィスに電話しましたか？」

「した。応えがない」

「おそくまで仕事をしている時は、ミスタ・ロウリイは邪魔されるのを好まないのです」

そんなやりとりが続き、そのうちに私が、警察に連絡する、と言った。

警備員は大きく溜息を吐いた。

「ここで待っていてください。調べさせます」

待った。彼は、私と話した受話器を掛けてべつのを取り上げ、ダイアルし、二言、三言話すと受話器を掛けて、目をテレビに戻した。私は待った。五分ほどたつと、警備員がまた受話器を取り上げ、聞き、とつぜん椅子に寄り掛かって私のほうを見た。次に、彼が首肯き、電話を切り、べつの番号にかけるのが見えた。見ていると、彼が待ち、二分ほど話して受話器を掛けた。次に、彼はインターコムの受話器を取り、私のほうの受話器を指差した。

「我々はまだミスタ・ロウリイを探しています。もう一度お名前を教えて頂けませんか？」

「ジョニイ・ワイズミュラー」と言って、ラスト・ネイムの綴りを教えてやった。綴りに自信がなかった。次に使う偽名はもっと簡単なものにしよう。レックス・バーカー、とか。

「すみませんが」男が言った。「もう少しそこでお待ちください」

「いいとも」私は受話器を掛けて、玄関の外側の壁に寄り掛かった。

なにか起きているし、なんなのか知りたかった。ほんの一分か二分たった時、車が誰もいない駐車場に入ってきて速度を落とし、私にライトを向けて後ろで停まった。ライトがまぶしくてよくは見えなかったが、警察のパトカーにちがいないと思った。両側から男が一人ずつ降りて、二人が開け放したドアの後ろに立った。強い光を通して見る二人はいかにも警官のようだ。警官だった。起きている何事かは私のようだった。

「車のほうへ来てください」警官の一人が言った。「両手を屋根に当てて」

そのようにした。助手席の側の警官が回ってきた。拳銃を抜き、脚の脇で地面に向けていた。私は両手を頭の後ろに当てて指を組んだ。

「彼は前にもやったことがあるんだ、フレディ」その警官が言った。

拳銃をホルスターに戻して、組み合わせた私の両手を左手でつかみ、身体検査をした。

「拳銃」私が言った。「右の腰」

彼はとにかく全身を探り、終わると拳銃をホルスターから抜いて組み合わせた私の手を放し、一歩離れた。私は体を起こした。

「なにか、身分証明は？」

「財布の中だ」

「出せ」警官が言った。

そばかすのある大きな若者で、巡査部長の階級章を付けていた。私は財布を出して探偵の免許証を抜き出し、渡した。彼は受け取ると、内容を読ませるために相棒に渡した。

「私立探偵だ」相棒が言った。

彼は相棒より背が低く、細面で髪の生え際が低い。

「それで、あんたの話を聞かせてくれ」最初の警官が言った。

パトカーがさらに二台駐車場に入ってきて、その後ろに、正体をはっきり示す長いホイップ・アンテナを付けた無標識のフォード・クラウン・ヴィックがいた。無標識は、たぶん、身分の象徴的意味合いが強いのだろう。クラウン・ヴィックから私服が二人降りて私たちのほうへやって来た。救急車が駐車場に入ってきて、その後ろに州警察のパトカーがいた。

キナージイでなにか大きなことが起きている。

「これがその男か？」私服の一人が言った。

「私立探偵だ、サル」そばかす面の警官が言った。

「聞き出せるだけ聞いておけ」サルが言った。「おれたちは出てきたら彼と話す」

警備員がガラス戸を開けていて、サルともう一人の刑事、制服四人と救急係がロビイに入り、エレベーターで上って行った。

「ロウリイになにが起きたのだ？」私が言った。

「なぜ、ロウリイになにか起きたのだと思うのだ？」ゲジゲジ眉が言った。

「でたらめな推測にすぎない」

「あんたの話を聞かせてくれ、ミスタ・スペンサー」

「まだだめだ」

私は首を振った。

「おれたちは今この場で手錠を掛けることができるんだぞ」ゲジゲジ眉が言った。「話は署で聞く」

「おれは逮捕されたのか？」

「まだだ」

「それなら、同行を断わる」

「合法的な命令を拒否するつもりか、おい？」

私はそばかすを見た。

「これはなんだ。いいお巡り、間抜けなお巡りの芝居か？　おれは、訊かれる理由についてある程度納得がいくまでは、誰にもなにも話すつもりはない」

そばかすが首肯いた。

「フレディ」彼が言った。「なにか役に立つものが見つかるか、建物の周辺を調べてくれ」

「彼はおれのことを間抜けと言ったのか？」フレディが言った。

「ちがう、ちがう」そばかすが言った。「彼はおれのことを言っていたんだ」

フレディはゆっくり首肯いて、なんでも言い訳が通じると思うな、とばかり、怖い顔で私を見た。パトカーから大きなマグライトを取り出して、建物の角を回って行った。

「おれたちが受けた通報によると」そばかすが言った、「七階に、不審な状況の下で死んだ男がいて、あんたは玄関で彼のことを訊いていた」

「不審な状況」私が言った。

そばかすが肩をすぼめた。

「うちの指令係はそういう物の言い方をするんだ」彼が言った。「これであんたはおれが知ってることを知った。なぜ、彼を捜していたんだ?」

「おれはある依頼人のために彼を尾行していた。彼が出てこないのでオフィスに電話した。応えがないので不思議に思い、玄関へ行った。警備員が調べに行った、おれが知っているのはそれだけだ」

「依頼人は誰だ?」

私は首を振った。

「あんたは、今の場合、特権はないのだよ」

「おれは、依頼人の弁護士の代理人だ。彼の特権はおれにも及ぶかもしれない」

「どうかな」そばかすが言った。「しかし、おれはまだロー・スクールの一年生だ」

「おれの言い分が通じるかもしれない」

「かもしれん」

私たちが話していると、べつの黒いクラウン・ヴィックが駐車場に入ってきた。マサチュセッツ州が公用車に付ける青いナンバーを付けていた。

「ああ、来たな」そばかすが言った。「州警察だ」

ドアが開いてヒーリイが降りた。

「こんばんは、警部」私が言った。

彼がしばらく私を見ていた。

「なんてこった」彼が言った。

「なんてこった、とは？」

「そうだ。お前がこの件に関わっている」

「それで？」

「となると、これはとんでもない事件だ、ということだ」

「あんたはおれの協力を歓迎するもの、と思っていたよ」

「淋病持ちのように」

「それは冷たい言い方だよ」

「そうだ」ヒーリイが私の横を通ってキナージイ・ビルのほうへ歩いて行った。

「警部を知ってるんだ」そばかすが言った。

「知ってる。おれたちは仲がいいんだ」

「それは見て判るな」そばかすが言った。

11

朝の五時半だった。ヒーリイと私は、二〇号線沿いの小さな食堂のカウンターで、分厚い白いマグでコーヒーを飲んでいた。私は、一晩中起きていてコーヒーを飲みすぎた時のような気分を味わっていた。煙草を止めていなかったら、コーヒーを飲みすぎ、煙草を吸いすぎてもっと気分が悪くなっていただろう。さして気慰みにはならない。しかし、人はなにかで間に合わせなくてはならない。

「狙いは正確だったのか?」私が言った。

「あるいは、幸運か」ヒーリイが言った。「あの三発のうちのどれでも充分だったはずだ。検死官は、死後三、四時間と考えている」

「とすると、夕方の六時か七時頃、ということになる」

「そうだ」

「その時間には、あのビルにまだ大勢の人がいたな」

「そうだ」

「容疑者の範囲が広がる」私が言った。

「そうだ。誰でもやれた。まだ仕事をしていた誰でも。営業時間に入って行ってずっと暇をつぶしていた誰でも」

「だから、基本的には、誰でも彼を撃つことができたわけだ」

「おれたちは、五時以後に仕事をしていた者全員の話を聞くことから始める」

「保安状況は？」

「入館記録は五時から始まる。玄関のデスクに守衛が一人、巡回係が一人、館内を回っている。おれたちは入館記録者全員を調べて、本人であることを確認している」

「なぜ、五時過ぎになるまで待って入館を記録するのだ」私が言った、「五時五分前に行けば、記録しなくても入れるのに」

「そんな者はいない」

「しかし、手順は手順だ」

「そうだ」

「おれが警察を辞めた理由だ」

「お前が警察を辞めたのは、命令無視の間抜けな張り切り屋で首になったからだ」

「まあ、そうだ。それもある」

カウンターの中の太ったブロンドの女性が私のマグにコーヒーを注ぎ足した。いらなかった。欲しくなかった。しかし、仕方がない。砂糖を少し入れて掻き回した。

「まだ人がいるオフィス・ビルの中で、三発撃ちながら誰にも聞かれないでいるのは簡単じゃない」私が言った。「今朝から徹底的に調べ始める」

「誰かが撃ったかどうか、まだ判っていない」ヒーリイが言った。

「しかし、銃声を通報した者は一人もいない」

「そうだ」

「その反面、いずれにしても、人々は銃声を通報しないものだ」

「通報するのは、はっきり銃声と判る地域だけだし、住人の半分は銃声を予期している」

「ここのような場所の連中は」私が言った。「バン、バンという音を聞いても、電動釘打ち機を持った誰かが、三階の男用トイレのなにかを修理している音と判って、間抜けに見られるのを恐れて、通報しない」

「ここにいる連中の大半にとって、間抜けに見られるのを恐れるのは、たぶん、手遅れだろう」

「なんと、警部。犯罪撲滅に長い年月携わっているために、あんたは皮肉になってるよ。どんな銃なのだ？」

「連中はまだ弾を取り出していない。穴を見たところでは九ミリだな」

「消音装置は？」

「まだ聞いていない。誰がやったにしろ、度胸のいい野郎だ。消音装置は、音を小さくするが完全に消すものでないのは、お前もおれも知っている。我が犯人は、さっと入ってきて目当ての男を撃ち、さっと出て行く。廊下に大勢の人がいるし、エレベーターに人が乗っている」

「たぶん、一分くらいですんだんじゃないか？」

「彼はほんの短い時間度胸が必要だったにすぎない」彼が言った。「しかし、その短時間、相当の度胸が必要だった」

私は、カウンターの向こうにいるウエイトレスを見ていた。丈の短い白いTシャツを着ていて、背骨の基部に入れ墨した青い蝶々が見えるまで下げたぴったりめのジーンズをはいている。

「それで、なぜ、その男を尾行していたのだ？」

私はコーヒーを飲んでなにも言わなかった。

「お前も」ヒーリイが言った、「おれも知っているが、お前が彼を尾行している理由は、殺人の動機を知る手掛かりを与えてくれるかもしれないのだ。捜査の方角を与えてくれるかもしれない」

私は首肯いた。

「どこにせよ、方角を示してくれるようなことをなにか知らないか？」

「知ってた試しがないだろう」私が言った。

ヒーリイの卵が来て、彼が少し食べた。

「彼の妻が、離婚の材料を手に入れるためにおれを雇ったのだ」

「手に入れたのか?」

「そう、彼は浮気をしているが、おれは写真がない」

「写真」

「そうだ。彼女はあくまで写真にこだわる。行為中の写真に」

「嫉妬している妻は、動機としては悪くないな」

エルマー・オニールのことは話さなかった。アイゼン夫妻のことも。妻を尾行するためにロウリイが雇った男について今話しても、今のところ自分に有利な点は何一つない、と判断した。なんと言っても彼女は依頼人であり、できる限り守ってやるべきであろう。後で話すことはいつでもできる。今のところは、黙っているほうが、この先なにかと引き替えにする有力な情報になる可能性がある。これまで、口を閉ざしていて抜き差しならないトラブルにはまりこんだことはない。

「ある程度はっきり言えることは」私が言った、「彼を殺したがったのが誰であれ、一刻も早く殺したがっていた、ということだ。さっと入って行って彼を撃ち、事故や自殺に見せかけるようなことは一切していない。彼らは手っ取り早くすませたかったのだ」

ヒーリイは、トーストの角を嚙みちぎってゆっくりと嚙み、のみこんだ。

「あるいは、連中はひどく腹を立てていて、そんなことは問題ではなかったのかもしれない」ヒーリイが言った。

「そうなると範囲が狭まるな」

ヒーリイが私を見てにやっと笑った。

「そうだな、激情による犯罪か、そうでないか、だ」

12

マーリーンと私は、家の脇のポーチに坐って、アイス・ティを飲み、表の芝生のなだらかな起伏を眺めながら、彼女の夫の死について話し合っていた。

「州警察の人から電話があったわ」マーリーンが言った。「警部」

「ヒーリイ」

「誰であれ」彼女が言った。「あなたはトレントの浮気の場面の写真を手に入れたの?」

「いや」

「私は写真が欲しい、と言ったはずよ」

私は首肯いた。

「女が誰か、判ったの?」

「もはや重要ではないと思うが?」

「もちろん、重要だわ。私はその情報のために金を払ってるのよ」

「女性の名前はエレン・アイゼン」

「驚いたわね、あのユダヤ人の間抜けな小女《こおんな》」

「巧みな表現だ」

「よしてよ。差別反対的なことを言わないで。彼女は実際にユダヤ人の間抜けな小女《こおんな》なのよ」

その話の持って行き場はどこにもないようなので、私は首肯いて話題を変えた。

「こんな結果になって、お気の毒に思っている」私が言った。

「私に同情しないで。私は強い。受け止められる。同情はいっさい必要ないわ」

「とにかく同情している」

「彼らは、私がやったと思うわ」

「彼らが思う？」

「もちろん、思うわ、彼らはつねに妻を疑うものだわ」

「殺人事件では」私が言った、「警察は手続きとしてあらゆる人を調べる。いずれあんたの無実を証明しますよ」

「友だちは私がやったと思うわ。まちがいなく思うわ。みんな大喜びで私を犯人に仕立てるわ」

「友だちはそのためにいるんじゃないのかな？」

彼女は無視した。

「友だちは、こういう立場の人間だから私だと思うし、警察は恐れをなして、ろくに捜査しないわ」

ヒーリイが彼女に恐れをなしている場面を想像して、思わず微笑したが、マーリーンは気付いていなかった。

「私が関わっていないことを実証するために、あなたが必要だわ」

「おれはそうは思わない。あんたは関わっていなかった、という一応筋の通った想定をもとにして考えると、警察は自力で事件を解決できる、と思う」

「あなたはまだ私に雇われてるのよ。私は、潔白であることを証明してもらいたいの」

「昨夜、どこにいたのだ」私が言った、「そう、六時から十時までの間」

「映画に行ったわ」

「どこの？」

「新しくできたリッツの近くの、あの新しい大きなシネコン」

「なにを観たのだ？」

「〈シカゴ〉。言っておくけど、こんな形で尋問されるのは気に入らないわ」

「潔白を実証するいちばん簡単な方法は、アリバイを持っていることだ」

「とにかく、映画館にいたわ。よく一人でボストンの映画館に行くのよ」

「誰か知っている人間を見かけなかったか？」

「いいえ」

「切符の半券を持っているか？」

「もちろん、持っていないわ、なぜ私が半券など持ってるの？」

私は黙っていた。

「まるで私がやったと思ってるようね」

「真相はこうであるべきだ、と前もって知っていたら」私が言った、「あんたが真相に到達する可能性はまずない」

「講義なんか止めて。さっさと仕事にかかるのよ」

「マーリーン。どうやらおれはあんたを、〈人生はあまりにも短い〉という見出しのファイルに入れざるを得ないような気がする」

「どういう意味？」

「おれはまた辞めることにする」

彼女は目を丸くして私を見ていた。

「あなたは辞められないわ」

「もちろん、辞められる」

私は立ち上がった。

「請求書はランディに送るよ」

彼女は泣き始めた。私はドアに向かった。泣き声が大きくなった。

「お願い」彼女が言った。

私はドアに達した。

「お願い」彼女がまた言った。

私は振り返った。彼女は、腹痛に襲われたかのように、椅子の上で体を折り曲げていた。顔を両手に埋めていた。

「お願い、行かないで」彼女が言った。「どうぞ、こんな状態で私を見捨てないで」

彼女に急所を突かれた。私はドアの取っ手に手を掛けたが、回す気になれないのは判っていた。大きく息を吸い込んだ。彼女は泣きじゃくっていた。

「オーケイ」私が言った。

「なんて?」

「オーケイ」

ドアに背を向けて椅子に戻り、腰を下ろした。辞めることに関しては、二打席ノー・ヒットだ。

13

スーザンと私は、午前をボストン美術館のゲインズボロ展の鑑賞で過ごした。その後、美術館のレストランへ昼食に行った。スーザンはサラダ。私はフルーツ・アンド・チーズにした。二人でピノ・グリジオを分け合った。

「彼女はそのヒステリ状態の芝居をしていたとは、私は思わない」スーザンが私に言った。

「簡単にできることじゃないわ」

「きみはやったことあるのか？」

「ない」

「たとえおれがセックスを申し入れても？」

「あれはほんとうのヒステリ状態だわ」

私は種なしブドウを一つ食べた。

「奇妙なことだが」私が言った。「彼女は夫の死についてはヒステリックにならなかったな」

「いずれにしても、二人は仲違いしてたわ」

「彼女が真っ先におれに訊いたのは、夫は自分を裏切っているか、おれは写真を手に入れたか、だった」

スーザンがボストン・レタスの葉を一口噛み取った。

「彼は裏切っていた？」

「そうだ。おれは、彼がある女性と一緒にホテルの一室で数時間過ごしているところを捕らえている」

「彼女に話した」

「そう。彼女はそのためにおれを雇ったのだ」

「そうかもしれない」

「そうかもしれない？」

「写真は？」スーザンが言った。

「ない。たぶん、おれは、彼女が望む写真を手に入れることはしなかったにちがいない」

「なぜなら？」

「なぜなら、彼女は真っ最中の写真を欲しがったからだ」

「で、あなたは、そのような写真を手に入れることを非常に不快に思った」

「そうだ」

「それで、彼女はなぜそんな写真を欲しがったの？」

スーザンはサラダのことを忘れていた。

「彼女は離婚法廷に入って行った時に、絶対に動かない証拠を持っていたいのだ」

スーザンがゆっくりと首肯いた。今は神経を集中したモードにある。そのような思考モードにある時の彼女は、脳波でものを発火させることができる。

「離婚は、そのような証拠がなくても認められることが多いわ」

「通常は」

スーザンはワインを一口飲んで黙っていた。彼女は、話し合いの最中になにか興味深いことに出会うと、そのように黙り込んでしまうことがよくある。彼女がその問題について考えているのが判っていた。私は待った。

「それは、その一部になる一つの方法なの」スーザンが言った。

「一部に……?」

「不義を働いている誰かの配偶者が排除されている。写真を見、情報を入手するのは、ある意味では、排除されないための手段、言ってみれば、アクションの一部になるための手段なの」

「知識は力、ということか?」私が言った。

「知識は参加。排除されないための手段。それに、たぶん、一種の復讐ね」

「カメラで捉えられると、彼は非常な屈辱を味わうから?」

「彼の秘密がすべてさらけ出される」

「彼女はそのためにおれを雇った、と思うか?」

「物事は決して一事ではない。つねにいくつかの真実が含まれている」

「だから」私が言った。「彼女は、離婚裁判で彼を徹底的にやっつけたがっていた。報復したかった。さらに、なにを望んだのだ……なにかほかのものを？」

「そうね。彼女は、秘密の性的関係の第三の参加者になる」

「だから、性的快楽を味わう」

「そう」

「観淫症？」

「そう、もちろんそうだと思う。セックスを観ることによって快感を味わうことを観淫症と定義するのであれば」

「そうなると、人口のかなり大きな部分が含まれるな」

「私、一度、誰かがホテルの壁の鏡で覗いているのをおぼえているような気がする」

「観淫症だ」

「だから、〈鏡の坊や〉、行動に名前を付けることは、必ずしも大した情報を加えることにはならないのよ」

「これは中間試験の範囲に入るのかな？」

スーザンが微笑した。

「いやね。私、ほんとに講義調になるわね」

「それも、すばらしく」

「彼女は容疑者の一人なの？」

「マーリーン？　彼女の夫の殺人で？　夫のガールフレンド、あるいは夫のガールフレンドの夫、あるいは、マーリーンが誰かと密会している場合の男の妻、あるいはマーリーンが誰かと密会している場合の相手の男」

「たいへんだ！」

「あるいは、連続輪姦。かもしれない」

「すると、潔白を立証するためにあなたを雇うのは、いささか時期尚早の感があるわね」

「問題は警察ではないのだ。彼女の友人連中だ」

「なんとすばらしいこと」スーザンが言った。

「きみは実際に、あれは観淫症的情報に対する、えー、継続的探究だ、と本気で思っているのか？」

「イエス」

「たとえ彼が死んでいても？」

「イエス。彼はそう簡単に彼女から逃れることはできないわ」

「彼女自身の情事についてはどう思う？」

「本当に存在するのであれば、報復的性交の一例だろうと思う」

「それはフロイト的表現なのか？」

「実際には、あなたに教わったのだと思う」

「きみが注意を払っていてくれたのが嬉しいよ」

「それで、もちろん、あなたは続けることに同意した」

「とにかく、給料はいいし、彼女は本当に泣いたのだ——おれは泣かれるのがいかに嫌いか、きみは知っている——それに、おれが外で見張っている間に彼女の夫を殺したのが誰か、いささか好奇心に駆られているのだ」

スーザンが微笑した。

「なんだ?」私が言った。

「たとえ給料が安くて、彼女が泣かなかったにしても」スーザンが言った。

「おれはたんに好奇心に駆られてやる、と思っているのか?」

「疑いの余地なく」

「きみたち精神科医は、なんでも知っている、と思ってる」

「私の考え、当たってる?」

「イエス」

14

ワシントン通りとトレモント通りの間、ボイルストン通りの角に近い辺りに、広報関係者が〈ラダー・ディストリクト〉と名付けたがっている区域がある。マーリーンが〈シカゴ〉を観たというシネコンが造られたのと同じ再開発計画の中で、二軒目のリッツ・カールトンが建てられている。そのホテルと同系統で最高級の分譲マンションの一群が建っており、その一軒の最上階に、たぶん、かつて考えられていたほど調和のとれていない雰囲気の中で、エレンとバーナード・アイゼンが住んでいる。エレンが私を待っていた。

先日の夜、トレントン・ロウリイとハイアット・ホテルを出てくる彼女を見た時、私は職業的な観点から、彼女を中級のスーパー美人と思った。しかし、朝の明るい陽光の下で彼女を見ると、彼女のスーパー度を最上級に格上げすることにした。栗色のぴっちりしたスエット・パンツをはいている脚は、前のやや太いという感じはまったくなかった。たんに力強さを感じるだけだ。

「リヴィング・ルームに行きましょう」彼女が言った。「ザ・コモンが見渡せるわ」

彼女について短い廊下を通り、床一面に絨毯を敷いた明るく広い部屋に入って行くと、実際にザ・コモンを見渡すことができた。さらに、パブリック・ガーデン。さらに、チャールズ川流域一帯。それに、ケンブリッジ。さらに、晴れ渡った日には無窮を見渡せるかもしれない。部屋はその景色を中心に組織されている。ベージュ色の大きなソファが窓に面しており、背当てが高く、袖の付いた褐色の革張りの大きな椅子が二つ、斜め向かいにあるのは、坐っている者が景色を見ながら、なおソファの者と話ができるよう配慮したものだ。その椅子の一つに、非常に深くくぼんだ、非常に大きな黒い目の男が、完全にくつろいだ様子で坐っていた。ほっそりした男で、グレイの短い顎髭を生やしている。髪はグレイで、残っている部分は波打っており、後ろが長くなっている。

エレン・アイゼンが紹介してくれた時、彼は楽々と椅子から立ち上がった。立つと、私より二インチほど高い。ということは、長身の男だ。名前はダリン・オゥマーラだ、とエレンが言った。私たちは握手をした。外見と動きは芝居がかった感じに近いにもかかわらず、握手は柔らかかった。くぼんだ目の視線は人を直視し、なんとなく安心感を与える。口をきいた時、私はかすかな軽い訛りを聞き取った。アイルランド系かもしれない。

「お会いできて嬉しい」彼が言った。

「私たちにどのようなご用かしら、ミスタ・スペンサー」エレンが言った。

オゥマーラがまた腰を下ろして楽な身のこなしで脚を組んだ。折り目を付けたばかりのスラックスはバタースコッチ色。ウイングティップのローファーはワインレッドだ。素足だった。糊の利いた白いシャツの襟元を開け、真鍮のボタンの付いた紺のブレイザーを着ている。自分の衣類は絶対にあれほどぴったり体に合ってはならない、と思った。セックスの申し出に圧倒されて、仕事をすることができなくなる。用心する、と自分に約した。

「話し合いたい、いささかデリケートな問題があるのです」私が言った。

「ダリンの前では自由に話していいわ」エレンが言った。

「あんたは彼女の弁護士なのか？」私がダリンに言った。

彼が穏やかな笑みを浮かべた。ことによると、どこかで彼を見たことがあるかもしれない、と思った。

「とんでもない」エレンが言った。「私は弁護士が大嫌いなの。ダリンは私の相談相手。この席に来るよう、私が頼んだの」

「これは金銭に関わることではないのだ」

「私は心の問題の相談相手なのだ」ダリンが軽い抑揚の付いた口調で言った。

その、心の問題、という一句で彼を思い出した。彼は地元の局で〈心の問題〉という番組を主催している。週三晩、七時から十二時までのラジオ電話参加番組だ。去年辺りから、地元の局の一つがそのラジオ・ショウをテレビで放送し始めている。

「ああ、そうだ」私が言った。「あのダリン・オゥマーラだ」

彼は指先を合わせて口に当て、控えめな微笑を浮かべていた。エレンが、まるで彼がった今、港の海面をぶらぶらと歩いて渡ってきでもしたような顔で彼を見ていた。

「先に話したように」私が彼女に言った、「私はトレントン・ロウリイの死を調査している」

「そう」

「ミスタ・ロウリイと知り合いでしたか？」

「そう。彼と夫は一緒に仕事してたの」

私はオゥマーラを見た。合わせた指先越しに私を見てにこやかな笑みを浮かべていた。

私はちょっと考えた。

「私はダリンに隠すべきことは何一つないわ」エレンが言った。

私は首肯いた。

「いいだろう」私が言った。「おれは、あんたとトレント・ロウリイが性的関係にあったのを知っている」

彼女は平静な表情で私を見つめていた。オゥマーラは相変わらず優しい目で私を見ていた。

「どうしてそのことを知ってるの？」エレンが言った。

「合理的な推測だ。おれは先週、彼を尾行してケンブリッジのハイアットへ行った。あんたと彼は七一七号室に一緒に三時間ほどいた」

「それで、あなたは、その事実にこの上なく毒々しい解釈を付することにした」

「そうだ」

彼女がオゥマーラを見た。

低い声で彼が言った、「真実を信じることだ、エリイ、覚えているか？」

彼女はしばらく彼の目をじっと見ていた。

「いかなる欺瞞も含まれていないわ」彼女が言った。「夫と私は自由結婚生活をしているの」

オゥマーラが誇らしそうな顔をした。

「それで、あんたの夫はそのことを知っている」私が言った。

「狭量なことを言わないで、あなたにまったく似つかわしくないわ」

「すると、彼は、あんたがトレント・ロウリイと時間を過ごすことに反対しなかった」

「そうよ。もちろんしなかったわ」

オゥマーラが深みのある穏やかな口調で言った。

「ミスタ・スペンサー、あなたは、貴婦人への騎士道的愛という古来の伝統をご存じかな？」

「愛が得られるのは、結婚の強制がない場合のみだ？」

オゥマーラは私が知っているとは思っていなかった。彼はあくまで自尊心の強い男なので瞬きはしなかったが、一瞬、間をおいたのはたしかだ。

「愛は、法あるいは因習によって命令されていない場合にのみ、真に与えられ、受け入れられるのだ」

「それもあるな」私が言った。

「私の仕事では、私は、騎士道的愛の伝統を現代の結婚に当てはめているのだ。べつの夫を選ぶ自由が与えられている場合にのみ、彼女は夫を選ぶ自由がある」

「大いに酔わせるな」私が言った。「誰かがトレント・ロウリイを撃ちたがる理由について、あんたはなにか心当たりはないか？」

「とんでもない」エレンが言った。

「いかに騎士道的愛に啓蒙されていても、あんたの夫は、嫉妬に満ちた弾をロウリイの頭に二、三発撃ち込みかねない、どうだろう？」

「下品なことを言わないで」

「彼が、あんたを尾行させるために、エルマー・オニールという男を雇ったのは事実だ」

私は、自分がなにを目指しているのか、考えはなかった。アリが出てくるか見るために、アリ塚をつついているにすぎない。

「失礼だけど？」

「エルマー・オニール、私立探偵。おれがロウリイを尾行し、ロウリイがあんたを尾行していて、おれたちはハイアットで出会ったのだ」

「そんなことはありえないわ。夫と私は、嫉妬という取るに足りない拘束からはるかに抜け出てるわ」

「それなら、彼はなぜあんたを尾行させているのだろう？」

彼女がオゥマーラを見た。彼が優しく首肯いた。

「どうやら」彼が言った、「エレンがあんたの申し立ての真実性について証言できないのは明らかだ」

「おれは彼女に証言を求めているのではない。夫がそういうことをすることについて、心当たりがあるか、訊いているのだ」

「言い逃れだ」オゥマーラが言った。「この会見はこれで終わったと思う」

「そうかな、ミセズ・アイゼン？」

彼女がまたオゥマーラを見た。彼がまた優しく首肯いた。

「そう。どうぞ、帰って」

オゥマーラがどうするか見るために、〈ノー〉と言いたい小学生的な衝動、無頓着な若者時代の痕跡にそそられた。しかし、それではなんら有益な結果は得られないので、快く首肯いた。

「時間を割いてくれてありがとう」私が言った。

「これからどうするつもり？」

「拒絶という取るに足りない拘束からはるかに抜け出るつもりだ」

15

私はバーニイ・アイゼンと話をするためにキナージイ社へ行った。受付デスクの警備員が私の名前を控えて電話をかけると、一、二分のうちに、髪が短く、縁なし眼鏡を掛けたピカピカの男が現われた。ブロンドがあまりにも強いので髪が白髪に近い。スーツとシャツは銀行員特有のグレイで銀色のネクタイを締めている。あらゆるものにアイロンがかかっていて糊付け、プレスされ、ぴったり身体に合っている。短い口髭は完璧に刈り込んである。ウイングティップの靴は磨き込んで光っている。爪にはマニキュアを施している。小さな目がレンズで拡大されている。

「ミスタ・スペンサー？　ギャヴィン、警備部長です」

彼が手を差し出した。握手した。彼の握り方は全体の感じとぴったり合っている。私は、怯えさせないために軽く握手した。

「私のオフィスにお入り頂けますか、ほんの二、三分間」

「もちろん」

〈スペンサー犯罪防止ルール第六条〉は、流れに従え、である。エレベーターでビルの最上階に行き、明るい廊下をギャヴィンのオフィスへ歩いて行った。表のオフィスに魅力的な秘書が三人おり、どれもスカートをはいて高級な香水のにおいをかすかに放っている。忙しそうだった。二人はコンピュータに向かい、一人は電話をかけていた。

私たちはギャヴィンのオフィスで腰を下ろした。ほとんど空に近い。机、背当ての直立した椅子三脚、ファイル・キャビネットが一つ。壁は全面白。写真は掛かっていない。床は黒っぽく磨き上げた硬材で敷物はない。ギャヴィンのデスクにのっているのはボタンがたくさん付いた白い大きな電話機だけだ。

「ぜひ理解して頂きたい」ギャヴィンが言った。「ちょうど今週ここで恐ろしい出来事があり、私たちは、ここの重役に会いに来た人をすべて、えー、審査しようとしているのです」

「当然ですな」

「なぜ、ミスタ・アイゼンに会いたい、と言ったのですか？」

「個人的な用件だ。おれがあんたに話すのをアイゼンが望むかどうか、いささか自信がない」

「まさか私を手こずらせるつもりでいるのではないでしょうな？」

「あんたがおれを怒らせない限り、その気はない」

「私はあなたを怒らせていますか？」

「まだ怒らせていない」

「たぶん、ミスタ・アイゼンに来てもらって、話を進める手助けをしてもらうのがいいかもしれない」

「結構」

ギャヴィンがインターコムで秘書の一人と話した。待っている間、私は部屋をさらに見回した。角部屋で二面に大きな窓がある。カーテンは掛かっていない。窓からの見晴らしがあまりよくないのはギャヴィンのせいではない。一つの窓から駐車場、もう一方からは一二八号線が見える。

「コーヒー？」待っている間にギャヴィンが言った。

私は、頂く、と言った。彼がまたインターコムでなにか言うと、間もなくキナージイの社章の入った大きなマグのコーヒーが運び込まれた。コーヒーを運んできた秘書は黒い髪が豊かで、脚の形が非常にいい。彼女は好奇心を抱いて私を見たような気がしたが、たんに、私の警備上の危険度を評価していただけかもしれない。脚の形のいい秘書と入れ替わりにアイゼンがギャヴィンのオフィスに入ってきた。〈バーンズ〉という文字の入ったマグで自分自身のコーヒーを持っていた。

「バーニイ・アイゼン」入ってくると彼が言った。

男っぽい簡単な握手をした。

「バーンズ、あんたと話し合いたいなにか個人的なことがある、とミスタ・スペンサーが言っている」ギャヴィンが言った。「最近の悲劇にかんがみ、三人で話すほうがいい、と考えたのだ」

「大いに結構だ、ギャヴ」バーニイが言った。

彼が私を見た。

「あまり失礼な訊き方をするつもりはないが」彼が言った、「あんたは誰なんだ？」

「探偵で、トレント・ロウリイの死の調査をしている」

「私はすでにヒーリイという刑事と話をしたよ」

「彼は州警だ。おれは私立だ」

バーニイは眉をひそめた。線の鋭い顔立ちをした背の低い男だ。黒い髪を後ろへべったり撫でつけている。黒い絹のスーツは、トカゲ革でつくった弾薬ベルトを含めても、私の持っている衣類全部より高価そうだ。ネクタイなしでグレイのシャツを着ていて、いかにもプロであると同時にくつろいだ感じを与えるのに成功しているが、たぶんそれが狙いなのだろう。専任トレイナーと一緒に定期的にトレイニングしている感じの男だった。

「誰に雇われた、と？」ギャヴィンが言った。

「あんたは知っていた」私がアイゼンに言った、「奥さんとロウリイの関係を」

「ちょっと待った」ギャヴィンが言った。

ぐっと歯を噛みしめていた。とつぜん、角張った顔になった。小さな目がますます小さくなった。アイゼンが一瞬にして同じ顔付きになった。

「あんたは知ってるはずだ」私が言った。「彼女を尾行させるためにその男を雇ったのだ」

「答えるな」ギャヴィンが言った。

私が言った、「どこかべつの場所で話すことをお望みか、ミスタ・アイゼン？」

「彼はそんなことは望まない」ギャヴィンが言った。「この話し合いは終わりだ」

「ミスタ・アイゼン？」私が言った。

「私はなにも言うことはない」アイゼンが言った。小柄な男としては精一杯タフな表情で私をにらんでいた。

「それに、私は、帰ってくれ、と言うほかはない」ギャヴィンが私に言った。

これ以上状況は好転しそうもない。ギャヴィンの両足をつかんで吊るし、クルー・カットの頭をしばらく床にぶっつけてやろうか、と考えたが、気ままな行動にすぎない、と判断した。

「ではよい日を」私は言い、向き直って部屋を出た。

16

スーザンと私は、ニューベリ通りの一連のしゃれた店で土曜日の午前中を過ごした。店員はみんな彼女を知っていて、ミセズ・シルヴァマンと呼ぶが、何軒かの非常に高級な店ではスーザンと呼んだ。二度、ペリエをすすめられたが、それ以外は無視された。そのほうがこちらもありがたい。店にどこか坐るところがあれば——たいがいの店にあるが——スーザンとショッピングするのは気にならなかった。衣類を手にしている彼女を見るのが好きだった。彼女が店員と意見のやりとりをするのを見ているのが好きだった。彼女が試着室から出てきてモデルのような恰好をするのが好きだった。彼女が私の好みを尊重している点が気に入っていた。私に一緒に来てもらいたがるのが嬉しかった。彼女が半裸の姿で試着室のドアへ私を呼んで相談すると、彼女は自分の物、という楽しみを味わった。実際には、たいがいの店で、私はキャット・ショウに出たイボイノシシ同様に場違いな存在であるのも、楽しみに水を差すことにはならなかった。

昼食に、私たちは改装されたリッツへ行った。本来のリッツで、アイゼン夫妻のマンションがある新しい場所ではない。きれいになって洗練され、近代化されているが、相変わらず窓からニューベリ通りが見渡せる。私たちは窓が張り出した席について、冷たい春の雨を眺めていた。

「その警備の人はなぜそんなに不快な態度を取ったのだと思う?」スーザンが言った。

「一部はたぶん――きみたち精神科医連中はなんと呼ぶのかな?――性格的なものだろう」

「精神科医連中」スーザンが言った。「ずいぶん丁寧な言い方ね」

「それ以外の部分は判らない。アイゼンがおれに答えるのを望まなかったのは明らかだった」

「彼は自宅か、どこかギャヴィンのいない所であなたと話すと思う?」

「アイゼンは、敗者でなく勝者になることに熱心であるように見え、口が軽いと船を沈められることについて、ギャヴィンから明確な講義を受けているのだと思う」

「だから、彼は喋らない?」

「たぶん、喋らない。彼がギャヴィンより恐れているものがない限り」

「ギャヴィンは本当にそんなに怖いの?」

「彼は危険な男のように見える。頑固で細心、意地が悪く、外見を整えるのに時間をかけすぎる」

「最後は必ずしも欠点とは限らないわ」

「おれたちがつい先程実証したように。しかし、きみは別だ。あの男は、毎朝閲兵用の特別訓練を受けたドリル・チームが組み立てた人間のように見えるのだ」

「多くの会社では、警備部長は中間管理職だわ」

「判っている。ダリン・オゥマーラという名の男のことを聞いたことがあるか？」

スーザンが笑った。

「例のラジオの男？」

「そうだ。職業的に、彼のことをどう思う？」

「ダリン・オゥマーラ？」スーザンがまた笑い、手の平をひらひらさせて適当な表現を探していた。「彼は……彼はトーク・ショウの司会者だわ」

「筋の通ったことを言ってるのか？」

「もちろん、そうじゃないわ。彼は見かけはいいし、いい声をしてて、ショウには人の気を引くタイトルが付いてる」

「〈心の問題〉」

「そう。それに、私、時折聞くのよ、私のあまり世慣れていない患者の何人かは彼の話を聞いているから」

「どうやら、きみは、騎士道的愛、という考え方には賛成でないように聞こえるが？」

「騎士道的愛というのは詩的な空想なのよ。それは判ってるわね」

「おれたちは結婚していない」

「それは真実だわ。それに、お互いに愛し合っていることも真実だわ。しかも、それは、プロヴァンスの詩のしきたりとはまったく無関係なことなのよ。私たちが結婚しなかったのは、二人に結婚では実現できない自律的な必要があるからだわ」

「驚いたな。強制されることなく、自由に愛し合うことができるためではなかったのだ」

「私たちは、結婚していようといまいと互いに愛し合っていることは、あなたは判っている。でも、たぶん、私たちは——愛に関する限り違いはないけど——結婚しないでいるほうが幸せだわ」

「すると、きみは不倫を推進する側の人間ではない」

「それは男女の間でもっとも破壊的な行動だわ」スーザンが言った。「こんなことはすべて、あなたは完全に判っている。私たち二人について私に喋らせるのを楽しんでいるだけだわ」

「そうだ」私が言った。

17

昼食後、スーザンは新しい衣類をいろいろ組み合わせてみるために家に帰り、私は、大きなビルの中の小さなオフィスであるテンプルトン・グループを訪ねるために、サマー通り一〇〇番へ行った。オフィスには机が二つ、依頼人用の椅子が一つと電話が一つある。ジェリイ・フランシスは机の一つに着いていた。もう一つの机には誰もいなかった。

「これまでに見た最大のグループじゃないな」入って行きながら私が言った。

フランシスは私を覚えていた。

「おい」彼が言った。「ここにはもう一人いるんだぞ」

「テンプルトン？」

「テンプルトンという名の者はいない。おれのパートナーの名前はベリニだ。おれたち、この住所ではテンプルトン・グループが響きがいい、と考えたんだ」

「何事も見かけ通りとはいかない」私が言った。「おれはちょっとばかり手助けを求めているのだ。私立探偵同士で」

「胸がいっぱいになり始めたよ」フランシスが言った。「どんなことだ？」

「マーリーン・ロウリイについてどんなことを知っているのだ？　あるいは、彼女の夫について？」

「会社の経営方針により……」フランシスが言った。

私は残りを彼と一緒に言った、「……許可を受けていない者と事件のいかなる部分についても話し合うことは禁止されている」

「覚えが早いな」

「そうだ。おれは、今の場合、合議的な話し合いを期待していたのだ」私が言った。「しかし、それは期待できないようだ。別の角度から話を切り出してみよう。あんたの依頼人は殺された。おれは捜査関係者にあんたの名前は出していない」

「それで、おれが会社の方針を厳守したら？」

「その時は警察があんたにいろいろと質問する」

「警察におれのことを密告するんだな」

「うまい表現だ」

「合議的話し合いはどうなったんだ？」フランシスが言った。

「時代遅れの考えだ。マーリーンとトレントについて話してくれ」

彼は室内では例の派手なサングラスを掛けておらず、そのために目がなにか弱々しい感じになっている。椅子に寄り掛かって両脚を机にのせ、頭の後ろで両手を組んだ。

「いい名前だ」彼が言った。「マーリーンとトレント。二人ともエリートになるために生まれてきた感じだ」

「彼らの運命を実現しているにすぎない」

「というわけで、そのトレント・ロウリイがおれたちに会いに来て、妻が浮気をしていると思うので、尾行してもらいたい、と言う」

「なぜあんたの所に来たか、言ったか？」

「言わなかったし、おれたちは訊かなかった」

「前払いの現金が充分な信用証明になった」

「そうだ。そこで、マリオ――おれの相棒のベリニ――が、離婚のための証拠を探しているのか、と彼に訊いた。判るだろう？　彼女が誰かべつの男と一緒にいるのを見つけるのも仕事。裁判沙汰になったら話はべつだ」

私は首肯いた。

「彼は、彼女が会う人間全員について知りたい、と言った。男、女、全員。おれは内心思った、彼女は何者だ、機会均等的浮気者なのか？　しかし、おれはなにも言わなかった、有望な依頼人に勝手なことを言えるほど商売の景気はよくない、判るだろう？」

「オフィスの場所を格下げしたほうがいいかもしれんな」

「客に好印象を与える」

「それで、彼女を尾行した」私が言った。

「そうだ、二交代、一日十六時間。マリオが一方を取って、もう一方をおれがやる。おれたちは、彼女は少なくとも八時間寝る必要があるはずだ、と考えた」

「三人目の相棒を入れればいい」私が言った。「そうすれば、二十四時間サーヴィスを提供できる」

「そうすれば、あの目をマークに使えるな、知ってるだろう、〈我々は不眠で仕事をする〉?」

「あれは誰かがすでに使ったと思う。なにを観察したのだ?」

「観察? ずいぶん凝った物の言い方だな」

「知り合いに博士号を持った女性がいるのだ」

「いい女か?」

「ああ。なにを見た?」

「マーリーンはさして充実した生活がない。週に二回ほどマーケットへ行く。毎週水曜日に美容院に行く。週に三回、契約トレイナーが来る。金曜日の夜はハーヴァード広場の近くの劇場へ芝居を観に行った」

「アメリカン・レパートリイ劇場だ」私が言った。

「なんであれ。問題は、彼女が一人で行ったことだ。あらゆる所に一人で行く。おれたちが尾行していた間、おれは、トレイナー以外誰ともいたところを見ていないし、マリオも見ていないと言う」

「トレイナーは男か、女か?」

「男だ」

「名前は判っているのか？」

「もちろん、車のナンバーをたどった。名前はマーク・シルヴァー。グロースターに住んでいる」

「彼女は夫と出かけることはあるのか？」

「おれはあの時以外、一度も見ていない。ことによると、おれたちの監視が終わった後、夜の十一時過ぎに帰っているのかもしれない」

「週末は？」

「一度も見たことがない」

「すると、あんたたちは、報告するために彼の勤め先に電話する」

「いいや。彼が電話をかけてくるんだ。だいたい、おれは、彼がどこに勤めているのかすら知らないんだ」

「すると、どこへ請求書を送るのだ？」

「送らない。彼が毎週金曜日にやって来て、一週間先の分を払って行くんだ」

「小切手？」

「現金」

「その点、ちょっとおかしいと思わないか？」

「もちろん、思うが、多額の現金だ」

「どうして一人の男が、自分の妻を尾行させておいて、そんなに手間をかけて自分の正体を隠そうとするのだろう？」

「必要があれば、おれたちはいつでも彼を見つけることができる、と考えているんだ。彼の住所は判ってる」

「見つかるかもしれん」

フランシスは相変わらず椅子を後ろに倒して、両手を頭の後ろに当てていた。しばらくその姿勢でいると、ゆっくり両脚を上げて床に下ろした。椅子が前に戻った。両手を放して手の平を下にぴたっと机の上に置くと、指先で軽く打ち始めた。

「彼じゃない、と思っているのか？」フランシスが言った。

「二人が一緒のところを見たことはあるのか？」

「あの時一度だけだ」

「彼の人相は？」

「中背のブロンド。極端なブロンドで、小さな口髭を生やしている。縁なし眼鏡。体調はよさそうだ」

私が首肯いた。

「そうだな。人相は合っているようだ」

18

私は、改装したガソリン・スタンドのオフィスへエルマー・オニールを訪ねて行った。ガソリン・ポンプはなくなっているが、ポンプがのっていた低いコンクリートの台は残っていた。

「低い経費《オヴァヘッド》についてあんたが言っていた意味が判るよ」入って行くと私が言った。

「天井《オヴァヘッド》がこれ以上低かったら、おれはまっすぐ立つことができないよ」

「しかも、活動的な地域の真ん中だ」

「なんの用だ？」エルマーが言った。

「バーナード・アイゼン。どんな人相だ？」

「女房を尾行するためにおれを雇った男か？」

「そうだ」

「ブロンドで小さな口髭を生やし、眼鏡を掛けてる」

「どんな支払い方法をした？」

エルマーが目を細めて私を見た。

「いったい、どういうことなんだ？」

「不明な点をいくつか確認しているだけだ」

「騙されないよ。なぜ、彼のおれへの支払い方法を知りたがるんだ？」

私はにやっと笑った。

「あんたを騙すのは容易じゃないな」

「そのことを忘れるな」

「彼は現金を払ったのか？」

「なぜ知りたいのだ？」

「バーニィは不渡り小切手の前歴があるのだ。あんたにも出したのだろうか、と考えただけだ」

「とんでもない」エルマーが言った。「エルマー・オニールに不渡りを出すような者はいないよ」

「すると、彼の小切手は換金できたのだな？」

「それどころじゃない。彼は現金を払った。前金で」

「現金が不渡りになることはないな」

「その通りだ」

「それで、正確に言って、彼はなにを依頼したのだ？」

「女房を尾行する。彼女が会った人間を彼に報告する」

「たとえべつの女性であっても?」

「彼は完全な報告書を求めた」エルマーが微笑した。「男、女、あれは両方でありうるんだ」

「エルマー、あんたはまったく世事に長けた男だ」

「おい、ありうるんだよ」

「そう、ありうる。助手はいるのか?」

「おれが? いない。懸命に働いて全部取り込めるのに、料金を人と分ける理由は見当たらないな」

「すると、あんたは日夜彼女を監視した?」

「朝、彼女に付いて、就寝時間まで監視していた。家での就寝時間だ」

私は首肯いた。

「ところで」私が言った。「おれは推測するから、あんたは、その推測が当たっているか、教えてくれ」

「ほう?」

「絶対に誰にも知られないために、あんたは報告しなかった。彼があんたに電話をかけてきた」

「そう、その通りだ」

「電話番号は知らない」

「そうだ」

「書類はいっさいない」

「ない」

「その点、なにか警戒の旗は揚がらなかったのか？」

「揚がった」彼が言った。「エルマー、お前はその現金を直ちに銀行に持って行って自分の口座に入れろ、という大きな旗が揚がったよ」

「彼はなにがきっかけであんたの所へ来たのだ？」

「彼は最高の探偵を求めたんだ」エルマーが言った。

「しかし、彼はどうやってそのことを知ったのだ」

エルマーがまた目を細めて私を見た。

「なにか事が起きてるな。なんだ？　なにが起きてるんだ？」

その点について私は考えた。

「エレン・アイゼンを尾行するようあんたを雇った同じ男が、べつの女性を尾行するようべつの人間を雇ったのだ」

「ことによると、バーニィの奴が……」

エルマーは言葉を切った。椅子に寄り掛かって人差し指を私に向け、軽く突く恰好をした。

「バーニィの奴はバーニィではないんだ」彼が言った。

私は首肯いた。

「だから、彼はいったい誰なんだ?」

「知らない」

「それなら、なぜおれに依頼人の人相を言わせたんだ?」

「バーニイを見ているからだ」

「彼は、もう一人の依頼相手に、自分はその女の夫だ、と言ったのか?」

「そうだ」

「それで、お前さん、彼女の夫も見ている」

「そうだ」

エルマーは目を細めてそのまましばらく坐っていた。相変わらず人差し指を突き出していたが、今はその指で宙にゆっくりと円を描いていた。それに付いて、彼の考えを、いわば追跡することができる。ある考えに近付くにつれて、円が小さくなる。

「これはあの会社となにか関係があるにちがいない」彼が言った。

「そう思うか?」

「キナージイだ。あそこで男が殺されている」

「何事も見落とさないのだな」私が言った。

「見落とすわけにはいかない。この商売では。あんた、関わってるのか?」

「おれは殺していない」

「調査の一部を依頼されてるのか？」

「おれは好奇心の強い男だ」

「依頼を受けていて」エルマーが言った。「手助けが必要な場合、おれに知らせてくれ。監視。リサーチ」

手を伸ばして机の上のコンピュータをぽんぽんと叩いた。

「おれはネット・サーフィンが得意なんだ」彼が言った。「いろんなことを調べ出すことができる」

「あんた用の予算はないよ」

「それはどうにでも変えられる。あそこでは大金が宙を漂ってるんだ」

「キナージイで？」

「そうだ。去年、弱気の市場で株が倍近くになったんだ。なにか必要なものはないか？判るだろう？　あのドアに足を一歩踏み込むことができたらありがたい」

私は、エルマーの助力に礼を言い、彼のことは忘れない、と約したが、たぶんそういうことになるだろう。私たちは握手した。エルマーがドアまでの三歩を送ってきた。また握手した。そして私はその場を去った。

19

パールと私は、ハッチ・シェルから走ってボストン大学橋まで上り、引き返した。今シェルの近くのベンチに一緒に坐って川を眺めていた。私は呼吸が次第に正常に戻りつつある。私の見た限りでは、パールは脈拍が上がっていないようだ。隣のベンチで、臀部の形のいい若い女性が膝腱を伸ばしていた。そうしながらパールを見て微笑した。

腱を伸ばすのを終えて体を起こすと、彼女が言った、「撫でていい?」

「もちろん」私が言った。「おれたちのどちらでも」

その若い女性は微笑して、パールの耳の後ろを掻いていた。

「ワイマラナー」彼女が言った。「そう?」

「ジャーマン・ショートヘアド・ポインター」私が言った。

「ほんとに?」若い女性が言った。

「まずまちがいない」

「年は?」

「二歳」

「パール」と言い、走って行った。

「名前はなんというの?」

「パール」

「あのように坐るよう、どうやって訓練するの?」

「彼女はあのように坐るのが好きなのだ」

若い女性はかすかに笑みを浮かべて、「さよなら、パール」と言い、走って行った。

「若い女の子と話すのに最高の方法だ」私がパールに言った。

パールが身を寄せて、私の鼻の辺りを大きく舐めた。私は袖で顔を拭いた。しごく簡単に始まった離婚がらみの尾行が、あらゆる面で複雑に入り組んだ仕事になる徴候を示している。マーリーンが私を雇った。しかし、フランシスとオニールが、偽りの口実の下に警備担当の男ギャヴィンに雇われたのは明らかだ。なぜ彼は、マーリーン・ロウリイとエレン・アイゼンに尾行を付けるのだ。二人が寝ている相手を本当に知りたいのだろうか? かりに二人が寝ているとして? 彼は、二人が会った人間全員について報告書を要求した。となると、単なる姦通調査以上の感が深い。

パールが、岸から五十フィートの水面でカモが二羽浮いているのを見つけた。全身が緊張した。震え始めた。しかし、いる場所を離れず、ベンチで私の横に坐っていた。

「おれから離れるのに忍びない」私が言った。「そうだろう」

彼女がまた私の顔を大きく舐めた。〈イエス〉の意味かもしれないが、ごく自然に〈ノー〉の意味でもありうる。二羽のカモが飛び去った。パールは飛び去るのを眺めていた。

私がミセズ・アイゼンの尾行に関する話を持ち出した時、バーニイ・アイゼンが混乱をきたしていたのは無理もない。それに、ギャヴィンがその話を急いで打ち切ったのは当然だ。ギャヴィンはなぜ自分の部下を使わないで私立探偵を使ったのだろう？　そのことを人に知られたくなかったのは明らかだ。彼は、なぜ、その仕事のために、マイナー・リーグ級のあの二人を使ったのだろう？　あの二人はなんとしてもその依頼料が必要なので、彼の電話番号も住所も判らない現金払いの段取りに疑問を抱くことはない。彼の目当てはなにだ？　彼は大会社の警備部長だ。しかし、かりに彼が会社のために行動しているのだとしたら、秘密裡に行なっているのはたしかだ。

その反面、そうでないとしたら、金はどこから来ているのだ？　テンプルトン・グループは安い依頼料で仕事をするかもしれないし、エルマー・オニールも低料金で仕事をするかもしれないが、いかに安くとも、それぞれ一日平均十八時間の料金は大金だ。ギャヴィンのような大リーグ級の警備部長といえども、通常、そんな給料はもらっていない。私は、カモが戻ってくる可能性に油断なく相変わらず川を見守っているパールを見た。

「だから、かりに彼が会社のために仕事をしているとしたらどうだ」私が言った。

パールは大きな金色の目を私に向けたが、すぐカモ監視に戻った。会社はあの女性二人のなにを狙っていて、なぜそれを秘密にしたがるのだ？　たぶん、たいがいの会社は、自分たちが従業員の妻の監視を行なっていることを秘密にしようとするだろう。自分の配偶者が秘密裡に監視される可能性がある、という噂が広まれば、人を雇うのが困難になる。

とは言うものの、あの二人の場合は、実際に不義が行なわれている。マーリーンがトレントを裏切っているかどうか、自分はまだ知らない。しかし、トレントが彼女を裏切っているのは判っている。それに、エレン・アイゼンがバーニイを裏切っているのは判っている――自由結婚の場合に不義がありうるのであれば。その点はダリン・オゥマーラに訊いてみなければならない。

ことによると、あの二件以外にあるのかもしれない。不義は会社の方針なのかもしれない。しかし、監視が会社の方針であれば、やはり秘密裡に行なわれているかもしれないが、その監視は、二級の私立探偵にこっそり札束を渡し、電話をかけて報告を聞く、というやり方よりはもっとうまく組織されているはずだ。従業員の数が多すぎる。今のやり方は勘に頼ったやり方だ。

リスが一匹、私たちのそばを突っ走って行った。ためらうことなく、パールはベンチから飛び下りて後を追った。リスが辛うじて木に達し、なんとか上った時、パールは木の根元で後ろ脚で立っていた。

フランシスとオニールの仕事はまちがいなく終わった。トレントの死によって正体はばれたし、私がギャヴィンの前でアイゼンに言ったことでオニールの仕事は終わった。あの二人の女性にギャヴィンが新たに尾行を付けたかどうか、調べ出すのは簡単だ。前と同じやり方だ。しかし、それでは尾行を付ける理由が判らない。この際必要なのは探偵としてのすばらしい閃きだ。一つも思い浮かばなかった。せいぜいできるのは、せっせと歩き回って同じ人々と話をするくらいのことだ。倦むことなくつつき続ければ、そのうちになにかがブーンと飛び出してくるはずだ。まだ後ろ脚で立ったまま木を見上げているパールを捕まえに行った。綱を付けるのにかがむ必要はなかった。

友人のミズ・ヒップがランニングから戻って姿を現わした。私は、こちらへやって来る彼女を眺めていた。高価な靴。黒いタイツ、だぶだぶのTシャツ、ヘッドバンド。湾曲した黄色いラジオを腕に付けて、小さなイヤフォンを耳にはめていた。左手には、足を止めることなく水を飲めるノズルの付いたウオーター・ボトルを持っていた。二十四ヤード離れた辺りで速度を落として歩き始め、パールが獲物を追い詰めた木に達すると、息の荒いまま立ち止まってまたパールを撫でた。

「種類はなんと言ったかしら？」

「ジャーマン・ショートヘアド・スクイレル・ハウンド」

「ワイマラナーじゃないのね？」

「そう」

「私、チョコレイト・ラブかもしれない、とも思ったの」

「そうじゃない」

彼女が疑っているのが見て取れたが、私は確信に満ちていた。そのために、さらに二、三回パールを撫でると、ウオーター・ボトルの水を飲みながら歩み去った。

20

私はまたアイゼン夫妻の派手な新築マンションに戻って景色を眺め、薄いスコッチ・アンド・ソーダを飲んでいた。エレンとバーニイは、男たちがくつろぐ間にエレンが作ったマーティニを飲んでいた。残念なことにダリンは来られなかった。

「きみになんと言ったらいいか、判らないのだよ、スペンサー」アイゼンが言っている。

「とにかく、私は、エレンを尾行させるために誰かを雇ったことはないのだ」

私は、ろくに自分を知らないのにラスト・ネイムで呼ぶ連中はとくに好きだ。

「とにかく、アイゼン、何者かが彼女を尾行していたのだ」

「そんなことはばかげてる」

「たしかに。しかし、そうなのだ」

「正直言って、ミスタ・スペンサー」エレンが言った。「私は、誰かが自分を尾行しているとは思わないわ」

私は彼女を見て微笑した。

「きみの思い違いだよ、相棒」アイゼンが言った。

私は、自分を相棒と呼ぶ連中はもっと好きだ。気が散らないよう努めた。

「ギャヴィンはどうなのだ？」私が言った。

「ギャヴィン？」アイゼンが言った。

「ギャヴィンって、誰なの」

「おれの情報によれば、ギャヴィンはエレンを尾行させていた」

「なんということだ」アイゼンが言った。「止めないか。どうしてギャヴィンが私の妻を尾行させるために人を雇うんだ？」

「あなた」エレンがさらに力を込めて言った、「ギャヴィンって、誰なの？」

「会社の警備部長だ」

「だから、なぜギャヴィンはあんたの妻を尾行させるのだ？」

「彼はそんなことはしないよ、この馬鹿者、判らないのか？」

「あんたがもう少し感情を抑えると、この話し合いはもっとうまくいくかもしれない」

「感情を抑える？　お前は私に放り出されないだけでも運がいい」

「おれたち二人のどちらかが」私が言った。

「それは、いったい、どういう意味だ？」

私は大きく息を吸い込んだが手遅れだった。いつの間にか立ち上がっていた。

「あんたが落ち着かないと、その足を耳に押し込んでやる、という意味だ」

彼は思わず一歩下がり、そのことに気付くとうめあわせようとした。

「まあ、男はしょうがないわね」エレンが言った。

「体が大きくなりすぎた子供にすぎないわ」

「たしかに」私が言った。「しかし、おれはあんたの夫より体重三十ポンド大きくなっていることを覚えておくといい」

私はしばらくバーニイを見ていた。

「それに、身長が四インチ高いようだ」

「私は自分を守ることができない、と思ってるのか?」バーニイが言った。

「あんたは、たぶん、自分の身を守りすぎてきたのだろう」

エレンが笑った。私たち男二人はぎょっとしたと思う。

「エレン、いい加減にしろ」バーニイが言った。

「とにかく、なんとなくおかしかったの。それに、バーニイ、馬鹿なことを考えないで。彼を見て。彼のほうがはるかに大きくて、力が強いわ」

「ありがとう」私が言った。

彼女が私に微笑して言った、「どういたしまして」

「オーケイ、オーケイ」バーニイが言った。「今のところは忘れることにしよう」

「やれ、やれ」私が言った。

「しかし、きみの情報が知りたい」

「やってみるか」いかめしい口調で言った。

「誰かがあんたの自由結婚のポスター・ボーイの頭を三回撃っている」

「自由結婚？」

「ダリンと私が、私たちの取り決めをミスタ・スペンサーに説明したの」エレンが言った。

「彼にはなんの関係もないことだと思うが」アイゼンが言った。

彼の言うことに一理ある、と私は思った。

「あら、あなた奇妙なことを言うわね？」エレンが言った。「ダリンはそれが正しいやり方だと思ったの。私たちがそのことに関して真に開放的でない限り、そのような関係は真に自由でありえないことは、あなたは充分承知してるはずよ」

アイゼンが首肯いた。

「判ってるよ、判ってる」

彼が私を見た。

「だから、ますますきみの話が信用できないのだ。我々のような間柄では、隠すことはなにもない。なぜ、何者かが我々のどちらかを尾行するのだ」

「おれの質問そのものだ」

「とにかく、きみ」アイゼンが私に言った。「きみの話が、なにか、金をゆするための間抜けな試みであるのなら、スティーヴ・ギャヴィンと話をしてもらうしかない。私はこのことについてはいっさい知らないし、エレンも知らないはずだ」

「知らないわ」エレンが言った、「ほんとに」

二人が知らない可能性は充分ある。しかし、そういうことがあったのはバーニイは知っている。私がギャヴィンのオフィスを出た瞬間、ギャヴィンが力を込めて説明したはずだ。この件に関して絶対に口を開いてはならないことも説明されたのは、まずまちがいない。その口は、私がこじ開ける道具をなにか手に入れるまで閉ざされているはずだ。私はスコッチ・アンド・ソーダを飲み干してコースターの真ん中に置いた。アイゼンのようなタフな男相手ではあくまで用心しなければならない。

「お邪魔した」私が言った。

アイゼンはなにも言わなかった。

エレンが立って言った、「ドアまで送って行くわ」

私の背後で彼女がドアを閉め、エレベーターを待っている間、私はドアに耳を押し付けた。しかし、なにも聞こえなかった。聞くようなことはなにもなかったのかもしれない。ことによると、自由結婚では、結婚していない連れあいにあまり愛情を感じないのかもしれない。エレンは、トレント・ロウリイの死で生活に変化が生じたような徴候はいっさい見せなかった。彼女はバーニイの死を悲しむだろうか、と考えた。あるいは、ダリン・オゥマーラの死を。自由結婚では誰にもあまり愛情を抱かないのかもしれない。気楽にくっついたり離れたりする。ことによると、自由結婚は偽りなのかもしれない。エレベーターで下りながら、いんちきだ、と私は断定した。

21

朝の九時十五分にテンプルトン・グループに行くと、オフィスには誰もいなかった。誰も来なかった。携帯電話でオフィスにかけた。留守番電話が、彼らは不在で私の電話を受けられないが、私の電話は彼らにとって重要なので、伝言を残しておいてもらいたい、と言った。私は自分の携帯電話の番号を残した。サマー通り一〇〇番のロビイにコーヒー・ショップ兼カフェテリアのような店があるので、そこへ行ってドーナッツを二つ食べ、コーヒーを飲んだ。十時三十分にまたテンプルトンに電話をかけた。同じ装置。同じメッセージだった。自分の携帯電話の番号を残した。

自分のオフィスに戻ると、バークリイ通りの新鮮な排気ガスがよどんだ空気を追い出すよう、窓を全部開けた。次に電話帳を取り出してジェリイ・フランシスとマリオ・ベリニを調べた。どちらもボストンに住んでいなかった。番号案内にかけた。多少時間がかかったが、ジェリイ・フランシスはデダム、マリオ・ベリニはリヴィアに住んでいるのが判った。電話をかけた。両方とも留守番電話だ。携帯電話の番号を残した。

次第に孤独感を味わい始めた。アーリントンのエルマー・オニールの番号にかけた。留守番電話だ。携帯電話の番号を残した。受話器を掛けると、しばらく立って窓から外を眺めた。天気はいい。身なりのいい女性が大勢バークリイ通りを通っている。しばらくの間、彼女たちを対象に観察能力に磨きをかけたが、ほかにいい考えもないので、オフィスを閉め、エルマーが現われるかどうか見るために、車でアーリントンへ行った。

リサイクルされたガソリン・スタンドは閉まっていて、錠が掛かっていた。窓に〈一時間後に戻る〉という札が出ていない。車に坐って、住まいの番号と住所を求めて番号案内を利用した。簡単だった。彼はアーリントンのオフィスに住んでいる。車から出て行ってオフィスの表の窓から覗いた。彼はいなかった。左の壁に、もとはたぶんサーヴィス・エリアだったと思われる部分に通じているらしいドアがある。回って行って小さな窓から覗いた。そこはエルマーの部屋だった。彼はいなかった。リヴィアに車を走らせて、色褪せた三階建てのアパートの一階にマリオ・ベリニの住まいを見つけた。彼はいなかった。次に、デダムに行き、たぶんガーデン・アパートメントと呼ばれる煉瓦造りのフランシスの住まいを調べた。フランシスはいなかった。どの家も誰もベルに応えない。明らかに三人とも一人暮らしだ。デダムからの帰りに二度ほど三人に電話した。誰とも連絡がつかなかった。携帯電話の番号は残さなかった。

探偵業で、あらゆる調査の道が閉ざされると、一番いいのは、真の美人を見つけてセックスの話を持ちかけることだ。行くとスーザンはまだ患者と一緒だったので、二階の彼女のアパートメントに行き、パールと一緒にソファに坐ってビールを飲んでいた。スーザンがビールを飲む可能性は、彼女がチェリイ・パイを作るのと同様、絶対にありえない。しかし、彼女は私のために、つねにブルー・ムーン・ベルジアン・ホワイト・エールを何本か置いている。私はそれを、彼女の愛情の強い証と受け取っている。

スーザンをたたえるために、私は、彼女がそのために買ったイギリスのパブのグラスで飲み、三本目を飲んでいると彼女が入ってきた。

「変わり者相手の仕事は終わったのか？」私が言った。

「私は彼らを患者と考えるよう努めているの」スーザンが言った。「でも、イエス、今日はもうお客は来ないわ」

彼女がやって来て、私とパールの順に接吻したが、私はそれも強力な証と受け取った。次に彼女は白ワインを注いできて、パールと反対側の私の横に坐った。

「犯罪との戦いはどうなってるの？」スーザンが言った。

「うまくない。おれの証人が一人も見つからないのだ」

「ほんとに。そのことについて、私に話してくれない？」

「もちろん。おれがなんのためにここに来たと思ってるんだ？」

「セックス」

「それ以外に」

「そのことについて話して」

話した。

「彼らの身になにか起きた、と思うの？」スーザンが言った。

「彼らが自分の部署にいない理由はいくらでもありうる」

「でも、三人全員が同時に彼らの部署にいない、というのは、なにか暗合のように思えるわね」

「そうだ。たしかに」

私が、一瞬、自分のビール・グラスに対する注意を怠ったために、安全な場所に移さないうちに、パールが素早く舌一杯に飲んだ。

「犬のよだれにすぎないわ」スーザンが言った。

「犬のよだれはべつにどうと言うことはない」

「もちろん、そうよ。これからどうするつもり？」

「ビールを飲み終える」

「そうじゃないわ」スーザンが微笑した。「私が言うのは、いなくなった人たちについて？」

「探し続けるよ。たぶん、またギャヴィンと話をすることになるだろう」

「ギャヴィンからなにか聞き出せると思う」

「たぶん、だめだろう」

「なにを知りたいの？」

「最終的には、誰がトレント・ロウリイを殺したか知りたい。しかし、そうするのに、ギャヴィンがなぜ人々を尾行させていたかが判れば、役に立つかもしれない」

「ダリン・オゥマーラは話をしてみる価値があるかもしれない」

「〈心の問題〉?」

「そう。エレンは彼を自分の顧問と考えている、とあなたは言ったわ」

「それに、彼女はほかのことで、彼の意見を求めているかもしれない、と言うのか?」

「ダリンは、問題はすべて心に端を発している、と主張すると思うわ」

「そう言うはずだ」

スーザンが両方の手の平を上に向けて、「それで?」という身振りをした。

彼女はワインを飲んだ。私はビールを飲み干した。パールが神経を集中して私たちを見ていた。

「心の問題は性的衝動を含む、と思うか?」私が言った。

「もちろん、含むわ。それを区別するのは見せかけにすぎないわ」

「だから、愛と性欲は同一のものの異なった面だな?」

「そう」

「それで、きみはおれを愛している」

「あら、あら!」

私は彼女を見て待った。

「ベイビイはどうするの?」スーザンが言った。

「見させておけばいい」

「まあ、いやだわ！」

「あるいは、見させなければいい」

「冷蔵庫にスープ用の骨があるの、このような緊急事態に備えて」

「彼女をソファに残しておけるように？」私が言った。「その骨があれば、きみの寝室にこっそり入って性欲と愛の関係を再考する？　その間、なにも気付かない彼女は、ここで幸せに骨をしゃぶっている？」

「それを利用しない手はないわ」スーザンが言った。

22

翌朝、大きなペイパー・カップのコーヒーを手にして出勤すると、ギャヴィンがほかに二人の男と私のオフィスの前の廊下で待っていた。

「スペンサー」彼が言った、「話をする必要がある」

「もちろん、ある」私が言った。

ギャヴィンはこの前と同じで、クロームめっきを施して磨き上げたように見える。いっしょに来た二人の男は、黒っぽいブレイザーに薄いグレイのスラックスをはいている。双方のブレイザーの胸のポケットに、稲妻を思わせるようにぎざぎざの書体で〈キナージイ〉の名前が入っている。そのロゴの下に〈警備〉という字がある。私が錠を開けてみんなで入って行った。彼らが私に付いて入り、最後の一人がドアを閉めた。ギャヴィンが、肘掛けの付いた依頼人用の椅子へ行った。後の二人はソファに坐った。パールのソファだが、彼女は一緒に来ていないので私はべつに反対しなかった。

「さて」ギャヴィンが言った。「話をする必要がある」

「あんたはすでにそう言ったよ」

私はコーヒーのプラスティックの蓋を慎重に取って屑籠に捨てた。

「我々はきみを雇いたい」ギャヴィンが言った。

「あんたたち三人で?」

ギャヴィンは面白がっていなかった。

「ちがう、ちがう。キナージイだ」

「すると、この二人はなんのためだ、金を運ぶためか?」

「会社のパイプライン部が破壊行為の問題に当面していて、我々は、その問題の調査のためにきみを雇いたいのだ」

「すごいな。その問題はどこで発生しているのだ?」

「きみは我々のタルサのオフィスに所属することになる」

「タルサ」私が言った。

「給料は高く、きみは常勤者の経費が使える。すべてファースト・クラスだ。会社は、経費勘定については非常に寛容な方針を採っている」

「タルサ」私が言った。「破壊犯人を捕まえるために」

「それに、タルサの仕事が終わったら、例えば、南カリフォルニア、あるいはヴァンクーヴァーにほかの仕事がある」

「パリに問題はないのか?」

「パリにオフィスがある」

「残念《サクレブル》」私が言った。

「なんと?」

「失礼、おれはいろんな言葉を話すものだから……」明らかにギャヴィンは、私がなんの話をしているのか判らなかった。

「そこで」彼が言った。「関心があるかね? きみが条件を決めるようなものだ」

「テンプルトン・グループはどうなのだ、あるいは、エルマー・オニールは? 彼らはどんな条件を求めたのだ?」

「失礼だが?」

「あんたがほかに雇った連中について考えていただけだ」

「申し訳ないが、我々は誰も雇っていない」

「情報がまちがっていたようだ」

「というわけで」ギャヴィンが明るい口調で言った、「関心はあるかね?」

「いいや」

ギャヴィンはしばし口をきかず、分厚いレンズの奥の目がしだいに細くなった。

そのうちに彼が言った、「この件について考えてくれ、スペンサー。これはきみにとって有利な仕事だ。これは、この国最大であるかもしれない会社と、長期的な関係を樹立する機会なのだ」

「ひょっとして、誰がトレント・ロウリイを殺したか、あんたは知らないだろうな?」

「あれは警察の問題だ。我々は警察が扱うことを許している」

「なるほど、あんたは彼らにタルサ旅行を申し出なかったのだな」

ギャヴィンの目が今では非常に細くなっていて、いまだに物が見えるのが不思議だった。

「私はこの話し合いを、ビジネス的、職業的態度で進めようとしている」彼が言った。

「きみはそのやり方を困難にしている」

「気付いてくれてありがとう」私が言った。

ギャヴィンはかなりの間、顎の下で両手の指先を軽く打ち合わせながら、細めた目でじっと私を見ていた。彼がそうしている間、私はその時間を利用してほかの二人を見た。二人とも顔付きで雇われて、強力な会社の警備担当者を演じるよう、配役会社が送り込んできた男たちのように見える。一人はクルー・カットだ。もう一人は頭を剃っていた。二人とも身長六フィート、頭を剃ったほうがちょっと高く、二人とも体を充分きたえているように見える。

その氷のような凝視で私を充分軟化させると、ようやくギャヴィンが口を開いた。声に抑揚がなく、どもるのを抑えようとしている男のように、一語一語考えながら話した。

「我々は、行動的な会社であることを誇りにしている。かりに世間一般のビジネス的、職業的解決の道が閉ざされていれば、ほかの方法を見つける」

私は力を込めて首肯いた。

「おれは、どのような組織であろうと、その点は尊敬する」ソファの二人を見た、「どうだ?」

二人とも答えなかった。ギャヴィンがまた口を開いた。

「私がきみに言っていることを理解しているのか?」

「あんたがライチャス・ブラザーズを連れて入ってきた時以来言っているのとおなじことだ。あんたは、トレント・ロウリイの身になにが起きたのか、おれに調べてもらいたくない。あるいは、なぜあんたが、エレン・アイゼンとマーリーン・ロウリイに尾行を付けたのかを」

ギャヴィンはさらに厳しい目つきになったが、容易な業ではなかった。

「きみがなんの話をしているのか、私は判らない」ギャヴィンがゆっくりと言った。「私は、きみが相当の財産を作る機会を申し出るためにここに来たのだ。きみは、断わったばかりでなく、非常に不快な態度で断わったが、私は今、たんに、我々キナージイの人間は、自分たちが望むものを手に入れるのに馴れていることを、きみに改めて伝えているにすぎないのだ」

「なにがおれにとって本当に役に立つか、ご存じかな?」

「なんだ?」

「そのにらみ方を教えてもらいたいのだ。そのにらみ方が身に付いていれば、おれはドアのノブを怯えさせてドアから落とすことができる」

ギャヴィンはしばらくそのにらみを続けていたが、長続きはせず、私の後方の窓に目を移した。

ソファから、頭を剃った男が言った、「ミスタ・ギャヴィン、あんたさえよかったら、おれたち、彼に行儀を少し教えることができるよ」

「キャー」私が言った。

ギャヴィンはさらに二秒ほど窓から外を見ていた。なにか勘定しているのだろう、と私は思った。

「今回はやめておこう、ラリイ」彼が言った。「今回は」

「ラリイ?」私が言った。「どうしてラリイという名の用心棒を連れて歩けるのだ?」

ラリイが言った、「おれの名前になにか妙な点があると思うのか、おい?」

「お前のその名前。その芝居がかった態度。そのヘアカット」

「ラリイ」ギャヴィンが言った。「黙れ」

ギャヴィンが立ち上がった。ソファの二人が立った。

「この件について充分に考えてもらいたい」わずかに体を前に倒してギャヴィンが言った。

「それに、我々は近いうちに戻って、もう一度同じ提案をする」

「ああ、結構だな」私が言った。「この一週間に目標を与えてくれる」

その点について誰もなにも言うことはないようで、間もなく三人が向き直り、列をなして出て行った。

23

オフィスで考え事をしていると、マーリーン・ロウリイが入ってきた。今日は大きなサングラスをかけて、ロウ・カットの赤いリネンのドレスを着ている。彼女を見てほっとした。物事を考えるのはなかなか難しい。

「ゲインズボロの展覧会に行く途中なの」彼女が言った、「それで、ここに寄って報告を受けよう、と考えたの」

「いくつかの質問で我慢してくれるかな？」

「質問をさせるためにあなたを雇ったんじゃないわ」

「その点はすでに話し合いずみではなかったのかな？」

彼女は机の向こう側に坐り、いささか不謹慎と思える恰好で脚を組んだ。ことによると二人の間で親近感が増しているのかもしれない。この前の時は膝頭しか見えなかった。

「すると、私の夫の死に関して、新しい情報は得ていない、と考えていいの？」

「体が埋まるほど情報を得ている。しかし、それをどうしたらいいか、判らないのだ」

「誰がトレントを殺したか、判ったの？」

「まだ判らない」

「私をいかなる共犯の可能性からも解放するに足る情報を持ってるの？」

「いや」

「まあ、呆れたわね。なにをしてたの？」

「寛容に愚か者どもと付き合っている」

「とにかく……私は今の言葉に含まれていない、と考えていいのね？」

「もちろん。あんたは、尾行されていたのを知っていたかな？」

「尾行？」

「そうだ。テンプルトン・グループという小さな組織のジェリイ・フランシスという男だ」

「私立探偵社？」

「そうだ」

「私は私立探偵に尾行されていた」

「されていた」

「いったい、あなたはどうやってそのことを知ったの？」

「彼を捕まえたのだ。誰かがあんたを尾行している、と考える理由があったので、出かけて行って彼が現われるのを待ち、彼が現われると話し合ったのだ」

「私のためにそんなことをしたの？」

私は魅力に満ちた笑みを浮かべた。

「サーヴィスの一環だ」

「私を見守っていてくれたのね」

「我々は不眠で仕事をする」

私がこれほど世慣れた人間でなければ、彼女の態度に落ち着かない気持ちになったはずだ。

「まあ、なんと優しい」彼女が言った。

「あんたを尾行させるために、探偵を雇う可能性のある人間について、なにか心当たりはあるかな？」

彼女は、とつぜん立ち上がり、机を回ってきて屈み、両腕を私の首に巻き付けた。彼女は接吻するつもりなのに気付いて顔をそむけると、右頬に接吻した。彼女が体を起こした。

「たいがいの男は私に接吻仕返すわ」彼女が言った。「口に」

「無理はない」

「あなたはどうしてしないの？」

「残念ながら、べつの女性と愛し合っているのだ」

「あのスーザンなんとかいう人」

「シルヴァマン」

「彼女がユダヤ人だとは知らなかったわ」

「知るべき理由はない」

「それで、それは、ほかの女性誰一人にも反応してはならない、という意味なの？」

「その反応に従って行動してはならない、という意味だ」

「あなたと彼女は結婚してるの？」

「そういうわけではない」

「しかもなお、その現代の迷信に固執するのね？」

「一夫一婦婚に？」

「そう」

「おれたちは固執する」

「愛は、法あるいは因習によって命令されていない場合にのみ」マーリーンが言った、「真に与えられ、受け入れられる」

「それは聞いた」

「それはプロヴァンスの古代の詩にさかのぼる真実なのよ」

「だから、彼女と愛し合う最善の方法は、誰かほかの者とセックスすることなのかな？」

「誰かほかの者を愛する自由のある身」彼女が言った。「ほかの者を選ぶことができる場合にのみ、あなたは彼女を自由に選んだことになる」

「いやあ、あんたの言う通りだ。愛の話はいい加減にして、衣類を脱ごう」

「ここで？」

彼女はオフィスを見回した。

「あのソファで？」

「本当は、おれは、ちょっとした悪ふざけで、今の緊張をほぐそうとしたにすぎないのだ」

彼女が泣き出した。

「あなたは私をからかってる」彼女が言った。

「ほんのちょっとばかり」

彼女はとつぜんソファに坐って両手を顔に当てたが、いささか芝居じみているな、と私は思った。

「誰も私を理解してくれない。私は誰も頼りにすることができない」彼女が言った。「私は人に与えられるものがいくらでもある、尽きることのない愛が」

私は言うべきことがなにも思い浮かばなかった。

「でも、私は強い」二、三度すすり泣くと彼女が言った。「私は誰も必要ない」

泣き声をなんとか抑えられるまで、しばらく黙っていた。私は机のいちばん下の引き出しのクリーネックスを差し出した。彼女は受け取って目を軽く押さえた。私を直視した。

「失礼したわ、でも未亡人でいるのはとても困難なの」

「もう大丈夫かな？」

「ある意味では」悲しそうに言った。

「あんたを尾行させる人間について、なにか心当たりはあるかな？」

彼女は立って、愕然とした表情で私を見つめた。

「すぐさま私の尋問に戻るのね、この野郎」彼女が言った。「この冷酷な野郎め」

向き直って出て行った。私は窓際へ行って、騎士道的愛やプロヴァンスの詩人たちのことを考えながらバークリイ通りを見下ろしていた。一分ほどたつと、彼女が歩道に現われて右へ、断固とした足取りでボイルストンのほうへ曲がり、また右に折れてボイルストン通りに入り見えなくなった。

24

留守番電話の伝言は、立派なイギリス訛りの女性からだった。自分はデリアという者で、ボブ・クーパーに代わってキナージイからかけており、ボブが彼のクラブでぜひ昼食をご一緒したいと言っている。

最高経営責任者。すばらしい！

クーパーのクラブは、フランクリン通りの高い奇妙な形のビルの最上階にある。エレベーターに乗る前に、サインをしてパスをもらわなければならなかった。次にスカイ・ロビイでパスを見せて名前を告げると、初めて二つ目のエレベーターに乗って〈スタンディッシュ・クラブ〉に行く。ダーク・スーツを着た品のいい女性がエレベーターの前で待っていた。「ミスタ・クーパーはまだ来ておりません」彼女が言った。「秘書から電話があって四、五分遅れるそうです」

彼が四、五分遅れるのは当然のことだ。

「席にお着きになりますか？」その女性が言った。「それとも、バアでお待ちになるほうがよろしいですか？」

一人でテイブルに着いて誰かを待っているのを人に見られるのは負け犬だけだ。

「席で」私が言った。

負け犬と思われるのは、私にとってなんの害にもならない。役に立つ可能性すらある。彼女は、窓際のテイブルに案内し、私のビールの注文を受け、海の景色をめでるままにしておいてくれた。ボストンはこのような街なので、海の見えない高層ビルはダウンタウンにあまりない。しかし、〈スタンディッシュ・クラブ〉はその景色を最大限に活用している。海に面して床から天井までの窓が二つあって、そこから流れ込む陽光で部屋が輝いている。部屋の中央に円形のバアがあって、カクテルをチビチビ飲み、敗者に見えないよう努めながら待っている者が四人いる。みんな男だ。みんなビジネス・スーツを着ている。みんな白いシャツを着ている。二人はブルーのネクタイ、一人は赤いタイ。一人は黄色いタイを締めている。三人は、短いが短すぎず、最近刈ったが刈りたてではない髪。もう一人の男は黒い髪を肩まで垂らしている。黄色いネクタイを締めているのも彼だ。たぶん、広告代理店に勤めているのだろう。

最初のビールを二口飲んだ時、クーパーが現われた。カーテン・コールを受けるような歩き方でダイニング・ルームに入ってきた。顎の角張った大きな男で、明るい青い目をしている。ライト・グレイの薄手のサマー・スーツに白いシャツ、パウダー・ブルーのネクタイを締めている。髪はグレイで、慎重に耳の上に撫で付けている。彼がテイブルに達すると私は立った。

「スペンサー？」彼が言った。「ボブ・クーパーだ、来てくれてありがとう」

「喜んで」

「お待たせしていなければよかったのだが」

私は時計を見た。

「十分」

「ほんとに申し訳ない。向こうでは一分の余裕も与えてくれないのだ」

「もちろん、そうでしょう」

ウエイトレスが、なにか泡立つものとオレンジ・スライスの入った高いグラスを注文もなく運んできて、クーパーの前に置いた。

「ありがとう、シャーリイ」彼が顔を上げないで言った。

彼はグラスを取り上げて、私に乾杯の仕草をし、一口飲んだ。

「カンパリ・アンド・ソーダ」彼が言った。「飲んだことあるかね」

「あります」

「好きかね？」

「ノー」

クーパーは、私が滑稽なことを言いでもしたように笑った。ことによると、いかなる前後関係にせよ、〈ノー〉という言葉を耳にするのは、彼にとってとつぜんの不調和に気付くことなのかもしれない。

「飲んでいるうちに好きになってしまったのだ。空腹かね？」

私は空腹だと言った。彼が同意した。二人ともしばらくメニュに目を通した。そのうちに、彼はシーザー・サラダを注文した。私はクラブ・サンドウイッチにした。

「さて」私が言った、「ミスタ・クーパー……」

「クープ。誰もが私をクープと呼ぶのだ」

私が首肯いた。

「そこで、クープ、我々はなぜ顔を合わせることになったのだ？」

「そう、私はきみがトレント・ロウリイの死について調べているのを知っている。可哀想な奴だ、いい男だった。そこで私は考えた、なにはともあれ、会って直接話し合うのが理にかなっているのではないか、と。判るだろう？　一労働者対一労働者、なにか答えが出るかどうか」

「一労働者対一労働者、クープ？」

彼がにやっと笑った。

「いや、判ってる。たぶん、私の仕事のほうが出任せやばかげた話に囲まれていると思うが、お互いに正直な収入で生計を立てようとしている」

「たんなる労働者二人」私が言った。

彼がまたにやっと笑った。たいへん感じのいい笑みだった。

「きみは、会社の誰かがトレントを殺した、と実際に思っているのか？」

「誰がトレントを殺したか、私は知らない」私が言った。「しかし、問題なく会社に出入りできる誰か以外に考えられない」

ウエイトレスが私たちの食べ物を持ってきた。私のサンドウイッチにフレンチ・フライが小さな山盛りで付いている。一つ食べた。無駄にするのはもったいない。

「ちくしょう」クーパーが言った。「きみのその考えは正しいな。それを避けて通ることは絶対に不可能だ」

私のクラブ・サンドウイッチは三角に四等分されている。その一つから品よく一口小さく嚙み取った。シャツの前全体を汚すのは作戦的にまずいように思えた。

「もちろん、女房連中の大半は内部の状況をよく知っている」彼が言った。

「あんたは、誰かの女房がロウリイを撃った、と思っているのか？」

「いや、判らない。それはきみのほうの専門だ。頭に浮かんだことを口に出したまでだ」

「ほかに候補者は？　従業員や女房連中以外に？」

「もちろん、いるよ」

彼は非常にはやく食べている。

「小売人が出入りしている。客がいる。政府の連中、例えば内務、商務、証券取引委員会、エネルギイ、国務省」

「国務省？」

「そうだ、我々は国際エネルギイ市場では非常に大きな存在で、外国政府と多くの取引を

なのだ」

「スペンサー、これだけは言っておくが、我々は非常に大きな会社なのだ。ほんとにそうしている」

「すごいな」

彼はサラダをほとんど食べ終えていた。私はクラブ・サンドウイッチがまだ四分の三残っている。クープは、私が食べ終えるまで坐っているような男ではない、と読んでいた。

彼はサラダの最後の部分を口にした。時計を見た。

「ちくしょう」彼が言った。「すでに午後の予定に遅れている」

自分の読みに金を賭けるべきだったのが判っていた。

「きみに会ってみたかったのだ」彼が言った。「それに、会ってよかった、と思っている。ここで見たものが気に入ったよ」

私は謙虚に微笑した。

「こうしよう」クーパーが言った。「我々は、今週末、ケイプの〈チャタム・バーズ・イン〉で会社の慰労会を計画しているのだ。ホテル借り切りだ。うち解けたパーティだ。みんなが身分に関わりなく、くつろいだ雰囲気の中で、判るだろう、オフィス、電話から離れて、お互いを知る機会が得られる。ホテルのあちこちがかなり壊れることになる」

私は首肯いて、クラブ・サンドウイッチの四半分の二切れ目を取り上げた。

「私はきみが来られることを願っていたのだ、もちろん、私の招待客として。管理職の人間全員と知り合いになって、我々について多少知ってもらう足しになるかもしれないし、たとえならなくても……」

クーパーがにやっと笑って私にウインクした。

「とても楽しいよ。結婚しているのか？」

「一応」

「それなら、その一応の妻も連れてきてくれ」

「実際には」私が言った、「私は彼女をどこへも〈連れて〉行かないのだ。しかし、彼女は行きたがるかもしれない」

「詳細はデリアから連絡させる。彼女がきみのために部屋を予約してくれる」

「結構」

彼がまた時計を見た。

「驚いたな、見てくれ。申し訳ない。とにかく、大急ぎで行かねばならない」

「どうぞ」

「気にしないでくれるといいのだが」

「私自身、一介の労働者だ。状況は判っている」

一瞬ではあったが、クーパーの表情が変わった。私は彼をからかっているのだろうか？もちろん、そんなことはない。ボブ・クーパーを？　いや、そんなことはありえない。

「では、〈チャタム〉で会うのを楽しみにしている」彼が言い、手を差し出した。「一杯おごるよ」

またにやっと笑って、またウインクした。

「場合によっては、何杯も」彼が言った。

25

ダリン・オゥマーラは、フリート通りの近くにあるみすぼらしい小さなビルの七階にあるスタジオから放送している。私は、放送の終わった彼と会い、角を回ってインチキのアイリッシュ・パブへ一杯飲みに行った。セルティックスとブルインズは今年のスケデュールが終わっているので、店にほとんど客はおらず、私たちはカウンターの端に二人だけで坐ることができた。オゥマーラはギネスを一パイント注文した。私は偽物と見られたくはなかったが、ギネスが大嫌いなのだ。バドワイザーを注文した。

オゥマーラは一口飲んで嬉しそうな顔をした。片肘をカウンターにのせて心持ち私のほうを向き、ラジオ用の豊かな柔らかい声で言った、「どんなご用かね?」

「マーリーン・ロウリイについて話してくれ」私が言った。

「マーリーン・ロウリイ?」

「そうだ」

「なぜ私が、彼女についてあんたに話すようなことを知っている、と思うのだ?」

「おれたちは男女の関係について話していて、彼女がクレチエン・ド・トロワのような物の言い方をし始めたのだ」

「ほんとに」

「エレン・アイゼンが信奉する騎士道的愛に関する同じたわごとについて説明し始めた。その出所は同じだ、と推測したのだ」

「私は、騎士道的愛の基本的思想をたわごととは思っていない」オゥマーラが言った。「時には信奉者がその教義を誤って説明したり、誤解する場合がある。しかし、だからといってその教義が無効になるわけではない」

バーテンダーは、ぴっちりした黒いパンツをはいているしっかりした感じの赤毛だった。彼女はカウンターの反対の端でレモンをスライスしていた。入り口の近くのボックス席で白髪の男女がライ・アンド・ジンジャーを飲み、立て続けに煙草を吸っていた。二人は話をせず、顔を見合うことすらしなかった。

「マーリーン・ロウリイを知っているかね？」私が言った。

「知っている、職業的に」

「で、彼女の夫は？」

「知っている。二人とも私のセミナーにいたのだ」

「で、アイゼン夫妻は？　同じセミナーに？」

「そうだ」

「それに、もちろん、ロウリイ夫妻はアイゼン夫妻を知っていた」

「もちろん、夫たちはキナージイで同僚だった」

「彼らが参加していたのはどういうセミナーだったのだ？」

「愛と解放、という題だ」

「すごいな」私が言った。「エレン・アイゼンとトレント・ロウリイは肉体関係にあったのを、あんたは知っていたか？」

「二人は次第にそういう関係になっていった。それがセミナーの一部なのだ。マーリーンとバーニイもそのような関係に発展しつつあった」

「性的関係？」

「もちろん」

私は首肯いた。考えを集中しようとしてぎゅっと目を閉じた。

「すると」私がゆっくりと言った。「二人は、騎士道的愛の表現に従えば、夫婦交換をしていたわけだ」

「彼らは、複数の夫婦にまたがる関係に発展しつつあった」

「もちろん、そうだろう」

「私はここにあくまで自発的に来たのだ、スペンサー。ここに坐って、誤解に基づくきみの反対意見を聞いている義理はないのだ」

私はボックス席の夫婦を見た。二人とも作りたてのライ・アンド・ジンジャーを前に置いている。男はパブの表の窓から外を見ている。女はカウンターの奥に並んでいるボトルを見ていた。二人とも煙草を吸っている。親密には見えなかった。たぶん、強制的な愛に反抗しているのだろう。

「そのタッグ・ティームの四人のメンバー全員は、状況を知っていたのか？」私が言った。

「もちろん。すべてはセミナーのガイドラインに従って行なわれたのだ」

「だから、マーリーンはなぜ、夫を尾行するためにおれを雇ったのだ？」

「彼女がそうした、というのは、私はきみの言い分しか知らない」

「彼女はそうした、という前提に立って、おれと一緒に推測してみてくれ」

オゥマーラがギネスのお代わりをバーテンダーに合図した。

「ジェイムソンの小グラス。それ以外に」

バーテンダーが私を見た。私はバドのお代わりにイエスと首肯いた。

「そういうことであれば」オゥマーラが言った、「たぶん、それは、マーリーンは形而下の次元を超越するのに失敗したことを意味しているのだろう」

「つまり、トレントがエレンに心を奪われて、二人が夕日の中に消えて行くようなことになれば、マーリーンは、自分もまちがいなく相手を捕まえたかった」

オゥマーラはバーテンダーがウイスキイを注ぐのを見ていた。彼女がカウンター沿いにこちらに来始めると、ほっとしたようだった。

「仮説として」オゥマーラが言った。

「そのようなことになっている徴候は？」

「私はデイト・サーヴィスをやっているのではない。私は、ある種の哲学について人に教え、その含意を理解するのを手助けしているのだ」

「ギャヴィンという名の人間を誰か知っているか？」私が言った。

「思い付かないな」

彼はウイスキイを一口飲んでギネスで流し込んだ。前より幸せそうな顔になった。

「ボブ・クーパー？」私が言った。

「いや、彼も知っているとは思わない」

「それに、誰かがトレント・ロウリイを撃つかもしれない理由を知らない？」

「もちろん、知らない」

「アイゼンは自分の妻とトレントのことは気にしていなかった」

「まったく気にしていなかった。バーニイとマーリーンのことをトレントが気にしなかったのと同じように」

「気にする理由は誰もなかった」

「その通りだ」

アイリッシュ・ボイラーメイカーで彼はひどく元気付いている。

「チョウサーの『トロイラス・アンド・クリセイド』を読んだことがあるか？」私が言った。

「かりに読んだとしても」オゥマーラが微笑しながら言った、「忘れている。なぜ訊くのだ？」

「パンダルスという人物だ。彼についてあんたに訊こうと思ったのだ」

オゥマーラはアイリッシュ・ウイスキイの残りを飲み干して、バーテンダーにお代わりの合図をした。

「きみが誤解しそうで心配なのだ」彼が言った。「騎士道的愛に言及しているのはすべて比喩なのだ、私の言う意味が判るかどうか」

ウイスキイが届いた。彼は嬉しそうに一口飲んで、喉を転がり落ちるに任せていた。続いてギネスを飲んだ。

「私の専門分野は文学ではない」彼が言った。「しかし、文学が私の思考の刺激剤であるのはたしかだ」

彼はカウンターの腰掛けの上で完全に向きを変え、両肘を後ろのカウンターにのせて、ほとんど客のいない広い部屋のほうを向いた。私は今にも講義が始まるのを感じた。

「私の専門は」彼が言った、「人間の交流なのだ」

「リンダ・ラヴレイスと同じだ」

私はオゥマーラをバアに残しておいた。店を出てくる時、黒い髪を肩まで垂らした男が、角を回ってコウズウエイ通りに入るのを見た。

後ろ姿しか見なかったが、髪が、ボブ・クーパーのクラブで見た男と似ていた。

26

ヒーリイが、ドーナッツの袋とコーヒーの大きなカップを二つ持って私のオフィスに入ってきた。コーヒーの一つをよこした。

「ダンキン・ドーナッツ」彼が言った。「お巡りの割引があるんだ」

彼が袋を私のほうへ差し出し、私は一つ取った。私の好きなシナモンだ。

「そろそろ二人で情報交換をすべき時だ、と考えたのだ」ヒーリイが言った。

「驚いたな。あんた、ほんとに捜査が行き詰まっているんだ」

「おれたちに判っているのはこういうことだ。誰かがトレント・ロウリイを射殺した」

私は待った。ヒーリイはなにも言わなかった。

そのうちに私が言った、「そんなに判ってるのか、えっ？」

「やっとのことで。お前はなにが判った？」

「お前はなにが判った、たったそれだけ？　コーヒー一杯とドーナッツ一つで、知っていることをすべて吐き出す？」

「それがおれの計画だった」ヒーリイが言った。

私たちはコーヒーを飲んだ。ヒーリイと私は、いわば、長年の友人だ。だからと言って、私がなにか得るところがない限り、知っていることをすべて彼に話す必要はない。なにかあるかもしれない。

「キナージイの警備の男」私が言った。「ギャヴィン。彼が、二人、えー、最低クラスの私立探偵を雇った、マーリーン・ロウリイを含めて、従業員二人の妻を尾行させるために」

「その話を聞かせてくれ」

話した。

「それで、お前は、その探偵のどちらをも見つけることができない」ヒーリイが言った。

「ことによると、おれはたんに二人と行き違いになっているのかもしれない」

「かもしれん。誰かに調べさせよう」

「知らせてくれるか？」

「お前が知らせてくれたのと同じように迅速に」

私は彼に、持ち前の魅力溢れる大きな笑みを送った。

「遅くともまったくないよりはいい」私が言った。

「そうだな、たしかに」

私の魅力溢れる大きな笑みは、通常、女性相手のほうが効果的だ。

「それについてギャヴィンはなんと言ってる？」

「いっさいを否定している」

「それで、彼は二人に現金を払った」

「そうだ」

「すると、その尾行仕事のために彼が二人を雇ったのを、おれたちが知っている唯一の理由は、二人がお前に話したからだ」

「そうだ」

「それが、今はお前は二人を見つけることができない」

「これまでのところ」

「だから、おれたちが二人を見つけない限り、二人がお前に話した、というお前の言葉以外、おれたちは、ギャヴィンが二人を雇った証拠がない」

「その通り」私が言った。

「おれたちは、そのこと自体にどれくらい価値があるか、判っている」

「残念ながら、判っている」

「たとえそのことになんらかの価値があるとしても、ギャヴィンだったことの証明にはならない。口髭を生やしたブロンドの男は大勢いる」

「判ってる」私が言った。「オニールかフランシスによる確認が必要だ」

「それが、おれたちが二人を見つけない限り得られない」

ヒーリイと私は、ドーナッツを一口嚙みちぎって、嚙みながら顔を見合っていた。

噛み終えると、ヒーリイが呑み込んで言った、「おれたちは、二人を見つけることができないかもしれない」

「それはおれも考えた」

「それでも、おれたちにはギャヴィンがいる」

「なんのために？」

「調べるのに」

「手始めにはなる」私が言った。

27

スーザンはぴったり合った白いパンツをはいていて、紺と白の縞模様、襟を広く深くあけたトップは、彼女が世界中のいかなる女性より形のいい僧帽筋の持ち主であることを示している。私は、ジーンズにスニーカー、黒のTシャツで、彼女に劣らぬくらいさっそうとした身なりでいるが、さして見せびらかさないでいる。拳銃を持っているのでTシャツの裾を外に出していた。私たちは〈チャタム・バーズ・イン〉のロビイに坐っており、まわりで、たいがいは栗色と緑の明るいラコステのシャツ、プレスのきいたカーキのパンツ、ほとんどがコニャック色のモカシンを素足にはいた、ほとんどが男のエリートたちが渦巻いていた。女性たちも同じカラー・スキームのカーキで、スラックス、スカート、ショーツの違いは、自分の脚に対する感じ方によるのだ、という点でスーザンと私は同意した。ボブ・クーパーは、糊のきいたボタン・ダウン・シャツの上の二つのボタンをオープンにし、黒のリネンのズボンに黒のイタリアン・ローファーをはいている。部下たちの間でグレイの頭が抜け出て見える族長は、笑い、肩を握り締め、時に女性を抱き締め、敬意を表されたりしながら、みんなの間を歩き回っている。ギャヴィンはつねにクーパーに付いていて、マイアミでキューバ人が着る白いギャザーのはいった丈の長いシャツを着ている。バーニイ・アイゼンがマイ・タイを飲んでいた。エレンの姿は見えなかった。

話し声は切れ目がなく大きかった。休暇の初日のカクテル・タイムで、みんなが存分に楽しんでいる。会社はホテルを借り切っていた。そこにいるのは、私とスーザンを除いて全員キナージイの人間だった。

「すごいじゃない」スーザンが言った。

「プレッシャーを考えてみろ」私が言った。「自分は勝者のように見えるか？　服装をまちがえていないか？　有力者と話をしているか？　自分が参加のサインをしたのは正しい行動だったろうか？　仮にヨット遊びにサインして、ヨットにサインするのは敗者だけだと判ったらどうしよう？」

「恐怖のにおいが漂ってるわ」スーザンが言った。「それに欲望」

「それもある」

「私たちは、アメリカの会社社会の心臓部に入り込んだのね」

「クーパーはこの部屋でいちばん背が高いのに気が付いたか？」私が言った。

「彼は背が高いわ」

「おれよりいくらも高くないよ」

「だから、あなたは二番目に高いことになるわ」

「キナージイの幹部の誰一人としてCEOより背が高くないのを、偶然だと思うか？」

　スーザンは、ピノ・グリジオのグラスを手にしていて、理論上はこの一時間十分のあいだそれを飲んでいる。半インチ近く減っていた。部屋を眺めながらまた軽く口にして呑み込んだ。唇がかすかに開いていて、ワインで濡れて光っている。彼女のほうへ飛んで膝にのるのは品が悪いことは判っていた。なんとか衝動を抑え込んだ。

「我々は、ほかの説明はすべて通用しない時にのみ、なにかを偶然と推測するの」彼女が言った。

「すごいな。今のは〈君主の使う我々〉なのか？　それとも、きみとおれのことを言ってるのか？」

「あなたと私。私は〈君主の使う我々〉は国家的な出来事の場合にしか使わない」

「すると。偶然だと思っているのか？」

「いいえ」

「それなら、初めからそう言えばよさそうなものだが？」

「私は博士号を持ってるの」スーザンが言った。「ハーヴァードから。私が博士課程修了後の研究をやっていたら、まったく物が言えなくなってるわ」

「当然」

「全員がトレイニングをやってるみたい」スーザンが言った。

「それに、陽光の下で長時間過ごしている」

「日焼けしたように見せる方法はほかにもある」

「それに、みんな歯並みのいい白い歯をしてる」

「それを実現する方法もいくつかあるわ」

「驚いたな。見かけ通りのものは一つもないのか」

「あなたと私よ、かわいこちゃん《クッキィ》」

「それ以外に」

「私は、ホークは見かけと実際の人物がかなり合ってると思うわ」

「彼にそう言うよ」私が言った。「彼は誇らしく思うはずだ」

「彼とパールはなにをしてると思う？」

「今現在？」

「そう」

「川沿いを走って、人々を怯えさせてる」

「パールは喜んでるわ」

ロビイの周りに、いろいろなイヴェントを紹介するポスターが掲げてあった。どのイヴェントもポイントを稼げるコンペだ——ヨット、釣り、テニス、ゴルフ、ボッチェ、バドミントン、ホースシューズ、スキート射撃、アーチェリイと三マイルの競走。出席している数人の妻たちにはショッピングの段取りがしてある。

「女房を連れてくるのは敗者の印だと思うか？」私がスーザンに言った。

「絶対に。女房の尻に敷かれてることを証明してるわ」

「おれはきみを連れてきた」

「私、証言を終えるわ」

ボブ・クーパーが大きい力の強そうな手に飲み物を持って現われた。ギャヴィンが一緒だった。

「スペンサー、来てくれてすばらしいよ」

「たしかにすばらしい」

「これが例の一応の奥さん？」彼が言った。

「ボブ・クーパー」私が言った。「スーザン・シルヴァマン」

彼は満面に笑みを浮かべてお辞儀をし、彼女と握手した。

「かりにあなたが私の一応の妻だったら、完全な夫婦であるよう、確実を期するな」

「実際に、〈一応の〉が私が望む限界なの」スーザンが言った。

クーパーが体を起こして首を後ろに倒し、笑った。権威に満ちた大きな笑いだった。

「いや、驚いた」彼が言った。「男と同じだ。そこまで考えたことはないな」

彼がギャヴィンをちらっと見た。

「ギャヴ、きみはスペンサーは知ってるな、こちらが、えー、ミズ・シルヴァマンだ」

私たちは、会えて喜んでいるかのようにギャヴィンと握手した。

「部屋は不自由ないかね？」クーパーが言った。

「すばらしい部屋だわ」スーザンが言った。

クーパーは、実際に彼にとって重要なことであるかのように首肯いた。

「なにか必要な物があったら、デリアに連絡してくれ、彼女はここに来ている。十一号室」

私は首肯いた。スーザンが微笑した。

「私のテイブルに席を二つ取っておいたのだ」クーパーが言った。「ディナーのために。二人で同じテイブルに加わってくれることを願っている」

「二人ともわくわくしてるわ」本気でそう感じているかのように、スーザンが言った。

「では、その時にお会いしよう」クーパーが言った。「ディナーは七時だ」

彼はバアの男のグループのほうへ移って行った。ギャヴィンが付いて行った。スーザンは微笑しながら二人が行くのを見ていた。

「私たちがこれに来ることにしたのは、正確に言って、なぜなの?」

「おれはほかにどうしたらいいか、判らなかったのだ。おれは当てもなく探し回っているのだ」

スーザンが首肯いた。目の奥に小さなきらめきが見えた。なにかに興を覚えているのだ。

「なんだ?」私が言った。

「あなたは無理やり礼儀正しくしているのがやっとだわ。キナージイの社員だったら、どれくらい持つと思う?」

「その職が自分にどれくらい必要か、によると思う」

スーザンが私を直視して、抑制を捨てた手放しの笑みを見せた。私の消化管が緊張した。私は息を吸い込んだ。彼女がその手放しの笑みを見せると、私はいつも、その時に得ている以上に酸素が必要であるような感じを抱く。

「いいえ」彼女が言った。「そんなことはないわ」

28

スーザンと私はボブ・クーパーと食事をしたが、そのテイブルにはほかにギャヴィン、バーニィ・アイゼンと、髪の黒いアデル・マッカリスターという名の派手な美人がいた。彼女の肩書きは仰々しく、実際になにをやっているのか、知ることはできなかった。クーパーは、頭のいい好人物ぶりを最大限に発揮してみんなに愛想を振りまき、とくにスーザンに愛想がよかった。ギャヴィンは穏やかだが言葉数が少なく、バーニィ・アイゼンは精一杯男性的な勝ち組の印象を振りまいていた。

アデルはスーザンを通じて私といちゃついていた。

「とにかく」彼女が言った、「スーザン、彼は大きな男じゃない？」

スーザンがアデルに微笑した。それは代々の金持ちと成金の違いのようだった。スーザンは、家族が何世代にもわたって美貌であった感じの美人だ。それは彼女の知性の一部でもある。

「彼の筋肉に触ってみたい？」スーザンが言った。

「彼は見かけ通りの筋肉質なの？」アデルが言った。

「怖いくらい」スーザンが言った。

「ほんとにそうなの？」私を見てアデルが言った。

「怖いくらい」私が言った。

「触っていい？」

「筋肉を盛り上げることができない」私が言った。「上着が破れてしまう」

「誰かが、きみはかつてはボクサーだった、と言っていたな」ボブが言った。

「誰が？」

「いや、覚えていないが、目の回りに傷跡があるな」

「ボクシングやってたの？」アデルが言った。

「誰もがそう思っていたわけではない」

「あら、可愛いじゃない」アデルがスーザンに言った。「彼は謙遜してるわ」

スーザンの目が一瞬私を見てきらっと光った。

「彼は謙遜すべきことがたくさんあるの」スーザンが言った。

「ちょっと訊いてみたい」アデルが言った。「あなた方男全員が喧嘩をしたら、あなたは勝つ？」

アデルの質問はちょっとした底意地の悪い含みを持っていた。

「今の質問は、ほんとうに無意味なのだ」私が言った。「誰だって誰にでも勝てる。たんに、誰の勝ちたい気持ちが強いかによる」

「ボクシングが唯一の格闘技じゃない」ギャヴィンが言った。

「その通り」バーニイが言った。「絶対に」

クーパーは、まるで自分はその一部ではない、シャッターを開けっ放しの傍観者であるかのように、すべてのやりとりを眺めていた。バーニイにとくに関心があるようだった。アデルが手を伸ばして私の上腕をぎゅっと握った。私は虚栄心が強いから力を入れた。

「まあ、すごい」アデルがスーザンを見た。「彼は痛い思いをさせる？」

「この上なく可愛いやり方でだけ」スーザンが言った。

ボブ・クーパーは私たちのやりとりを注意深く聞いていた。バーニイ・アイゼンが時折冗談を言った。ギャヴィンは控えめな態度を維持していた。スーザンと私は、食事が終わるまでアデルに悩まされた。ディナーの後、キナージイの勝ち組がアイリッシュ・クリーム・オン・ザ・ロックスを手にするためにバアに詰めかけた。スーザンと私は自分たちの部屋に上がった。

エレベーターの中で私がスーザンに言った、「部屋に入ったら、おれが言うまでなにも言ってはならない」

「どうして、なにか装置があると思うの？」

「おれがボクシングをやっていたことを、彼はどのようにして知ったのだ？」

「ヒーリイが彼と話をしたはずよ。ヒーリイが彼に言ったのかもしれないわ」

「ヒーリイは誰にもなにも話さない男だ」

「そう、その通りだわ。彼の仕事は知ることであって、告げることじゃないわね」

「きみと同じだ」

　スーザンが微笑した。

「私の仕事は、アデルがあなたのズボンの前の隙間からもぐり込むのを防ぐことだわ」

「つねに警戒を怠らない」私が言った。

「すると、ボブCEOはあなたのことを調べたのにちがいないわ」

「それに、もっと知りたがっているかもしれない」

　エレベーターのドアが開き、私たちは部屋へ行った。

29

私が盗聴器を探している間、スーザンは窓の近くに坐って外を眺めながら黙っていた。天井のランプの円形の笠に入っていた。誰であれ、そこに入れた者は創意を欠いている。私が真っ先に探した場所だ。取り出してポケットに入れた。時には、相手が盗聴されるのを予期しているような場合、簡単に見つかる所に一つ置いて、もう一つをはるかに見つけにくい場所に入れ、相手が、最初の一つを使えなくしたことで安心するのを期待する。彼らは私が盗聴器を探すことを予期していなかったと思うが、いずれにしても残りの部屋全体を調べた。二つ目はなかった。見つけたのをトイレで流した。

「あれで興味深い送信をするはずだわ」スーザンが言った。「話をして大丈夫?」

「危険を冒してみよう」私が言った。

「彼らはなぜ私たちの部屋を盗聴するの?」

「性的ゴリアテというおれの評判を確認するためだ」

「あなたが盗聴器を見つけたのは幸運だったわ。ほかに理由は?」

「クープがおれにおべっかを使う理由、おれを招待した理由、と同じだ。連中はおれを操りたい、おれが知っていることを知りたい」

「だから、あなたは、彼らはロウリイの死に関わりがある、と感じるの？」

「判らない。彼らはたんに、束縛されない利益の追求に戻れるよう、事件が忘れ去られるのを願っているにすぎないかもしれない」

「あなたは本当に、一件の殺人事件が彼らのビジネスに深刻な影響を及ぼすと考えてるの」

私はなにも言わなかった。スーザンは待っていた。

「さあ、どうなの」彼女が言った。

「いや」

「だから、ほかになにかある」

「たしかにある」

「私は、クープの計画はあなたを魅了することを含んでいるのだと思う」スーザンが言った、「あなたが、彼はすばらしい男だ、キナージイはすばらしい会社だ、あの会社の人間は絶対に悪いことはできない、と考えるように」

「それには多大な魅力が必要だ」

「クープは、自分は魅力が溢れている、と思ってるのかしら？」

「もちろん、そうだ。彼について信頼を損なうような言葉はいっさい聞かれない」

「もちろん、それは、本当は、彼が絶大な権力を有しているからだわ」

「しかし、彼は、たぶん、その違いが判らないだろう」私が言った。

「あるいは、その点は考えないことにしている」

私たちは、一緒に窓際に立って、〈チャタム・バーズ・イン〉という名前のもとである大洋に洗われた砂州を眺めていた。浜に人が何人かおり、海上にボートが二、三艘おり、その先は目の届く限り青い海だ。私はスーザンの肩に腕を回していた。彼女は私の腰に腕を回していた。

「あれはちょっと不快だったわ」スーザンが言った、「喧嘩が起きたらあなたが勝つことに関するアデルの質問」

「判ってる。彼女は男性ホルモンがいっさい嫌いなのにちがいない」

「あれで、誰か一人あなたに挑戦したがらない限り、男たちは動きの取れない立場に立たされたわ」

「挑戦は見苦しい」

「それに、とても危険だった可能性があるわ。あなたはイースター・バニイではないのだから」

「ギャヴィンがちょっと試みたな」

「そう。あの格闘技に関する文句。彼は危険だと思う?」

「もちろん」

「彼を叩きのめすことができると思う?」

「もちろん」

「あなたが彼女の性的いたずらを防ぐことができたら」スーザンが言った、「アデルは話をすると興味深いかもしれないわね」

「彼女がなにか知っていれば」

「なにか聞くに値することを知っているにちがいないわ。それに、彼女はあの男たちが嫌いなのよ」

「そして、彼らの陰口をきくことに喜びを感じるかもしれない？」

「控えめに。ほのめかす。女性であること、機知に富んでいること、あるいは、たんにとても魅力的でセクシイであることを装って」

二人で海を眺めている間、スーザンは私の肩に頭を寄せ掛けていた。

「性的に不穏当な言い方と思われては困るが」私が言った、「彼女は男と寝ることによって会社の梯子の上の方に達した、と思うか？」

「アデル？　言うまでもないでしょう」

「判った。片付けなければならない仕事の一つだ」

「それを楽しんでやったら承知しないわよ」

暗くなってきていた。ビーチに人はいなくなった。風は静かだった。水が以前より緩やかに動いている。青い海は目の届く距離が短くなり、暗くなって水平線に吸い込まれた。

「大いに」私が言った。「おれたちはお互いを楽しんでいる」

「そうね」スーザンが言った。「とても」

30

　クープが朝食の時にもう一度試みた。スーザンと私は窓際のテイブルに着いて、私がポーチド・エッグ付きのコーン・ビーフ・ハッシュを、スーザンが時間をかけてベイグルの半分を食べていた。コーヒー・カップを手にしたボブが、高価なコロンのにおいをかすかに漂わせて、部屋を横切ってきた。べつのテイブルから椅子を引き寄せて後ろ向きにし、またがるようにして背当てに両腕をのせた。

「邪魔でなければいいのだが」彼が言った。

「そんなことはまったくない」私が言った。「二人でおれたちの希望と夢について当てもなく話していただけだ」

　クープが微笑した。

「冗談が好きな男だな、きみは?」

「周りにいれば楽しめる」

「たしかに」クープが言った。「どう思う、スーザン」

「楽しみよ」

彼女はベイグルの端をちぎって、クリーム・チーズを目薬の一滴ほど塗りつけた。クープはその様子をしばらく見ていた。そのうちに私に目を戻した。

「それでは」クープが私に言った、「まさにその話について、きみにちょっとした提案をしたい」

「ロウリィの死を調査するためにおれを雇いたいのだ」

クープがぎくっとした。彼が実際の感情を示すのを見るのは、初めてかもしれない。

「まあ、そうだ。どうして知っているのだ?」

「タルサのあんたのほうのパイプライン監視の仕事の申し入れを断わったからだ」

「タルサ?」

「そうだ。六月のタルサにはいつも気を引かれるが、スーザンと離れることができない」

クープは本当に混乱をきたしているようだった。

「誰がその申し入れをしたのだ?」彼が言った。

私は彼を見てにやっと笑った。

「ギャヴ」

「ま、いいだろう、私は微細管理はしないようにしている。私の申し入れに関心はあるかね?」彼がにっこりした。「私は最高責任者だ、申し入れはギャヴの申し入れを無効にする」

「階級には特権が付随する」

「その通り。関心はあるかね？」

「ノー」

「理由を訊いていいかね？」

「すでに依頼人がいる」私が言った。

「だが、我々の関心は合致する。我々が彼女の夫の死の調査費用を肩代わりすれば、マーリーンにとってもいいのではないか？　彼女は未亡人だ。彼女の財産は無限ではないかもしれない」

「お互いの関心が合致するかどうか、おれには判らない。自分の仕事をやることによってのみ、それを知ることができる」

「きみは私たち双方に雇われている、と考えてもいい。我々がきみの依頼料を上げることができるのはまちがいない」

「答えは同じだ」

「彼は頑固者だな、スーザン」

「周りにいれば楽しいわ」スーザンが言った。

クープはしばらく私を見ていた。休暇を楽しむキナージイのほかの社員たちが三々五々と朝食に入ってくるが、大半は広大なビュッフェに並んでいる。

「私はビジネスマンだ」クープが言った。「だから、一つの方法で取引をまとめることができなければ、べつの方角からその問題に立ち向かう」

私はハッシュを食べた。

「コンサルタントとして会社に加わるのはどうだ？」

私は微笑した。

「コンサルタント・スペンサー」私が言った。

「我々はかなりの額のコンサルタント料を払うことができる」

「それに、おれは、警備の面でギャヴィンに助言することができる」

「必要に応じて」

ボブがにやっと笑った。

「難しい仕事はなにもない」彼が言った。「きみは同時に、きみ自身の仕事を自由に進めることができる」

「で、ロウリイの死は？」

「きみが調べ出したことはなんでも私たちと分かち合い、我々が警察に最大限の助力を提供するのに協力してもらいたい」

「それだけ？」

「そうだ」

私はスーザンを見た。

「それだけだ」私が彼女に言った。

「いいわね」

彼女のベイグルが三分の一近くなくなっていた。よほど空腹だったにちがいない。

「クープ」私が言った。「スーザンとおれは、朝食の後、車で帰る。あんたの申し出について考えさせてもらいたい」

「いいとも。我々はぜひきみに加わってもらいたいのだ、大男《ビッグ・ガイ》」

「ありがとう、クープ」

クーパーが立ち上がって部屋を歩いて行った。いくつかのテイブルで立ち止まり、肩に手を掛けたり、背中を叩いたり、笑ったり、屈み込んで秘密を打ち明けたりしていた。

「クープ」スーザンが言った。

「彼はおれが好きなのだ。ほんとに、ほんとに好きなのだ」

「そのタルサというのは、どういうこと？」

「帰りの車の中で話すよ」

「彼の望みはなんだと思う？」

「おれが知っていることを知りたいのだ」

「すると、彼あるいは会社にとって不運なことを、あなたが調べ出すのを恐れているのね」

「と言うことは、調べ出すなにか不運なことがある、ということだ」

「それに」スーザンが言った、「それがなんであるか、彼は知っている。彼は警察をも抱き込もうとする、と思う？」

「ヒーリィ相手では話にならない。しかし、ヒーリイは州の職員だ。キナージイのような会社を経営していたら、州政府と繋がりはある」

「かつて、あなたがクープに、くそ食らえ、と言ったにちがいない時期があったわね」スーザンが言った。

「たしかに」

「そして、彼が反対したら、あなたは、殴るぞ、と脅かしたにちがいない」

「性格の激しい若者時代」私が言った。

「今は、あなたとしては感じがよくて、考えてみる、と言う」

「バランスのとれた円熟期だ。場合によっては、愛想がいいとより以上に知ることができる」

スーザンが微笑した。「それに、あなたは後で、いつでも彼に、殴るぞ、と言うことができる」

「そうするかもしれない」私が言った。

私たちは朝食を終えて、荷物を運び出した。スーザンは私の小さなオーヴァナイト・バッグを持った。私は、彼女の大きいバッグ、もう少し小さいバッグ、化粧品の入ったバッグ、彼女が、大きくてかっこ悪い、と言うバッグ、それに、彼女が海辺でかぶってどこにも入らない大きな麦わら帽子。

「どうしてベルマンを呼ばないの」スーザンが言った。

「おれの男としての誇りを傷付けようとしているのか？」

「そう、それがあったわね」彼女が言った。「時折忘れるのよ」

私は車の後部に荷物を詰めた。

「平らになるよう、大きいバッグを必ず広げておいてね」スーザンが言った。

言われたようにしてトランクの蓋を閉じ、乗り込むために歩いて行った。自分の側のドアを開けた時、サイド・ミラーで、黒い髪を長く垂らした小柄な男がホテルに入って行くのがちらっと見えた。もっとよく見るために後ろを向いたが、いなくなっていた。

「ちょっと待ってくれ」スーザンに言った。

駐車場を横切ってロビイに入った。黒い髪を長くした小柄な男はいなかった。ダイニング・ルームをのぞいた。いない。ロビイのはずれのバアをちらっと見たが、正午までは閉まっていた。諦めて外に出て行き、車に乗った。

「なにか探してるの？」スーザンが言った。

「知ってる人を見たような気がしたのだ」私が言った。

31

私たちが〈チャタム〉から帰ると、ホークとパールがスーザンの家の表の踏み段に坐っていた。ホークは瓶入りのビールを飲みながら、通り過ぎるラドクリフの女の子たちを眺めていた。パールは舌を出して彼の横に坐っていた。彼女がなにを眺めているのか、誰もはっきりとは判らなかった。責任ある両親なので、スーザンと私は十分ほど、舐めたり、跳ね回ったり、跳び上がったりして、パールが帰宅を歓迎するのに耐えていた。ホークは黙って見ていた。

パールがようやく落ち着くと、ホークが言った、「犬を飼ってる友人がいるんだ。彼女が帰ってくると、犬は尻尾を振る。彼女がぽんぽんと頭を叩いてやり、後は双方とも自分の用を果たす」

「あなたの言いたいことは?」スーザンが言った。

ホークがにやっと笑った。

「たんにひねくれた観察にすぎないんだ、お嬢さん」

「とにかく、自分の胸に納めておくことね。前を通りかかった時、ラドクリフの学生たちは、私のベイビイを可愛いと思ったかしら？」

「学生の大部分は」ホークが言った。「おれを見てたよ」

それはたぶん本当だろう。ホークくらいマサチュセッツ州ケンブリッジと似合わないものはめったにない。私たちはスーザンの荷物をおろして彼女の部屋に運んだ。

「こんなに長く行っていたような気はしないな」ホークが言った。

「スーザンはあらゆる可能性に備えて支度するんだ」私が言った。

「例えば、ルイ十四世とディナー」

「そうだ。神様とカクテル。予測はできないよ」

「準備がすべてだ」

「その通りでさ」私が言った。

スーザンが、荷造りしたものを選り分け、吊るし、しわを伸ばし、ふくらませ、たたみ、撫でて片付ける間、ホークと私は表のポーチでビールを飲んでいた。そのうちに、彼女がリースリングを注いだグラスを持って、ポーチの私たちに合流した。

そこは、本当は、暑い夕方、レモネードを飲み、ラジオで野球放送を聞き、網戸の外で虫が静かにたてる音を聞くために造ったポーチではない。むしろ、ベルを鳴らすのに立っているためのポーチなのだ。しかし、スーザンはそこに可愛い椅子を二つ出しており、大きな手すりと五段の踏み段がある。スーザンと私はその可愛い椅子に坐り、ホークは両足を上げて手すりにのっていた。彼はつねにくつろいでいるように見え、つねに居心地よさそうにしている。

「表のポーチでビールを飲む」私が言った。「おれはほんとは下着でいるべきなんだ」

「妻を殴るたぐいの男は」スーザンが言った、「タンク・トップが好きだわ」

「妻を殴るたぐいの男？」ホークが言った。「下着に対する偏執？」

「ショックでしょう？」スーザンが言った。

「おれがちょくちょく見かける男がいるのだ」私がホークに言った。「小柄、痩せていて、黒い髪が長く、青白い肌、細いメタルフレームの丸い眼鏡」

「悪い奴か？」

「かもしれん」

「お前を尾行してると思うのか？」

「かもしれん」

「そんな男は知らないな」ホークが言った。

「あなたが探しに引き返して行ったのはその男」スーザンが言った、「ホテルで？」

「ちらっと見ただけだ、同じ男ですらないかもしれない」

「調べる方法はある」ホークが言った。

「彼がおれを尾行し、お前が彼を尾行する？」

「それは一つの方法だ。あるいは、彼がお前を尾行し、おれが彼を尾行し、彼がお前を尾行しているのがはっきりしたら、首っ玉を押さえてちょっと揺さぶり、誰じゃろう、と言う」

「誰じゃろう?」私が言った。

「あっこでなにか言ってるのは、誰じゃろう……」

「止めて」スーザンが言った。

ホークが彼女を見てにやっと笑った。

「……あそこにいるのは誰じゃろう」

スーザンが指先で耳を塞いだ。

「少数民族の古典的ユーモアが嫌いなのか?」ホークが言った。

スーザンは指を耳に突っ込んだまま目をぎゅっと閉じた。

「あんたたちユダヤ人はつねに我々を卑しめる」ホークが言った。

スーザンが微笑して目を開けた。

「私たち、努力してるわ」スーザンが言った。「ほんとうに努力してるのよ」

「ちょっと邪魔をしていいか」私が言った。「彼がまたおれを尾行し始めたら、知らせるよ」

「いつもの料金で?」ホークが言った。

「その通り」私が言った。「事実、倍にすることを考えているんだ」

「いつもの料金はいくらなの?」スーザンが言った。

「ゼロ」ホークが言った。

スーザンがホークを見て、次に私を見た。リースリングを少し飲んで首を振り、妙な声で言った。

「世界中に異人種のペアが無数にいるというのに、結局、私はあんた方二人に出会ってしまった」

「今のは、女のハンフリイ・ボガートの物真似としては、これまでに聞いた中で最高だ」私が言った。

ギリシアの漁師風の帽子をかぶった男が、紐に繫いだ雑種犬を連れて通りかかった。パールが垣根までとんでいって激しく吠えた。雑種犬が唸って前に出ようとした。男は腹を立てているようだった。ポーチに坐っている私たちを見上げた。

「可愛いだろう」ホークが言った。「彼女は？」

男は一瞬ホークを見つめていたが、すぐ力を込めて首肯いた。

「とても可愛い」と言い、急いで犬を引っ張って行った。

パールは、男と犬が角を回るまで、相変わらず吠えながらその後ろ姿をにらみつけていた。そのうちにぱたぱたとポーチに戻り、坐って、ぽんぽんと叩いてもらうのを待っていた。スーザンがぽんぽんと叩いて、

「それで、何人くらいの女がボガートの物真似をするのを聞いたことがあるの？」と言った。

その点について私はしばらく考えた。

「ゼロ」私が言った。

スーザンが立った。パールがホークのそばに移り、ホークがぽんぽんと叩いていた。

「みんなの飲み物を取ってくるわ」スーザンが言った。

私たちはその後ろ姿を見ていた。

「おれはあの女が大好きだ」ホークが言った。

「おれも」

32

アデル・マッカリスターの秘書は、黒いドレスを着た白髪のがっしりした女性だった。

「ミズ・マッカリスターはあなたがおいでになるのをお待ちしています」彼女が言い、角の広いオフィスに案内した。

角部屋のオフィスの例にたがわず、革張りのソファ、接待用キャビネット、色とりどりの画鋲で印の付いた大きな世界地図。窓際に丸い会議用テイブル、床にオリエンタル・カーペット、ホーム・バア、オフィスの奥の壁際にあってドアに面し、前のものすべてを支配している優雅な脚の付いた長いテイブルは机の役を果たしている。その向こうに、ロウ・ネックのピンクのスーツ、短いスカートをはいたアデルがいる。

「真珠はそのスーツにとても似合うよ」私が言った。

彼女が微笑した。

「私、控えめな上品さを試みてるの」彼女が言った。

私はほほえみ返した。

「もう少し努力する必要があるかもしれない」

「よかった」彼女が言った。

内側の壁の二面に油絵のオリジナルが掛かっていて、そのうちの二点はなかなかいい。

「コーヒー？」彼女が言った。「水？　酒？」

「コーヒー」

「会議テイブルで飲みましょう」彼女が言った。「バーガー・キングがよく見えるわ」

どうやって知ったのか判らなかったが、私たちが腰を下ろすのとほとんど同時に、例のがっしりした秘書が、コーヒー、クリーム、砂糖とイークオルがのったコーヒー・セットを運んできた。

「ありがとう、ドッティ、私への電話は保留にしておいてね」アデルが言った。

ドッティが盆を置いてボスに微笑し、出て行った。アデルが磁器製のマグにコーヒーを注ぎ、銀のピッチャーに入ったクリームを私のほうに押し出した。彼女のマグには〈脚〉と書いてある。派手なピンクのスーツと真珠の場合と同じように、優雅なコーヒー・セットとひどく不似合いだった。

「それで」アデルが言った。「ビジネスなの、それともお楽しみ」

「おれはいまだにトレント・ロウリイの身になにがあったのか、調べ出そうとしている。あんたが手助けしてくれることを期待しているのだ」

「喜んで手伝うわ」

彼女の話し方は、すべてがセックスに通じるような印象を与える。

「トレントについて教えてくれないか」

「トレント」彼女が言い、両肘を椅子の腕木にのせて背当てに寄り掛かった。カップを両手で持ってコーヒーを一口飲んだ。「トレント、トレント、トレント」

私は待った。

「あなたは〈チャタム〉にいたわね」彼女が言った。

「いた」

「さらに付け加えるなら、驚くような美人と一緒に」

「いた」

「彼らがどんなか、あなたは見た、トレントはほかの連中と同じだったわ」

「と言うと？」

「自分の一物が一番大きいことを実証しようとする甲状腺機能亢進症の若い堅物」

「なにによって？」

「人一倍のビジネスの獲得、最良の新しい計画を考え出す、最高のボーナスを獲得する。当人が優秀であって、毎日、一日十八時間働く意欲があれば、キナージイは金のなる木だわ」

「毎日？」私が言った。

「土曜日、日曜日、休日。敗者の中にはクリスマスの朝休むのがいる」

「あんたはどこに属するのだ？」

彼女はにやっと笑ってコーヒーを一口飲んだ。

「甲状腺機能亢進症の堅物」彼女が言った。「男の子たちが持っているものすべてを持っているのを実証するのに懸命な女」

「そのほうはどんな具合なのだ?」

「うまくやってるわ」オフィスの残っている部分すべてをひっくるめるような身振りをした。

「正確に言って、なにをやっているのだ?」

「開発担当の上級副社長」彼女が言った。

「それで?」

「会社のジェットで世界中飛び回って、私たちにとって有利なチャンスを見つけるの」

「キナージイにとって?」

「もちろん」

「で、その中になにが含まれるのだ?」

「たいがいは自慢話をして鏡を掛け直す」

「ほかには?」私が言った。「ほかになにか、もっと、えー、具体的なことは」

彼女が大きく微笑した。

「時折のベッド付き合い」彼女が言った。

「絶対に必要な交渉の手だてだ」

「巧みな表現ね」

私は肩をすぼめた。

「それで、トレントはなにをしていたのだ？」

「最高財務責任者」

「彼はその仕事に優れていたのか？」

「ある面では、彼は魔法使いだった。資金の操作を真に理解していた。会計の天才だった。銀行業務を理解していた。彼は……ウォール・ストリートの仕組みについて、ほとんど遺伝的とも言えるセンスの持ち主だった」

「今の話だと、あらゆる面での鬼才のように聞こえるな」

「たしかに。しかし……問題は、彼が知っていたこと、知らなかったことじゃないの。つまり……彼はあくまで強く願望していなかった点なのよ」

「なにを願望するのだ？」

「めぼしい物全部。金、権力、カントリイ・クラブ、ポルシェ、ロレックス、モンブランのペン」

「それ以外になにがあるのだ？」私が言った。

「それは私たちがスコアをつける方法なのよ。それに、トレントはそのゲームを必死でやっていた。しかし、つねに……なんと言ったらいいか……彼はつねに、キナージイが持っていない物を探している感じだった」彼女が肩をすぼめた。「目的、平和、愛、なにか哲学的な物。トレントは誰にも劣らず感じの悪い男になりえた。それに、徹底した遊び人だった……しかし、なにかが欠けていたわ」

「あるいは、その逆か」

「なんですって？　そうね。そうでないかもしれない。あるいは、いいことだったのかもしれない。でも、ここでは違うわ。ここにとどまりたいのであれば、いい人間では……生き残れない」

「彼は生き残れなかった」

「そう。その点はちょっと悲しい。しかし、私はそういう意味で言ったんじゃないわ」

「あんたはいい人間なのか？」私が言った。

「とんでもない。あなたと話をしているのは、話さないでいる理由がなにも思い浮かばないからだわ。しかし、いい人間じゃない、あっという間にあなたに嘘が言える。なにか私の欲しい物が手に入るなら、あなたと寝るわ」

「それ自体がたいへんなもてなしだ」

彼女は話を止めて、買い物を考えているかのように私を見ていた。

「たぶん、そうなると思う」彼女が言った。「でも、無駄なセックスになるわ」

「おれがあんたになにもしてやれないから」

「その通り」

「で、あんたは、めぼしい物すべてが欲しいのか？」

「すべて。男が欲しがる物すべてが欲しいし、それを手に入れるには男より有能でなければならない。男より有能になったら、そのことをしつこく男たちに見せつけてやるの」

「驚いたな。女性解放論者だ」

「馬鹿なこと言わないで」彼女が言った。「私は女性のためになにかするつもりはない。自分のためにやってるの」

「クーパーについて、どんなことを話してもらえるかな？」

「上院議員になりたがってる、大統領に立候補するための位置につくために」

「ものすごい減俸だな」

「彼の視線は外に、上に向かってるの」彼女が言った。「トレントとバーニィが会社を運営してたわ」

「それで、今はバーニィだけになった」

「そう。しかし、それは変わるわ。助けてくれるトレントがいなくなったら、彼には一人でやってゆくだけの金玉と利口さがない」

「クーパーはどんな人物だ？」

「判らない。彼は見かけ通りの人間であるかもしれない。私には判らない。たいがいは不在地主なの。ワシントンでずいぶん時間を費やしてるわ」

「結婚してるのか？」

アデルがちらっと笑みを見せた。

「ビッグ・ウイルマ」彼女が言った。

「ビッグ・ウイルマ」

「彼が大学で結婚した妻だけど、絶対に結婚すべきではなかった。しかし、彼は彼女と離婚することができない、かりに彼が大統領に立候補した場合、離婚が彼のチャンスをつぶしてしまう」

「と、あんたは思う?」

「私がどう思おうと問題じゃない。彼はそう思ってる」

「彼はそのことについて話すのか?」

アデルは微笑してなにも言わなかった。

「あんたに。親密な状況の下で」

アデルは相変わらず微笑していた。

「クープは女遊びをするのか?」

「クープはしたことがないと思うわ」

「ギャヴィンについて話してくれないか?」

「だめ。私はギャヴィンについてはなにも言うことはないわ」

「怖い?」

「賢明なのよ。彼は主としてクープのボディガードとして機能してるわ」

「クープはボディガードが必要なのか?」

アデルが肩をすぼめた。

「彼はクープに非常に忠実だわ」

「クープがボディガードを必要とする理由を知っているのか？」

「いいえ」

私は首肯いた。アデルが私にコーヒーを注いでくれた。彼女は脚を組んで坐っており、注ぐために前屈みになると、短いスカートがうんと短くなる。私はスーザンに対して完全な愛情を抱いている。今のことに気付いたのは熟練した観察者であるからだ。

「ダリン・オゥマーラという名前を聞いたことがあるかね？」

「なぜ訊くの？」

「彼の名前があちこちで出てくるのだ」

彼女はしばらく窓の外を見ていた。そのうちに微笑した。

「会社相手のポン引き」彼女が言った。

「ああ、はあ」

「探偵はそう言うの？　ああ、はあ！」

「おれは以前は、〈いよいよゲームが動き始めた〉のようなことを言っていたが、人々は、おれがなんのことを言っているのか判らなかったのだ」

「それに、〈ああ、はあ〉のほうが短い」彼女が言った。

「その通り」

「あなたって変わった男ね。ここは世界中でもっとも成功している会社の一つなのよ。ここで行なわれていることのなにかについて、感銘を受けないの?」

「コーヒーが美味しい」

彼女が微笑した。「質問の範囲を広げるわ。あなたはなにかに感銘を受けることあるの? どこであれ?」

「スーザン・シルヴァマンはかなり驚くべき女性だ」

「〈チャタム〉であなたが一緒だったあの女性ね」

私は首肯いた。

「会社相手のポン引きについて話してくれ」

「それはたんなる表現。トレントが死ぬ前、彼は、クーパー、バーニィ・アイゼン、トレントとよく時間を過ごしていたし、彼はセックスの伝道師なの。この辺では笑い話の種だわ」

「彼が過ごしていた時間について話してくれ」

「驚いた、私のセラピストの一人のような言い方をするわ。彼は、会社の社交的行事にでる、みんなでゴルフをやる、時にはその誰かに会いにここに来る。みんなで昼食をする」

「それに関わっている女性はいるのか?」

「彼がやってるセックス・セミナーに何人かいたわ。人妻、うちの従業員の何人か」

「クープはどうなのだ? 彼はそのセミナーのどれかに参加してるのか?」

「私の知る限りではないわね」

「ビッグ・ウイルマ？」

アデルが首を後ろに倒して笑った。

「ビッグ・ウイルマに会うまで待つことね」

33

スーザンと私は、私の家で、ホークと胸部外科医のために夕食の支度をしていた。ということは、もちろん、私が料理をしていて、スーザンはテイブルのセッティングをし、あちこちに切り花を置いている、ということだ。

その外科医はセシルという黒人女性で、絶対的な超美人だった。私は、ズッキーニ、オニオン、ペパーを使いナスを省いた私独自のムサカを作っていた、ナスは大嫌いなのだ。私は料理を作りながらオレンジ・ウオッカのマーティニを飲んでおり、ほかの連中はキチン・カウンターに坐ってこれもマーティニを飲みながら、私のやることを見ていた。

「こんなことでお前たちがひどく疲れないことを願っているよ」ラムがきつね色になる間、私が言った。

「そんなことはない」ホークが言った、「おれは平気だ。しかし、どうして前もって準備しておかなかったのだ」

「犯罪と戦うのに忙しかったのだ」

「どっちが勝ってるんだ？」

「犯罪」

「長髪の小男はまた姿を現わしたのか？」

「まだだ。知らせるよ」

「おれはいつでも跳びかかる準備ができている」ホークが言った。

スーザンがごくわずかマーティニを飲んだが、たんににおいを嗅いだだけ、と言えそうな量だった。

「私が考えたことがあるの。あなたがあの会社のCEOと昼食をしている間に」

「ボブ・クーパー」私が言った。「キナージイだ」

「そう。あれは私的なクラブじゃないの？」

「だからおれは大いに名誉に感じたのだ」

「だから、ミスタ・ロング・ヘアはどうやって入ったの？」

「きみはおれのメンツをつぶしてるよ。その点は一度も考えなかったな」

「私たちの一人が思い付く限り、かまわないわ」

「疑いの指はクープに向けられる」

「そう思うわ」スーザンが言った。「もちろん、私は探偵じゃないから」

「いい加減にしてくれ」

スーザンが満足そうな笑みを浮かべて、また蒸発したマーティニを一グラム吸い込んだ。

私はムサカに戻った。

の」

「料理をどこで習ったの」セシルは言った。「私はいつも、料理する男に好奇心を抱く

「おれたちはいつだって料理してるよ」ホークが彼女に言った。

「しーっ。スーザンから学んだの？」

ホークと私が笑った。

「どうしたの？」セシルが言った。

「そう。それなら誰？」

「私があなたにコーヒーを淹れたら、焦がしてしまう」

「おれは男ばかりの家庭で育ったんだ」私が言った。「父親と叔父二人。おれたちみんな料理したよ」

「女なしで？」

「そこに住んでいるのはいなかった」

「すると、恥ずかしいことではなかった？」

「そう」

ムサカができた。マーティニが空になった。私がワインを開けて、食事をするためにみんながテイブルに着いた。パールはホークの横に位置を取り、頭を彼の肘の下に入れ、腿に寄せ掛けた。ホークがビスケットをちぎって与えた。

みんなで食べている間に、私が言った、「おれに計画があるのだ」

「ありがたいことだ」ホークが言った。

「えー、セックス・セミナーを主催しているダリン・オゥマーラという男に関する情報が必要なのだ」

「彼はラジオに出ていない？」セシルが言った。

「あれを聞いてるのか？」ホークが言った。

「必要ないわ」セシルが言った。「私にはあなたがいるわ、チョコレイト色の稲妻さん」

ホークがにやっと笑った。

「なにが必要なんだ？」ホークが私に言った。

「秘密調査員が必要だ」

「セックス・セミナーで？」スーザンが言った。「私がやるわ」

「きみはおれと一緒のところを見られすぎている」

「たしかに」

「おれが必要なのは、ホークとセシルが入会し、その一連のセミナーで本当になにが行なわれているか、見てもらうことだ」

ホークがセシルを見た。

「どう思う？」彼が言った。「ドクタ・秘密捜査官？」

「なにを知ろうとしてるの？」セシルが言った。

「おれは、オゥマーラが関わっていることすべてについて、なにか怪しいことがある、と思っている。情報が必要なのだ」

「それは判るわ」セシルが言った。「でも、なぜそれらのセミナーを調べるの？」

「なぜなら、今現在、おれはほかに調べるものがなにもないし、自分の車輪を空回りさせるのがいやなのだ」

「それで、どんなことが判るのを期待してるの？」

セシルは、愚か者は無鉄砲に飛び込むたぐいの女性ではない。

「おれは、ある人が彼を、会社相手のポン引き、と呼んだことになにか理由があるのか、知りたい」

セシルは考えていた。

「私はあなたと一緒にいるのね？」彼女がホークに言った。

「一秒たりとも離れない」ホークが言った。

「それに、なにであれ、やりたくないことをやる必要はないのね」

「ない」私が言った。

「おれ相手以外には」ホークが言った。

「あなたと一緒にやりたくないことは何一つないわ」

私はスーザンを見た。

「すごい。どうしてきみは、あのようなことを一度たりともおれに言わないのだ？」

「あなたはホークじゃないわ」

「毒蛇に嚙まれるより致命的な言葉だ」私が言った。「どう思う？　やれるかな？」

セシルがホークを見た。「あなたはどう思う、リコリス・キャンディ？」

「やるよ」ホークが言った。

リコリス・キャンディ？

34

私は、昼食のために、ケンブリッジの新しい〈リーガル・シーフード〉でマーリーン・ロウリイと落ち合った。天気があまりにもいいので、私たちは外のチャールズ広場の席に着いた。それが、未亡人生活が合っているのか、合っていないのか、どちらを意味しているのか判らなかったが、マーリーンは多少太っていた。顔がふくらみ、尻が前より逞しくなっている。席に着くと、彼女はワインを頼んだ。私はアイス・ティにした。

「あなた、飲まないの?」マーリーンが言った。

「昼食には飲まないようにしている。眠くなるのだ」

「興味深いわね。私にはなんの影響もないわ」

彼女は私に話しているが、目はチャールズ広場を見回していた。ウエイターが飲み物を運んできて、食事の注文を取って行った。

「あんたはダリン・オゥマーラのセミナーに参加していた」私が言った。

「誰がそう言ったの?」

彼女が白ワインを大きく一口飲んだ。

「ダリン」

「なんということ。それは秘密維持違反だわ」

「おれにはそのように聞こえたな」

「あの野郎め」

「だから、それについて少し話してくれないか」私が言った。

「なぜ？」

「なぜ話せないのだ？」

「あなたに私のセックス生活に首を突っ込んでもらう必要はないわ」

「ほんとに？」

「あまり気の利いた言い方をしないで」

「おれは努めている。しかし、成功していない。そのセミナーはどんな内容だった？」

「ワインのお代わりを注文してくれない？」マーリーンが言った。

「いいとも」

注文がすむと、私が言った、「セミナーはどんな内容だったのだ？」

マーリーンが二つ目のグラスから飲んだ。

「解放感を与えてくれたわ」彼女が言った。「プログラムに参加した時、私は性的な因習のとりこになっていた」

「うわー」

「とりこの意味判る?」

「判る」

「どういう意味?」

「縛られる」

「そう、あなたは頭がいいわね」

「その通り。しかし、とりこの意味を知っているからではない。性的因習の束縛から逃れることについて話してもらいたい」

「それが、私たちが真っ先に学んだことの一つだった。ダリンが、性的自由と言えば人々は不快感を抱いて、軽視する、と言った」

「侮る」私が言った。

「なんて?」

「軽視は侮るという意味だ」

彼女が眉をひそめた。

「そうね」

数人のウエイターが昼食を私たちのテイブルに運んできた。

「だから、逃れるためにあんたはなにをしたのだ?」彼らがいなくなると言った。

「私たちの性的能力をできる限り充分に経験せよ、とダリンが教えてくれたわ」

「べつに悪いことではない。彼は具体的な方法を提示したのか?」

「具体的な方法？」

「どのような方法でその実験的なことを達成するか？」

「失礼だけど？」

「あんたは配偶者を交換したのか？　親睦会でいろんな人に会ったのか？　南駅の前にたむろして、〈ヘイ、水兵さん〉とどなったのか？」

「無礼な言い方をしないで」

「時折、うっかり口から出てしまうのだ」私が言った。

「とにかく、私は、ここに坐って、自分のもっとも個人的な体験についてあなたに話すつもりはないわ、そういうことを期待しているのであれば」

「慎み深い、というのは、たんに、セックスに対する因習的な考え方の一つの罠にすぎないのではないかな？」

マーリーンは自分のカニ・サラダにまったく関心を示さなかった。通りかかったバス・ボーイを捕まえた。

「ワインが欲しいんだけど？」彼女が言った。

「ウエイターをすぐよこします」バス・ボーイが言った。

「なぜ私にこんなことをいろいろと訊くの？」

ウエイターを待っている間に、彼女はグラスを持ち上げて、何滴か残っているワインをあおった。私はチャウダーを一さじ口に運んだ。

たのか？」

「おれは捜査をしている。オゥマーラは、自由になることを勧める以外、なにもしなかったのか？」

「私は、誰が夫を殺したか調べ出してもらうために、あなたに金を払ってるのよ」

ウエイターがワインの入ったグラスをマーリーンに持ってきた。

「手が空いたら、私にワインをもう一杯持ってきておくほうがいいと思うわ」彼女がウエイターに言った。

「承知しました」

ウエイターが私を見た。

「アイス・ティのお代わりは？」

私は首を振った。マーリーンがワインを大きく一口飲んだ。私はチャウダーを食べた。

「オゥマーラは、あんたがヴィクトリア朝コンプレックスから自分を解放する手助けをしてくれたのか？」

マーリーンは前庭を見回していた。誰か重要人物がいるかもしれない。

「私たちがセミナーでの経験で学んだこと、私たちがそこで言い、行なったことは、私たちだけに属し、ほかの誰にも知らせない」

「たとえおれですら？」

彼女がくっくっと笑って、私のほうへグラスを持ち上げた。

「とくにあなたには」

ウエイターが追加のグラスを持ってくると、彼が持って帰れるよう、飲んでいたグラスを干した。

「あんたとトレントはセミナーでバーニイとエレンに出会ったのか？」

「もちろん、そうじゃないわ。バーニイとトレントは――」キナージイと言おうとして、Gの位置が入れ替わって「キンジェリイ」になった。

彼女は気付いていないようだった。私はさらにいろいろなことを訊いた。彼女はさらにワインを飲んだ。私はチャウダーを食べ終えた。彼女は自分のカニ・サラダに手をつけていなかった。私はアイス・ティの残りを飲み干した。彼女はまたワインを持ってこさせた。私は相変わらずダリン・オゥマーラについてなにも知ることができなかった。私は〈スペンサー犯罪防止ルール第二条〉に従うことを考えた。繰り返し努力しても成功しない場合は諦めろ。勘定を払った。払っているとマーリーンが急に立ち上がった。

「私、おしっこしたい」彼女が言った。

「いろいろと話してくれてありがとう」私が言った。

彼女がテイブルから向き直り、よろめき、後ろに倒れて、両脚を前に広げたまま、煉瓦敷きのパティオに勢いよく坐った。私は隣のテイブルの女性より一瞬早く彼女のそばへ行った。

「あなた、大丈夫？」その女性が言った。

「だいじょぶ」マーリーンが言った。

私は彼女の両脇の下に手を入れて立たせた。

「眠い」彼女が言った。

「彼女を洗面所に行かせないと」私が隣のテイブルの女性に言った。「入り口まで連れて行きます。彼女と一緒に入ってくれますか?」

「もちろん」その女性が言った。

彼女に接吻したかった。

「でも、彼女がまた倒れたら、立たせることができないと思うわ」

「外で待っています。私が必要になったら、人払いだけしてください、連れ出しに行きます」

隣のテイブルの女性が微笑した。胸が大きく、黒い髪に白いものが混じった力強そうな女性だった。

「オーケイ」彼女が言った。

私は女性用トイレのほうへマーリーンを歩かせて、外で待った。私が予想していたより長い時間がたった頃、二人が出てきた。

「おしっこしたの」マーリーンが言った。

「結構」私が言った。

35

私はチャールズ・ホテルに部屋を取って、マーリーンを誘導して行った。彼女は、二人で因習の束縛を破るものと思っていたが、私は、その前にベッドに一分ほど横たわらせた。彼女はすぐさま眠った。そして、私は無事脱出した。

私は、窓を開け、両脚を机にのせ、両手を頭の後ろで組み、トレント・ロウリイを殺したのが誰か、考えるつもりで、川向こうの自分のオフィスへ行った。そうやって長い時間坐っていたかもしれないが、幸いなことに、留守番電話の明かりが点滅していた。〈そう、気を散らすことになる〉。新しい伝言のボタンを押した。

声が言った、「クワークだ。ライム通りにいる。お前が関心を抱くかもしれないあることだ。集まった車が目に付く」

ライム通りは旧ボストンで、ビーコン・ヒルの台地にある。赤煉瓦、狭い連絡道路、豪華な私邸、金。長い通りではないし、適当に駐車している五、六台のパトカーが容易に見通せる。四階建て、煉瓦造りの豪邸の入り口の前に犯罪現場テープが張り巡らせてある。表のドアは窓にスミレ色のガラスが一枚入っている。ドアの制服警官に、クワークから連絡があった、と伝えた。彼が首肯いて家の中へどなった。

「警部に会いたい男」

一瞬、間をおいて誰かがなにかどなると、制服が中に入れてくれた。

べつの制服が言った、「警部はまっすぐ奥にいる」

廊下を進んで奥の間から、数多くのガラス窓が小さな庭に面している明るい部屋に入って行った。大画面のテレビ、サウンド・システム、ホーム・バア、革張りの頑丈な家具がいくつかある。床に、後頭部から大量の血が流れている死人がうつ伏せに倒れていた。緑色のテリイ・クロスのバス・ローブを着ている。クワークが尻のポケットに両手を突っ込んで立ち、死体を見下ろしていた。鑑識の連中が粉を振りかけたり、写真を撮ったりしている。その小さな庭に向かって開く幅の狭い一対のフランス戸のそばにベルソンが立っていた。部屋を見ていた。私が入って行くと、なにも言わなかった。彼がなにをしているか、私は判っていた。これまでに彼が犯罪現場を調べるのを見ている。たぶん、私がここにいるのを知らないのだ。

「電話をくれた？」私がクワークに言った。

彼が顔を上げた。

「この男を知ってるか？」

「顔を見ないと判らない」

クワークは犯罪現場用の白い手袋をはめていた。屈んで片手を死人の頭の下に滑り込ませ、持ち上げた。私はしゃがんで見た。

「ギャヴィン」私が言った。「キナージイという会社の警備部長だ。会社はウオルサムにある」

「彼のローロデックスでお前の名前を見つけたのだ」クワークが言った。

私はギャヴィンを見下ろした。彼の右手から二、三インチ離れた床に九ミリの拳銃がある。私の後ろで、ベルソンがフランス戸から離れてゆっくりと部屋を回り始めた。彼がやっていることを知るのに、見る必要はなかった。彼はいつも同じことをする。彼はあらゆる物を調べる。引き出しは一つ残らず開けて見る、ランプは一つ残らず持ち上げる、掛布、枕、シート・クッションをすべて動かす。カーペットの下、家具の後ろ、を見る。鑑識係は思い通りに仕事をする。ベルソンは自分の思い通りに仕事をする。

「自殺？」私が言った。

クワークが肩をすぼめた。

「銃弾は彼の口の上部から入った」彼が言った。「後頭部のてっぺんから出た。自分の口に銃を突っ込んだ場合の傷と一致する。銃は九ミリ口径、スミス・アンド・ウエッソンだ。弾倉から一発抜けている。最近発射されたものだ」

「遺書は？」

「彼のコンピュータの画面に出ている。署名はない」

クワークがソファのそばのサイド・テイブルから紙を一枚取り上げた。

「おれたちがプリントしたものだ」

私によこした。

〈私がトレント・ロウリイを殺した。責任を負う。しかし、もはや罪の意識に耐えて生きていけない〉

紙をクワークに返した。

「彼らしい文句か？」

「なんとも言えない」

「お前、そのロウリイの一件に関わってるのか？」クワークが言った。

「関わっている」

私は小さな庭を見た。誰もいなかった。

「あんたとおれと、庭に出よう。知ってることを話すよ」

クワークが幅の狭いフランス戸のほうに首を倒し、私について庭に出た。快い音を立てているミニチュアの滝がある小さな池の隣に、小さな石のベンチがある。狭い庭の残りのスペースに、いろいろな花、草と、トマトが四本植えてある。私は石のベンチにクワークと並んで坐って、ギャヴィンとキナージイについて知っていることを話した。

「その殺人についてはヒーリイと話をする」彼が言った。「なにか考えはあるのか？」

「考えはない。感じるものはある」

「すばらしい」クワークが言った。「おれは感じやすい男だ」

「オゥマーラがこの件のどこかにいる。おれが見るところすべてで、角を回る彼の尻尾の先が見えるのだ」

「ギャヴィンが殺して、罪の意識に悩み、自殺した、と思うか?」

「思わない」

「たとえ、彼がそう言っていても?」

「たとえ、誰かがそう言っていても」

「誰かほかの人間が彼を撃った、と思うか?」

「判らない。彼についてはおれはあまり知らないのだ」

「おれは知る」クワークが言った。「そのうちに」

鑑識係の一人が裏のドアを開けた。

「警部」彼女が言った。「見てください」

「行こう」クワークが言い、私たちは家の中に戻った。

奥の壁際の小さな書棚が脇に寄せられて、ベルソンが跪いていた。裾板のすぐ上の壁を懐中電灯で照らしていた。

「真新しい補修跡がある」ベルソンが言った。「小さいやつが」

クワークと私は屈んで見た。裾板と壁は赤ワイン色に塗ってある。裾板から三インチ上の辺りに、なにか継ぎ目を塞ぐパテのように見える小さな白い丸がある。

「銃弾の穴かもしれん」クワークが言った。「あるいは電話線のジャックか、漆喰の穴か」

「書棚の後ろ?」クワークが言った。「ほじくってみろ」

銃弾だった。ベルソンが掘り出してほこりを払い、手の平の上でちょっと転がした。

「この裏側は暖炉だ」ベルソンが言った。「弾は、炉の灰の受け皿で止まっていた」

クワークが首肯いた。屈んで、ベルソンの手の平の中の弾を見ていた。

「おれには九ミリのように見える」ベルソンが言った。

クワークがまた首肯いて書棚を見た。

「家具に穴はあいていない」クワークが言った。

「だから、書棚は動かしてあった」

「あるいは、もともとそこになかったのかもしれない」クワークが言った。「弾が発射された時は」

「穴を塞いだパテは新しい」ベルソンが言った。「表面は固いが、掘って行くとまだ乾いていない」

「だから、最近のものだ」クワークが言った。

「製造業者に電話してもいい」ベルソンが言った。「乾燥時間を訊くんだ。そうすれば、どれくらい最近か判る」

クワークが床のギャヴィンの死体をちらっと見た。

「彼を殺した弾ではありえない」クワークが言った。「彼が自分を撃った時、逆立ちをしていない限り」「もう一つの弾、彼を殺した弾は壁の上方にあった」ベルソンが言った。「だいたい、あるべき場所に」

クワークは、壁の、最初の弾が掘り出された穴を見ていた。

「そのほうは科学捜査班が手助けしてくれる」クワークが言った。

私たち三人はなにも言わずに、書棚があった個所の後ろ、壁の下のほうにある銃弾が掘り出された穴を見ていた。そのうちに、クワークが死体のそばへ行ってしゃがみ、ギャヴィンの右手を動かした。その手を見て、今度は弾の穴を見ていた。手を落として立ち上がった。

「これはまだ自殺の扱いにしないでおこう」彼が言った。

36

ウィルマ・クーパーは、リンカンの家の広大な裏庭で庭仕事をしていた。
「私、庭仕事はいつも朝のうちにやるの」彼女が私を見ないで言った。「夏はあまりにも短いから」

私は、湾曲した長い私道を上り、自分のアパートメントより広い煉瓦敷きのパティオを通り抜けて、彼女がそこにいると言った家の裏に回った。

その言葉通り、ホールター・トップ、足首まである紺のデニムのサンドレス、ものすごく大きな麦わら帽、黄色い大きな庭仕事用の手袋、茶色の履き古したサンダル、という姿の彼女がいた。事実、彼女は大きかった。背が高く、痩せこけた体が角張っており、心配しているように見えるやつれた顔をしている。帽子の下に見える白髪まじりの髪はパーマをかけているようだ。

彼女は、私と握手をするために手袋を脱ぎ、そうしている間に、私の右肩越しに左のほうを見ていた。レースのような緑の鉄の椅子が四脚置いてあるレースのような緑の鉄のテイブルにアイス・ティが入った大きなピッチャーが置いてある。ティの横の小さな皿にオレオ・クッキイがのっていた。私たちは腰を下ろした。

「私がどのようにしてお役に立つのか、判らないわ」彼女が言った。「夫の仕事の関係についてはなにも知らないの」

「アイス・ティを作って頂いて、ご親切に、ありがとう」

「なにを？　ああ、そうね。私……ありがとう」

これはいい徴候ではなかった。かりに彼女が、〈アイス・ティ、ありがとう〉でとまどうようでは、〈あなたの夫は誰かを殺しましたか？〉にどう対処するだろう？　慎重に物を言うことにした。彼女が二人のグラスにアイス・ティを注いだ。

「ミスタ・ギャヴィンはお気の毒なことでした」

私は自分のアイス・ティを飲んだ。インスタント製品で作ったのはまずまちがいない、と思った。すでに甘味料が入っている。ダイエット用。彼女が自分のグラスを見た。今度は横目で私を見てかすかに微笑した。なにに？

「そうね」そのうちに彼女が言った。

「彼をよく知っていたのですか？」

彼女はその点についてしばらく考えていた。私たちのはるか下方、はるか彼方の裏庭の底で、スプリンクラーが勝手に動いていた。

「そう……スティーヴ……は私たちの結婚式に出席したわ」

「ほんとに？」

彼女が首肯いた。ほかに飲む物がなにもないので、私は代用品のアイス・ティをまた飲んだ。

「それでは、あなた方は長年の友人だったのですね」

彼女がまたなにともなく微笑して、裏庭の斜面を見下ろしていた。

「ほんとは、彼は夫の友人だったの」彼女が言った。

「あなたは……人付き合いはしなかった」

「そう……しなかったわ……あまり」

私は音もなく息を吸い込んだ。

「トレント・ロウリイを知っていましたか？」

「もちろん」

「マーリーン・ロウリイ？」

「彼女は……彼女は……トレントの妻……だったと思う」

「バーニイとエレン・アイゼン？」

「彼は夫と仕事をしてたわ」

完全なセンテンスだ。彼女は流れに乗り始めている。

「しかし、あなたは人付き合いはしなかった」

彼女は首を振ってくっくっと笑った。次の瞬間、とつぜん、立った。と言うより、ビッグ・ウイルマとしては精一杯のとつぜんさだった。

「失礼するわ」彼女が言った。「私、家の中でしなければならないことがあるの」

すぐ向き直って歩いて行った。私はその後ろ姿を見ていた。彼女の動きは、動くことに慣れていないかのようにこわばっていた。彼女は私を置き去りにするつもりなのか、それとも、戻ってくるのか？　私は最後まで待つことにした。なんと言っても、ピッチャー一杯分のアイス・ティとクッキイののった美しい皿がある。傾斜している芝生の向こう端のスプリンクラーが、色鮮やかな小さい虹に満ちた微細な水煙を放っている。どこかへ行く途中のコウカンチョウがそばを飛んで行った。なにか自分が言ったことが原因なのか？　アイス・ティを飲むことを考慮しながら、その考えは否定した。自分の外見のせいでないのは確かだ。レイ・バンを掛けているが、つねにオーソドックスな外見を与えてくれる。さらに外見について言えば、白いボタンの付いた濃紺のリネンのブレイザー、白い絹のTシャツ、クルミ材の握りの付いた短銃身のスミス・アンド・ウエッソン・リヴォルヴァーを黒革のヒップ・ホルスターに差し、プレスしたジーンズ、素足に黒のニューバランスのクロス・トレイナーをはいている。おれを置き去りにすることに彼女が耐えられるだろうか？

彼女は耐えられなかった。再び姿を現わして、きびきびした足取りでパティオを私のほうへ戻ってきた。

「すみません」彼女が微笑しながら言った、「忘れてたことがあったので」

「どうぞ、どうぞ」

彼女がまっすぐ私を見た。目が明るく、大きく見開いている。腰を下ろしてアイス・ティを一口飲んだ。

「それで」彼女が言った、「どういう話だったかしら?」

「あなたはアイゼン夫妻とあまり付き合いがなかった」

「そう」

「立派なお家だ」

「ありがとう。私はここで生まれたの」

彼女はオレオ・クッキイを一つ取って口に放り込み、嚙んで呑み込んだ。

「ほんとに?」

手応えのある返事を得たら、その話を続ける。

「そう、私の母が亡くなった後、夫と一緒にここへ越してきたの」

「それはよかった」私が言った。ミスタ・熱意だ。「今買うとしたら、ずいぶん高価なものでしょうな」

「私は買う余裕があるわ」

「ミスタ・クーパーは大いに成功しておられる」

「ミスタ・クーパーなしで買う余裕があるわ。私自身の金をたくさん持ってるの」

「一家の金」たんになにか言うために言った。

「そう。事実、夫自身の財産も実際には一家の金なの」

「夫が非常な成功を収めたあの事業は、かつてウォルサム・ツール・アンド・パイプとして知られた会社だったの。父が戦後に始めた会社。私が夫と結婚した時、父が彼を会社に入れて、隠退した時、夫を最高経営責任者にしたの」

「こんなことを訊くのは失礼だと判っています。しかし、どちらがたくさん金を持っているのですか、あなた、それともミスタ・クーパー？」

「困ったわね」彼女が言った。「私は彼を十回売ったり買ったりできるわ」

彼女がまたオレオ・クッキイを一つ食べた。

「ダリン・オゥマーラという男と会ったことがありますか？」

「ラジオのあのセックス・マン？」

「そうです」

「とんでもない。なぜ訊くの？　彼が言うことすべてにまったく関心がないわ」

「彼はどうやらご主人の友だちのようです」

「そんなこと、ばかげてるわ。夫は、オゥマーラのような人間と時間を過ごす理由など、まったくないはずだわ」

「彼はどうやらアイゼン夫妻、ローリイ夫妻と親しかったようです」

「驚かないわ」

「なぜ？」

「なぜ驚かないか？」

「そうです」

「あれは、あのような女たちが関わり合うような、いやらしい人気取りの文句だわ」

「するとあの女性たちをご存じなのですか？」

「彼女たちがどんな人間か、知ってるわ」

私たちが話をしている間に、彼女はオレオを全部食べ、アイス・ティのほとんどを飲んだ。

そのうちに彼女が言った、「失礼で申し訳ないけど、ひどい頭痛が起きかけていて、なんとしても横にならなければならないの」

「それが非常に流行っています」私が言った。「私が話をする相手全員の間に」

彼女は行儀よく微笑して立ち去った。べつにどうということはない。私はなにも新しいことを聞いているわけではない。二号線で帰りながら、家に入った時、ビッグ・ウイルマはなにをのんだのだろう、とあれこれ考えた。さらに、その後で自分が見たのは、ジキルだったのか、それともハイドだったのか、と。

37

翌朝、自分のオフィスに入って行くと、ホークが、私の椅子に坐って私の机に両足を上げ、私のヴォルヴィック・ウオーターをラッパ飲みし、デイヴィッド・ハルバースタムの『ザ・ティームメイツ』という本を読んでいた。

「おれはドアに錠を掛け忘れたのかな?」私が言った。

「いや」

「少なくとも、お前は自分の本を持ってきたな」

留守番電話を調べたが、伝言はなかった。オフィスの冷蔵庫からヴォルヴィック・ウオーターを出して、依頼人用の椅子に坐った。ホークがカヴァーの折り込みを挟んで本を閉じ、机に置いた。

「おれとセシルは、ダリン・オゥマーラの週末セミナーに参加した」ホークが言った。

「今では、おれたちは、お前とスーザンを可哀相に思っている」

「おれたちが一夫一婦婚にこだわっているから」

「その通り。ダリンが言うには、我々は、えー、たしかこう言ったと思うが、手枷足枷を投げ捨てて、定型にこだわることなく我々のリビドウを経験すべきだ」

「すごいな」

「おれもそう思った」

ホークは黒人訛りの混じった独自の訛りで話していて、今の話を心底から嘲笑していることを示していた。

「ダリンが言う……彼はつねに、みんなが彼をダリンと呼ぶようすすめている……ダリンが言う、自分のイドを束縛から完全に解放し、しきたりあるいはその昔に奴隷だったことに関係なく情熱を経験することができれば……」

「彼は、奴隷制度の以前の状態、とは言わなかったはずだ」

ホークがにやっと笑った。

「おれがちょっと付け加えただけだ。ダリンが言う、それができて、しかもなお、ほかの誰よりも一人の人間に愛と激情を感じるなら、それが、自分が愛していることを知る方法なのだ」

「それなのに、おれは、本当に知ることなく、スーザンを愛している、と思い込んで長年歩き回っていたのだ」

「お前は知ったのかもしれない」ホークが言った、「おれたちが西部で彼女を追い回していた時」

「おれはすでに知っていた。だから、追い回していたのだ」

「へえ、そうか。その点についてはダリンに確かめる必要があるな。お前はたんに愛していると思っていただけで、実際には知らなかった、と彼が考えるのはまずまちがいないと思う」

「そこで、かりにこのことに入り込むとして」私が言った。「お前は、その理論を試すために何人もの人を追い回すことになるのか、それとも、彼は相手紹介サーヴィスをやっているのか？」

「おれたちはクラスのほかのメンバーとこのことを探究することになる、と彼は言った。おれは、もちろん、相手が押し寄せてくる。そして、セシルが、セミナーの人たちといわば始めるのは、なんとなく落ち着かない、ほかに方法はないのか、と言った。すると、彼が、おれたちがほかの人たちと会う手助けをすることもできる、と言った」

「大いに好奇心をそそられるな。オゥマーラは、お前かセシルに、彼女のためにどんな手配ができるか、言ったのか？」

「パーティがある。金曜日の夜。招待客のみ」

「お前は行くのか？」

「セシルが行く」

「お前は力不足で脱落したわけだ」

「連中はおれと競り合うのが怖いんだ」

「それで、セシルがそのことにすっかり夢中になって、どこかの男とクインシイかナイアックへ駆け落ちする段取りをしたらどうなる?」

「彼女が自分の情熱に従うのは自由だ」

「で、その男は?」

「彼は死ぬ」

38

私は、フレッシュ・ポンド・サークル近くのダンキン・ドーナッツの駐車場に停めたベルソンの車の中で、彼と一緒にコーヒーを飲んでいた。私たちの間のコンソールにドーナッツの箱がのっていた。大通りからの微風を捉えるために窓が下ろしてあって、フロント・ガラスを通して、前方の工場の塀が見える。ベルソンがボストン・クリーム・ドーナッツを選んで慎重に一口食べた。口の端に付いた少量のクリームを拭き取った。

「デイトの時にこいつは食べないことだな」ベルソンが言った。

「フランク」私が言った、「あんたが最後にデイトしたのはいつだ」

「この前の日曜日、女房とカーソン・ビーチに行って散歩したよ」

「それで、ボストン・クリームを食べたのか？」

「もちろん、食べない」

私は上品なプレイン・ドーナッツを選んだ。

「故ギャヴィンに関する科学捜査班の情報はなんだ？」私が言った。

「九ミリ弾が口の上部から後頭部へ抜けている。角度は自殺した場合の傷と合っている」

ものはなにもない」

「ない。コンピュータの画面の手紙だけだ。〈そう〉、とも、〈違う〉、とも教えてくれる

「あの遺書についてなにか？」

「両手と口の周りに」

「火薬の痕跡は？」

「死後時間がたっているのか？」

「おれたちが行った約六時間前」

「となると何時だ、午前九時か？」

「その頃だ」

「誰が彼を発見したのだ？」

「掃除の女性、週二回、午後に来る。彼女は二時頃と思ってるが、鍵を開けて入り、あの状態の彼を見つけた」

「あの穴埋め用のパテが完全に乾く時間は？」

「八時間」

「あの弾も九ミリか？」

「そうだ。ギャヴィンを殺したのと合う」

ベルソンは、ボストン・クリームを食べ終えて、今度はストロベリイ味のコーティングにいろんな色のチョコレイトのかかったドーナッツを選んでいた。

早川書房の新刊案内

〒101-0046 東京都千代田区神田多町2-2

http://www.hayakawa-online.co.jp

2008 6

世界は本当に終わってしまったのか？

友達はいた？
ああ。いたよ。
たくさん？
うん。
みんなのこと憶えてる？
ああ。憶えてる。
その人たちどうなったの？
死んでしまった。
みんな？
そう。みんな。
もう会えなくて寂しい？
そうだな。寂しいな。
ぼくたちどこへ行くの？
南だ。

ザ・ロード

The Road

《ピュリッツァー賞受賞作》

コーマック・マッカーシー／黒原敏行訳

空には暗雲がたれこめ、気温は下がり続ける。目前には、廃墟と降り積もる灰に覆われた世界が広がる。父と子はならず者から逃れ、必死に南への道をたどるが……。

荒廃した大陸を漂流する父と子の
壮絶な旅路を描く、巨匠の代表作

四六判上製　定価1890円［18日発売］

「それを食べるつもりか?」私が言った。

「もちろん」

「あんたはドーナッツの好みが悪いよ、フランク」

「いいはずだ。おれはお巡りだ」

私はコーヒーを飲んだ。

「すると、自殺としてすべてがうまく合うわけだ」

「あの二つ目の弾を除いて」ベルソンが言った。

彼はストロベリイのコーティングのドーナッツを一口食べた。私は顔をそむけた。

「あれを除いて」私が言った。

「あれについて考えてみたか?」

「考えた」

「なにか意見はあるのか?」

「ある」

「それを教えてくれないか」ベルソンが言った、「それとも、たんにドーナッツが目当てなのか?」

「誰かが、彼が撃たれているように口の中を撃ち、次に、彼の手を銃に当て、銃を顔のそばに持って行き、あの弾を壁に撃ち込んだ可能性がある、と考えている」

ベルソンが首肯いた。

「それに、彼はアパートメントの中の様子をよく知っていたことを示しているかもしれない」

「ということは、彼はこの件をかなり慎重に計画している」

「そうだ、同時に、彼は穴埋め用のプラスターを持ってこなければならなかった」

「ということは」ベルソンが言った、「彼は最初に書棚を動かさなければならなかった」

「彼が暖炉の裏側の壁にあの弾を撃ち込んだのは、貫通しないからだ」

「それに」私が言った、「かりに彼が、火薬の痕跡を残すためにそれらすべてのことをやったとすれば、たぶん、そういうことにはかなり詳しいのだろう」

「だいたい、おれとクワークが考えている線だ」ベルソンが言った。

「あんたたちのどっちか、ヒーリイと話したのか？」

「クワークが。州警はまったく手掛かりがない」

「クワークは、この件をどのように扱っているのだ？」

「公には、おれたちは、自殺と思われる件の未処理事項を片付けている。内部では、殺人と考えている」

「それに、この件はトレント・ロウリイの殺人と関連があるかもしれない？」

「そうだ。そうかもしれない、とおれたちは考えている」

「それに、キナージイと繋がりがあるかもしれない」私が言った。

「そうだ。それに、関係がないかもしれない」

「それで、可能性の大部分はカヴァーされるわけだ」

ベルソンが箱からべつのアイシングのかかったドーナッツを選んだ。

「それはどんな種類なのだ？」私が言った。

「メープル味で、ストロベリイ・アイシング」

「驚いたな」私が言った。

39

〈心の問題〉が、ある雨の降る夜、カントンのバルモラル・キャッスル・ホテルの舞踏場で親睦会を開いた。私たちは私の車で行った。

「私がミスタ・ぴったりに出会うと思う？」ホテルの前で私が車の速度を落とすと、セシルが言った。

「おれたちはその調査をしてるんだ」ホークが言った。

「でも、私は何人かと寝る必要はないの？」セシルが言った。「本物らしく見せるために？」

「どんな犠牲も惜しくはない」私が言った。

雨が強く降っている。私は乗降用ポーチのひさしの下で車を停めて二人を降ろした。

「私たち早すぎない」セシルが言った。

「ほかの誰よりも早く来る必要があるんだ」ホークが言った。「スペンサーが客の顔を見られるように」

「そうなら、ここで待っていられないの？」

「あちこち見て回る必要がある」ホークが言った。「どういう段取りか、彼が知るために」

「とにかく」セシルが言った、「それでいいと思うわ、かりにミスタ・ぴったりが来て、私が待ってるのを見つけたら」

二人が車から出てホテルに入って行った。私は車を走らせてポーチの向こうに回り、いちばん前の区画に駐車した。そこからはまだホテルの入り口が見える。五分たつと、私の携帯電話が鳴った。

「バルモラル・キャッスルは雨漏りがしているようだ」ホークが言った。

「雨漏り？」

「そこら中に樽をおいて、雨を樽に導くようビニール・シートを垂らしてる」

「すごい、完璧な舞台設定だ。親睦会はどこだ？」

「裏の奥、ロビイから入る」

「ほかにこれといった入り口は？」

「ない。来る者はみんなロビイを通ってこなければならない」

「オゥマーラはそこにいるのか？」

「彼はすでに、ディスク・ジョッキイ、助手二人ほどと中にいる」

「ゲストはいない？」

「おれとセシルだけだ」

「おれがいる所がどこかにあるか？」

「ある。パブだ。ロビイの外れで、カウンターに坐っていれば部屋へのドアが見える。画架にのせた大きな看板があるよ」

「親睦会に誰が来るか、見ることができるな」

「油断なく見ていれば」ホークが言った。

「努力を要するな」

「バアではあまり飲まないことだ」

私は薄手のレインコートにピッツバーグ・パイレーツの野球帽をかぶっていた。車から雨の中に出ると、襟を立て、キャップを目深に引き下げ、両手をポケットに突っ込んでホテルへ歩いて行った。中に入ると、ロビイのそこら中に樽とビニール・シートがあるが、ロビイを乾かしておくにはあまり役に立っていなかった。私が一歩あるくたびにカーペットがグシャと音を立てる。ありがたいことにキャッスル・バアは乾いていた。丸椅子に腰掛けて、ロビイの向こうの会場の入り口を見た。赤い字で〈心の問題〉という大きな看板がある。

ビールを注文して、ピーナッツをいくつか食べた。サマー・ドレスを着た女性三人が会場に入るのを見た。ピーナッツを食べた。挑発的な胸、ぴっちりした白いパンツをはいた長身のブロンドの女性が威張った足取りで会場に入った。クロプト・パンツに縞柄のジャージイのトップの、ベトナム人かとも思えるアジア系の目を見張るような美人が二人入って行った。セシルが入って行った。ホークがバアに入ってきて、私の横の丸椅子に坐った。

私はピーナッツを食べた。ホークがジン・アンド・トニックを注文した。二人で坐って、
女性たちが次々と入るのを見ていた。

「お前が招待されなかった理由が判り始めたよ」

「男を見かけたか？」

「いや」

八時ぴったりにダリン・オゥマーラがちょっと戸口に姿を見せた。私は額に手を上げて、
いかにも疲れたかのようにこすった。腕が顔を隠した。ダリンが両開きのドアを閉めた。

ホークは飲み物を少しずつ飲んでいた。私はビールをちびちび飲んでいた。舞踏場から音
楽がかすかに聞こえてきた。

「中で女同士で踊ってるのか？」ホークが言った。

私は肩をすぼめてピーナッツを食べた。

40

バルモラル・キャッスルからホークとセシルを家へ送って行く間、夏の雨が強く、心地よくフロント・ガラスに当たっていた。セシルが助手席で私と並んで坐った。ホークは後ろの座席にいた。

「ダリン以外、男はいなかったわ」セシルが言った、「彼と、どこかの髪の長い痩せた男。ダリンが短いスピーチをしたわ」

「なにについて？」

「同じくだらない文句。真の愛は強制することはできず、自由に許されなければならない、だから、結婚の責務の範囲外でしか得られない」

「その後、なんだ？」私が言った。「愛の話はそれで結構、次は衣類を脱ぐ？」

「そうじゃない。私たち一人一人が立って自己紹介して、部屋の端まで歩いて往復して、その髪の長い男がビデオ・カメラで私たちを撮影してたわ」

「ミスタ・長髪は大きな眼鏡を掛けてたか、バディ・ホリイのような？」

「大きな眼鏡を掛けてたわ。バディ・ホリイって、誰？」

「ビッグ・ボッパーの友だちだ。ビデオをどうするのだろう?」

「どこかの男たちのところへ行き、彼らが幸運な女の子を一人、場合によっては一人以上選ぶ。あれは配役のための招集だったのよ」

「すると、オゥマーラは要求を担当して、要求された女性たちが、要求した男たちに会いに行く段取りをするのか?」私が言った。

「誰もはっきりそうとは言わなかったけど、私たちみんなは当然そうなる、と思ってたわ」

「見ろ」ホークが言った。「真の愛へのコースを滑らかに進むことができる」

「ちょっとした組織が必要なだけだ」私が言った。

「あなたたち二人は、この状態の真の恐ろしさについて考えたことないのね」

「というと?」

「誰も私を要求しなかったら、どうなるの」

「人種差別のせいにするんだ」ホークが言った。

「そうね」セシルが言った。「私はその言い訳ができるのはありがたいわ」

「拒絶された哀れな白人女性はどうなるのだ?」私が言った。「お前たち黒人は有利な扱いを独り占めにしているんだ」

「白人であるのはつらいわね」セシルが言った。

「きみはこれをどう受け止めているのだ?」

「これまでのところ、好奇心をそそられるわ」

「奴隷の競売に似た含みがあるように思えるのだが」私が言った。

「判ってるわ。それに、このやり方に不快感を抱いて逃げ出すべきだ、といつも考えてるの。でも、そうはならない。これは真に人種に関することではないからだ、と思う。性別のほうがもっと大きな要素なの。女性は品物なのよ。なにか気持ちに引っかかることが出てくるとしたら、その点で思い悩むことになるはずだわ」

「この件について、もう少しの間続ける気はあるのか？」

「あとどれくらい？」

「きみのところへオゥマーラから連絡があるまで」私が言った。「彼がどんなことを言ってくるか、知りたいのだ」

「それはできるわ。私が実際にどこかのモーテルの部屋に行かなければならない、と言うのでなければ」

「そうはならない。訪ねて行くべきモーテルがあるとしたら、おれとリコリス・キャンディが行く」

「なんだか、がっかりするようなことになりそう」セシルが言った。

「リコリス・キャンディにとっては、そうはならない」ホークが言った。

41

私はオフィスで、両足を上げ、後ろの窓を開けて、新聞を読んでいた。そのうちに、コモンウエルス街一〇一〇のヒーリィに電話をかけた。

「おれは考えていたのだ」私が言った。

「それは珍しいことだな」ヒーリィが言った。

「ギャヴィンがおれにほかの土地へ行ってもらいたがった時、キナージイのタルサのオフィスの警備関係の仕事を申し出たのだ」

「おれはお前の仕事ぶりを見ている」ヒーリィが言った。「おれがお前だったら飛び付くな」

「おれたちに判っているだけで、キナージイの重要人物を尾行していた私立探偵が二人いる。そして、今は、その二人が姿を消してしまった」

ヒーリィはしばらく黙っていた。

そのうちに言った、「こっちから連絡する」

その後、階下に下りて車を出し、グロースターへ行った。

丘の頂上のやや小さめの家に住むマーク・シルヴァーを見つけた。その丘はロブスター湾の東側にあって、湾の反対側のアニスクアムを見下ろし、その向こうのイプスイッチ湾が見渡せる。私たちは彼の小さなデッキに坐って湾を眺めていた。デッキの樽にトマトが植えてある。彼がアイス・ティをすすめ、私は受けた。

「それで、なぜマーリーンについて知りたいのだ?」シルヴァーが言った。

彼は髪を短く刈り、滑らかに日焼けした顔立ちが整っており、自然のものにしては白すぎるような歯をしている。

「あんた、彼女が好きか?」私が言った。

マークは用心深かった。

「嫌いになる点はどこだ?」

「彼女は自己陶酔に耽り、尊大、心配症、我意を通し、依存心が強い……」私が言った。

彼がにやっと笑った。

「オーケイ、判った。あんたは素敵なマーリーンを知っている」

「それで、あんたは彼女が好きなのか?」

「ノー、もちろん好きじゃない」

「彼女はあんたが好きだ」

「マーリーンの好きなものは見当も付かない」マークが言った。「おれを自分の骨の上に飛び乗らせようとしたのはたしかだ」

「それで？」

「おれはゲイなのだ」

「彼女はそれを知っているのか？」

「もちろん。おれはみんなに知られていて、今さら隠すことはできないのだ」

「それで、それでも彼女はあんたに迫るのか？」

「マーリーンは、〈私を一回堪能したら彼は治るわ〉学派なのだ」

「ああ、あの学派」

「これが彼女の夫の殺人事件とどんな関係があるのだ？」

「判らない。おれは、なにかぽんと出ないかと、人々と話し続けているのだ」

「幸運を祈るよ」

私はアイス・ティを少し飲んだ。ミントの葉が入っていた。

「しかし、彼女は腹立たしいにもかかわらず、あんたは彼女のトレイナーを続けていた」

「おれは一戸、一戸回る。料金は非常に高い。おれとセックスしてまともに戻せる、と考える暇な上流階級の女には慣れている」

「すごいな。おれはもっとゲイになるべきかもしれないな」

「ハニイ、あんたは神様よりストレイトだよ」

私は肩をすぼめた。

「しかし、もっと手に入れやすい。彼女と夫の仲はどうだったのだ？」

「彼はあまり姿を見せなかったな。彼女は、彼についてあまり語らなかった。たまに話すと、主として彼がいかに金を儲けているか、という話だった」

「あの二人は、ありふれた文句を使いたくないが、愛し合っていたのか？」

「彼女は夫を、いい扶養者、と思っていたのだと思う」

「彼女は貞淑だった、と思うか？」

「いやあ、あんたはまったくストレイトだな。おれが知っているのは、彼女はおれをまともにしてやろうと努め続けていた、ということだけだ」

「彼女は、〈心の問題〉という組織について話したことがあるか？」

「ない」

「ダリン・オゥマーラという人間についてなにか言ったことは？」

「ない」

「あんたがトレイニングしてやっている間、彼女はなにについて話しているのだ」

「自分がいかに頭がいいか、いかに美人であるか、何人の男が自分に言い寄っては怖じ気づいたか、金がいくらある」

「なにかパターンが見えるな」

マークがにやっと笑った。

「彼女はあんたを狙っているのか？」

「そうだ」

「詮索するつもりはないが、彼女は成功したのか？」

「たしかに詮索だ、答えはノー」

「彼女はおれがゲイであるのを喜んでいるのだと思う」マークが言った。「そうであれば、おれを誘惑し損なっても敗者の気持ちを味わわなくてすむ」

「あんたは亡くなった彼女の夫を知っているのか？」

「会ったことはない。おれはいつも昼間行く。彼がいたことは一度もない」

「彼女がバーニィ・アイゼンについてなにか言ったことは？」

「ない」

「エレン・アイゼン？」

「ない」

「ギャヴィンという名前の誰か？　あるいは、クーパー？」

「おれが言ったように、マーリーンは、マーリーンと、彼女がいかにすばらしい人物であるか、について話すだけだった」

「マーリーンであることは、あまり楽しいことではないようだな」私が言った。

「楽しい？　とんでもない。彼女は、おれがトレイニングをやっている女性の半分と同じだ。彼女たちは、体調がいいことなど、本気で気にしていない。単に友だちが欲しいだけなんだ」

二人でさらにしばらく話しているうちに、私はティを飲み終えた。新しく知ったことは何一つない。

「つぶしたミントをティに入れるのか？」私が言った。

「そうだ。自分で栽培している」

「いいな」

彼が私に微笑した。

「いいものはたくさんある」彼が言った。

「マーリーン？」

「マーリーンはその一つじゃない」彼が言った。

42

この夏最初の本当にすばらしい日かもしれない。雲一つなく、明るく、気温は二十六度。湿気はない。オフィスに早く着いてコーヒーを仕掛け、オフィスの柱間の三つの窓を全部開け、椅子を回して窓枠に両足をのせた。心地よく空気を動かす程度の微風が入ってくる。コーヒーメイカーが心和む音を立てているうちに出来上がった。立ってカップに注ぎ、窓際に戻った。〈野球場へ連れてって〉を歌いたい気分だった。

後ろでドアが開く音がし、椅子を回し始めた時、アデル・マッカリスターの声が聞こえた、「たいへん、スペンサー、私、どうしたらいいか判らない」

私は椅子を回し終えて、両足を床に付けていた。

「ドアを閉めたらいい」私が言った。

「ああ、もちろん、そうね」

彼女が戻って行って閉め、私の机へ来て立っていた。

「ギャヴィンが死んだわ」彼女が言った。

「そう。知っている」

「自殺だと聞いたわ」

　私は首肯いた。

「そうなの？」

「たぶん、そうじゃない」

「おお、神様。神様」

　私は依頼人用の椅子を指した。

「坐れよ」

「だめ。たいへん、私……なんとしても私の力になって」

「なるよ」

「私、彼に言った。私がギャヴィンに言い、今度は彼が死んだ」

「その二つの事実は関連があると思うのか？」

「もちろん、もし自殺でないのなら、もちろん関連があるわ。誰かが彼を殺し、もし殺したのであれば、彼らは私を殺す」

「いや、彼らは殺さない」

「なんとしても私を守って」

「守るよ」

　私の横を通って開いている窓に行き、下の通りを見ていた。

「銃を持ってる？」

「いくつも」

「おお、神様、私、これからどこへ行ったらいいの」アデルが言った。

「私、これまでに、このようなことにまったく関わり合ったことがない。だいたい、私はスタンフォード大の経営学修士なのよ」

窓から離れてドアに行き、ドアを見ると向き直って私の机まで戻り、机とファイル・キャビネットとその上にのっているスーザンの大きな写真を見ると、向き直って私を通り過ぎ、また窓の外を見ていた。

「あんたは大丈夫だよ」私が言った。「坐ってくれ、話し合おう」

「私、だめ。私……」

顔が赤くなった。泣き始めた。大声を上げる全開の泣き方ではなく、しゃっくりをするような泣き方だった。少し涙は出ているが、流れ落ちるほどではない。立って行って片腕を彼女の肩に回し、そばに付いたまま、自分の街角、バークリイ通りとボイルストンの交差点を見下ろしていた。彼女はしばらくすすり泣くと、私のほうに向き直って胸に顔を当て、手放しの本泣きを始めた。泣き終わるのを待っている間、下の人通りを見ていた。いくつもの保険会社の女の子たちは、いつも、夏衣装になるととくに映えて見える。しばらくたつと、彼女が静まり、私は両肩をつかんで向き直らせ、机の前の依頼人用の椅子に坐らせた。机を回って自分の回転椅子に坐った。劇的効果を挙げるために、机の引き出しから三五七マグナムを取り出して机に置いた。

「それ、弾が入ってるの？」彼女が言った。

目が赤く、泣いた後の腫れぼったい顔になっている。

「入っている。弾の入っていない銃はあまり意味がない」

彼女が首肯いた。

「私を助けてくれる？」彼女が言った。

「もちろん。なにが起きてるのか判れば、なおいい」

「判らない。私がギャヴィンに言い、彼は調査したにちがいなく、彼らが彼を殺したのよ」

「誰が？」

「彼らが誰か、私はよく判らない」

「ギャヴィンに話したことを話してくれ」

「私たち、現金が枯渇しかけてるの」

「誰が？」

「キナージィ。私たち、この夏をなんとか切り抜けるだけの現金がないの」

「なぜ？」

「まだ判らない。私、偶然知ったにすぎないのよ」

「夏を切り抜けるだけの現金がない、というのは、どういう意味だ？」

「借入金の利子が払えない。それどころか、従業員の給料を払うことすらできなくなるわ」

「おれが現金がないのと同じだな」

「同じこと、もっと大きな規模で。ウオール・ストリートが知ったら、株価が一気に下がるわ」

「あんたは株を持っているのか？」

「山ほど」

「ほかの役員は？」

「山ほど。私たちの一括給与の一部だったの。それに、階層の低い従業員。彼らの年金は大部分キナージイの株に投資されている。彼らは無一文になるわ」

「なぜ、ギャヴィンに話したのだ？」

「誰に話したらいいか、判らなかったの。クープはおもにワシントンにいる。彼は知らないかもしれない。かりに知っていたら、私が知ることを望まないかもしれない。トレントとバーニイが会社を運営していた。私が考えているほどひどい状態だったら、バーニイは私に知られたくないはずだわ」

「あんたは、経済的な事実を報告した報復を恐れているのか？」

「もちろん、そうよ。あなたは判らない。判るわけがない。キナージイがどんな会社だか知らない。大きな会社で働いたことある？」

「アメリカ陸軍。ミドルセックス郡地方検事局」

「ちがう、ちがう。私が言うのは、大きな会社」

「あんたの言う意味は判っている。つまらない冗談を言ったのだ」

「そう」

「それで、あんたは発見したことをギャヴィンに話した。彼はなんと言ったのだ？」

「私はまずまちがいなく誤解している、と言い、そうではない、と私が言い張ると、そのことについては黙っていて、自分が調べる機会を得るまでは、誰とも話してはならない、と言った。いずれ結果は知らせる、と言ったわ」

「なぜ、ギャヴィンに？」

「彼は正直だと思ったから。彼は風変わりで、性心理的に未熟で、堅苦しい身なりをしてるけど、クープに忠実だし、誠実な人間だったと思う」

「それで、それ以外の誰かに話したのか？」

「いいえ」

「彼はあんたに連絡してきたのか？」

「判らない。私が次に聞いたのは、彼が死んだ、と言うことだった」

「それで、かりに彼が調査したとして、どの程度調査したのか、あんたは知らないのだな？」

「そう」

「しかし、彼の死は関係がある、とあんたは感じている？」

「そう。そう思わない？　私が言うのは、私が彼にある恐ろしいことを話し、次に私が知ったのは、彼が死んだということだった、という意味」

「朝食が昼食の原因ではない」

「それは、いったい、どういう意味なの？」

「一つのことが別のことに先行するからといって、一つのことがべつのことの原因だ、ということにはならない」

「あら、そんなことは百も承知だわ。でも、私が、くだらない形式的な論理的法則のために、殺される危険を冒したがってると思う？」

「いや。そんなことはない」

43

私は、知り合いの会計士に電話をして、四、五分間話をした。電話を切ると、パブリック・ガーデンからちょっと上ったマールボロ通りの最初のブロックにある自分の住まいへ、アデルをオフィスから直接移した。

「最初にうちへ帰って、ちょっとした物を持ってきたかったわ」

「このほうが安全だ」

「誰かが私たちを尾行する可能性はあったかしら?」建物に入ると彼女が言った。

「ない」

「ほんとに?」

「ほんとだ」

私は二階に住んでいる。二人で階段を上った。

「私たちが尾行されていなかった、とどうして判るの?」アデルが言った。

「おれは超能力があるのだ。場合によっては、後で高いビルを一飛びで越えてみせるよ」

彼女がかすかに微笑した。たぶん、私のウイットは彼女には高尚すぎたのだろう。アパートメントのドアの錠を開けて二人で入った。

「あの女性と一緒に住んでるの？」

「スーザン？　いや、一緒じゃない」

「すごい、あなたたちはいかにも……」

「おれたちはそうだ」

「あら」辺りを見回した。「ここに独りで住んでるの？」

「ある犬と面会権があるのだ。彼女が時折ここに泊まる」

彼女はまだ見回していた。

「驚いた。ごみ一つないわ」

「これは驚いた」

「私、ただ……ご免なさい……たんに、一人暮らしの男はブタだと思ってただけ」

「清潔なブタだ」

「自分で料理するの？」

「自分と泊まり客のために。コーヒー、飲むかね？」

「ありがたいわ」

彼女はキチン・カウンターの腰掛けに坐り、私はミスタ・コーヒーの火をつけた。

「私、いろいろな物が必要になるわ」

「リストを作ってくれ、サイズを入れて。あんたの代わりにスーザンとおれが買いそろえる」

「スーザン？」

「あんたが望む物の中には個人的な物があるかもしれないし、おれはすぐ赤面するのだ」

彼女が前よりはっきりした笑みを浮かべた。次第に自信を回復し始めている。ドアベルが鳴った。彼女が六インチほど跳び上がり、カウンターにコーヒーをこぼした。

「おお、私の神様、イエス様」彼女が言った。

「大丈夫だ。人が来ることになっている」

私が行ってインターコムで話し、ボタンを押してドアを開けると、一分ほどでドアからノックが聞こえた。覗き穴で確かめてドアを開けると、ヴィニイ・モリスが入ってきた。ヴィニイは中肉中背の男で、動きが非常に速く正確なために、私は彼を見るたびにいつも非常に精密な時計が頭に浮かぶ。黒い髪を短く刈っている。ひげを剃ったばかりで、黒っぽいサマー・スーツ、白いシャツにネクタイを締めている。キャンヴァス製の長いジム・バッグを持っていた。

「ヴィニイ・モリス」私が言った。「こちらはアデル・マッカリスター」

「やあ、こんにちは」ヴィニイが言った。

アデルは、「ヘロー」と言った。

「ヴィニイはあんたとここに泊まることになっている」私が言った。

「ここに？」

「そうだ」

「私……なぜ？」

「あんたを守るためだ」

ヴィニイがバッグを私のソファに置いてジッパーを開け、短い二連の散弾銃と実包を二箱取り出した。アデルはまるでコブラを見るような表情で彼を見つめていた。ヴィニイが実包をコーヒー・テイブルに置き、散弾銃をソファの手前の端に立て掛けた。次にアイポッドとイヤフォンを出してコーヒー・テイブルに置いた。

「彼は……？　彼はほんとに私を守ることができるの？　彼は、失礼なことを言うつもりじゃないけど、ミスタ・モリス、あなたのように大きくないわ」

ヴィニイは私たちにまったく注意を払っていなかった。入ってきたばかりのドアへ行って開け、廊下をしばらく見ていた。ドアを閉めて錠を掛け、スイング・ボルトをはめ、覗き穴からちょっと外を見た。

「大きいのはいい標的になるにすぎない、というのがヴィニイの見解だ」

「しかし、彼は、えー、有能なの？」

ヴィニイはリヴィング・ルームを横切って、ちょっと通りを見ていた。

「ヴィニイは非常に優れた射手だ」

「それで……えー……誠実なの？　頼りになるの？」

「彼はいつまでもここにいてくれるか、という意味かな？　いてくれる。ヴィニイは非常に信頼できる人物だ。彼はあんたと一緒にいるし、おれがたまにやって来てあんたと一緒に泊まるし、ホークという名前の男がたまにやって来る。おれたちの一人はつねにあんたと一緒にいる」

「ホークはその人の名前なの、それとも姓なの?」

「ただホークだ」

「それで、彼も臨機応変の処置ができるの」

「非常に」

「私はどうやって彼と判るの?」

「ヴィニイかおれが紹介する」

「それで、あなた方の一人が、ここで私と一緒に泊まるの、二人だけで?」

「そうだ」

ヴィニイがリヴィング・ルームのキチン寄りの端へ戻ってきて、自分のコーヒーを注いだ。

「私、なんと言うか……考えるの……つまり、夜間?」

ヴィニイが冷蔵庫でライト・クリームを見つけ、自分のコーヒーに入れた。

「おれたちはできるだけ不作法な真似はしないようにする」私が言った。

「おれはセックス相手がたくさんいるんだ」ヴィニイが言った。「あんたとセックスする必要はまったくないんだ」

アデルがほんとに赤面した。いい徴候だ。恥ずかしがるほどに落ち着きを取り戻している。ヴィニイがコーヒーに砂糖を五さじ入れていた。

「私、そういうつもりで……ただ……」

「判っている。あんたは初めての経験だ。おれたちを信頼していい。おれたちがあんたを守る。それに、あんたのプライヴァシイと慎み深さとあんた自身を尊重する」

彼女が首肯いてヴィニイを見た。彼は非常に甘いコーヒーをちびちび飲んでいた。

「あなたをヴィニイと呼んでいい？」

「もちろん」

「それで、私はアデル」

「そう。それは知っていた」ヴィニイが言った。

44

　私は、警察の新しいハイ・テク本部の中にあるクワークの新しいハイ・テク・オフィスへ彼に会いに行った。

「すごいな」、私が言った。「今ではこれまでよりはるかに多くの悪党を捕まえているにちがいない」

「あまり大勢捕まえるんで」クワークが言った、「連中は少し手を緩めてくれ、と言ってる」

「おれの所にキナージイの幹部がいて、あの会社は破産に近い状態だ、と言っている」

「驚いたな」

「キナージイの社員が二人射殺されている」

「一人はヒーリイの事件だ」

「それで、もう一人はあんたの事件だ。これが一つの手掛かりになると思うか？」

「なるかもしれんな」クワークが言った。「その情報源は誰だ？」

「その情報源は身の危険を感じて隠れている」私が言った。「その場所は言わない、と約束したのだ」

　クワークは、平たい腹の上で分厚い両手を組み合わせ、椅子に寄り掛かった。

「それで」彼が言った、「お前はもちろん、その情報源のいる場所を知っている」

「知ってる」

　クワークは中途まで椅子を回して、しばらく窓の外を見ていた。

「おれは長年お前を知っている」彼が言った。「だから、その名前をおれに教えるようお前を脅すことができないのは判っている」

「気にすることはないよ、おれはいまだにあんたが怖いのだ」

「ありがとう。あの会社が破産するという証拠がなにかあるのか？」

「たんに重要な地位にあるおれの情報源の根拠のない主張だけだ」

「そう言えば判事は喜ぶはずだ。それで、かりにそうだとして、かりにおれたちが立証することができるとして、それがおれの殺人とどういう関係があるのだ？」

「二件の殺人、という意味ではないのか？」私が言った。

「もう一つのほうはヒーリイの事件だ。おれは、解決された場合にしか、手柄を主張しないのだ」

「当然だな。どういう繋がりがあるか、おれは判らない。ただ、繋がりがあるかもしれない、という気がするのだ」

「もちろん、あるかもしれん。それで、おれがお前にやってもらいたいのは、まっすぐ地方検事の事務所に行って、氏名不詳の情報源から手掛かりになる可能性のある申し立てがなされ、この州でもっとも成功している会社の帳簿を調べる許可が欲しい、と言うことだ」

「彼らは、現在の上院議長のこの前の選挙で、多額の献金をしたのではなかったかな？」

「したと思う」

「あんたの名前を出してもらいたいか？」

「いや」

「ヒーリイはあそこに入り込めるかもしれない」私が言った。

「彼に訊くといい」

「許可をもらう可能性があると思うか？」

「思わない」

「おれも思わない」

「だから、ケープをまとった戦士君」クワークが言った、「お前次第だな」

「おれの会計検査能力は少々錆び付いているかもしれない」

「そういうのが大勢いるよ」

「それでも、おれがあそこで行き当たりばったりに充分時間を費やせば……」

「お前は『ハムレット』が書けるかもしれない」クワークが言った。

45

私はコプリイ・プレイスでスーザンと落ち合った。市の中心にある高層のモールだ。私が彼女を見つけた時、ある店のウインドウを覗いて、赤いパンツスーツを着たマネキンを検討していた。

「あれに合った鞭を売ってる店を知ってるよ」私が言った。

「もちろん、そうでしょう」彼女が言い、接吻してくれた。「そのアデルとかいう人のリストを持ってるの?」

「アデルとかいう人? 抑圧された敵意がかすかに感じ取れるが」

「そうよ。そのリストを持ってるの?」

彼女にリストを渡した。専門家がレントゲン写真を読むような感じで目を通していた。コプリイ・プレイスに来るたびに、このモールが地域的同一性を避けるのに見事に成功している点に感嘆する。ここに入ると、ダラスあるいはシカゴ、ロス・アンジェルス、トロント、ミシガン州アン・アーバーにいるのと変わりがない。

「オーケイ」スーザンが言った、「これの大部分は〈ニーマン〉で買えるわ」

彼女が化粧品、下着、ジーンズとトップ、髪の手入れ用品、パンティストッキング、褐色の派手なローファー一足、いろいろな個人的衛生用品を買う間、彼女に付いて〈ニーマン〉の店内を歩いた。〈ニーマン〉にいる間に、彼女は自分のスエターと何枚かのパンツを買った。私が金を払い終えると、ちょうど昼食代程度残ったので、二人で階下の〈ザ・パーム〉へ行った。

「それで、なぜ敵意を?」私が言った。

「そのアデルとかいう人に対して?」

「そうだ。その敵意だ」

「彼女は性的略奪者という感じがするの」

「性的略奪者?」

「そう」

「それは同情心を欠くように思えるな」

「ふむ」

彼女は注文したアイス・ティのグラスから一口飲んだ。

「おれが言うのは、きみはしばしば性的要求に応じている、ということだ」

「あなたに」

「そうだ」

「私にはその権利がある」

「それで、彼女にはない」

「ないわ」

「ことによると、彼女はヴィニイかホークの性的要求に応じるかもしれない」

「それは彼女の権利だわ」

「しかし、おれに対してはない」

「それは彼女の権利じゃないわ」

「たとえ、彼女が要求しても、おれは不動の存在でいる」

「そうすると信じてるわ」

「それなら、なぜ気にするのだ？」

「一言で言えば、かりに私が、男性患者の一人がしばらく私と暮らしていた、と言った場合、あなたは自分の精神的な状態をどのように表現する？」

「一言で？」

「そう」

「逆上」

「ありがとう」

私は自分のヴァージン・マリイを一口飲んだ。

「今現在、出て行ってくれ、と彼女に頼めない」私が言った。

「判ってるわ」

「彼女はしばらくあそこにいることになる」

「判ってるわ」

「彼女の甘言にはのらないよ」

「判ってるわ」

「しかし、きみはそれでも敵意を抱き続ける?」

「そう」

「しかし、おれには抱かない」

彼女があの輝くような微笑をした。彼女の顔全体が色づき、時計を速く進ませるような
あの微笑だ。

「もちろん、抱かないわよ、私の大きなキンカン。私はあなたを愛してる」

「パール以上に?」

微笑は消えなかった。

「そこへ話を持って行かないで」彼女が言った。

46

アパートメントに戻ると、上着を脱ぎ、ベルトに九ミリ口径のグロックを挟んだヴィニイが、私のストーヴの鉄板のほうで、ヴィネガー・ペパー風味ソーセージを調理していた。べつのガスレンジには大きなポットが火にのっていた。アデルとホークがカウンターに坐って彼を見ていた。二人はグレイ・リースリングを飲んでいた。

「勤務中に？」私がホークに言った。

「ヴィニイが勤務だ」ホークが言った。「それに、おれが酔わないことはお前は知っている」

「一瞬、そのことは忘れていたのだ」

「ヘロー」アデルが言った。

「保護者に慣れてきたようだな」私が言った。

「そう」アデルが言った。「たぶん、ストックホルム症候群の変形だろうと思う」

「セシルが電話してきた」ホークが言った。「ここへ来るように言っておいた」

「反応があったのかな？」

「そうだと思う」

「いつだ？」

「今夜」

「お前は勤務に戻ることになるようだな」私が言った。

「もうすぐ」ホークが言った。

アデルが、話している私たちを見守り、時折、ソーセージとペパーを仕上げているヴィニイを見ていた。

「セシルが誰か、教えてくれない？」アデルが言った。

「なにをしようとしているの？」

「セシルはホークの友人だ」私が言った。「残りの部分はちょっとあいまいなのだ」

「危険なこと？」

ホークがにやっと笑った。

「おれたちにとっては危険じゃない」

ドアベルが鳴り、ホークが行ってセシルを入れた。

「私、デイトができたの」リヴィング・ルームに入ってきながら彼女が言った。

「もちろん、できるさ」私が言った。

「ほんとにほっとしたわ」

セシルはヴィニイを知っていた。私がアデルに紹介した。

「一杯必要だわ」セシルが言った。

「マーティニ？」

「ロックス、あればオレンジ・トゥイストを入れて」

私が彼女のマーティニを作ってやった。

「この件は楽しみだったわ」彼女が言った、「判るでしょう、お巡りと泥棒ごっこみたい、一種の冒険。それに、ホークとあなたがそばにいるのがつねに判っていた」

「守り、奉仕する」私が言った。

「それが、今は怯えてるの。これ以上この遊びはやりたくない」

「その必要はない。どういう取り決めなのか、話してくれ」

「私はパーク・ドライヴのあるアパートメントに行って、2-Bのグリフィンのベルを鳴らす」

「それだけか？」

「そう。誰かが出たら、私がインターコムで名前を告げる。彼がオートロックを外して私を中に入れ、私はアパートメント2-Bに上がって行く」

「そこに上がった時の指示はあるのか？」

「なにもないわ」セシルが言った。「たぶん、衣類を脱ぐのだと思う」

「おれも一緒に行くべきかもしれないな」ヴィニイが言った。

「ヴィニイはアデルと一緒にいる」私が言った。「ホークとおれが付いてゆく」

「私、行かなければならない？」

「彼がオートロックを外す前にきみは名前を言わなければならない」私が言った。「その後、ホークがきみをどこかへ連れて行けばいい」

「そして、あなたが上がって行くの？」

「ノック、ノック」私が言った。「誰だ？」

「彼が見ていたらどうなるの、あるいは、覗き穴からあなたを見て、中に入れなかったら」

「彼はいつかは出てこなければならない」

セシルが首を振った。

「私、ここまでやって来た」セシルが言った。「あなたを中に入れなければ気がすまないわ」

「おれたちがきみと一緒にいる」私が言った。

彼女がホークを見た。彼が首肯いた。

「オーケイ」彼女が言った。「どういう計画なの」

私たちは六時三十分にフェンウエイに着き、セシルが見られるように、ゆっくりとパーク・ドライヴを下って一三七番を通り過ぎた。今度はボイルストン通りへ回り、パーク・ドライヴから一ブロック離れたスーパーマーケットの駐車場に車を入れた。六時四十五分で、セシルの約束は七時だった。

「もう一度言う」私が言った。「きみとホークはジャージイ通りを下って行く。ホークは角を回ったところで姿を見られないように立ち、きみはアパートメントに向かって歩き続ける。おれはキルマーノック通りを上ってその方向からアパートメントに近付く。きみたちよりちょっと先に行き着けるよう、おれが少し先にスタートする。おれは表の段に立ってポケットの鍵を探す振りをする。きみが来て、おれにまったく注意を払わずにベルを押す。きみがベルを鳴らすのを見たとたんに、ホークがおれたちのほうに歩き始める。階上のきみのデイト相手は、きみのベルに応えなければならないから、窓から外を見守ることはできない。きみが解錠されると、おれは鍵を失ったので、一緒に入って行く。おれはホークを入れるためにちょっとぐずぐずし、きみはゆっくりとエレベーターのほうへ歩いて行く。ホークが入ってきて階段を上る」

「階段がなかったらどうするの？」

「おれたちがなにか方法を考える」私が言った。「しかし、おれはあのような建物のいくつかに入ったことがある。どこもエレベーターを取り巻くように階段がある」

「どういう段取りになっても」ホークが言った、「お前は一秒たりとも一人になることはない」

セシルが首肯いた。

「まだ怯えてるわ」彼女が言った。

「無理もない」私が言った。

「胸骨を砕くより簡単だ」ホークが言った。

セシルがなんとか笑みを浮かべようとした。

「破砕機なんか使わないわ」

「それで、ホークが階段を上る」私が言った。「おれはきみと一緒にエレベーターに乗る。ホークは階段を上った吹き抜けの、姿を見られない位置でぐずぐずしながら覗き穴があるかどうか、角から見る。なければ、彼は歩いて行ってドアの横に立つ。おれたちが上って行く。二階で降りる。きみが降りる。おれが降りる。きみは2－Bに向かって歩き始める。おれが見て、ホークが見えたら、覗き穴がないと判り、走って行ってドアの反対側に立つ。ホークが見えなかったら、動かないようドアを開けたままエレベーターの中にとどまり、きみが歩いて行ってベルを鳴らすまで待つ。ドアが開いたら、ホークとおれが廊下を走って行って、押し入る。きみはおれたちの視界から外れることはまったくない」

「オーケイ」彼女が言った。

私は彼女を見た。

「大丈夫だな？」私が言った。

彼女が首肯いた。私はホークを見た。

「セシルはちょっと緊張しているようだ」私が言った。「アフリカ系の人々は青ざめることがあるのか？」

「異人種間結婚の場合だけだ」ホークが言った。

彼がセシルの腿をぽんぽんと叩き、私たちは車を出た。

47

覗き穴はなかった。セシルがノックするとドアが開き、ホークと私はその両側に立っていた。

「セシル?」男の声が言った。「もちろん、そうだ。入ってくれ」

私はその声を知っていた。ホークが先に入って行った。彼はさして力を使っている様子もなく、短い廊下を男を押して行ったが、端に達すると、男が突き当たりの壁に勢いよくぶつかった。私はセシルのほうを見た。

「きみも入って」私が言った、「デイト相手に会うといい」

彼女が入って行き、私が続いて入った。男はボブ・クーパーだった。

彼が言った、「スペンサー。驚いたな。いったいなにが起きているのだ?」

「彼は身に帯びてるのか?」私がホークに言った。

「いいや」

「身に帯びる?」クーパーが言った。「いったい、私がなにを身に帯びると言うのだ?」

「用心するにこしたことはない」私が言った。

「理解できないな、スペンサー。ここでなにをしているのだ？　この人たちは何者だ？」

私たちは短い廊下にいて、ほかの部屋への入り口が並んでいる。寝室、浴室、ごく小さいキチンとリヴィング・ルームがある。私はリヴィング・ルームを指した。

「坐ってくれ」私が言った。「話し合おう」

大学院生か新婚夫婦、あるいはその双方が借りるような家具付きのアパートメントだ。茶色のコーデュロイのソファの向かいにある明らかに新しく、明らかに高価な大画面TV兼エンタテインメント・センター以外は、どう見ても平凡な部屋だ。

「もちろんだ」クーパーが言った。「私はぜひきみの言い分を聞きたい」

クーパーがソファに坐った。セシルはドアにいちばん近い隅にある安っぽい塗りのボストン・ロッカーに静かに坐っていた。ホークはセシルのそばのドアの枠に寄り掛かっていた。私は、クーパーの前の、茶色に塗ってあってコーヒー・テイブル代わりに使われている船員用所持品入れに坐った。クーパーは後ろに寄り掛かって背当てのてっぺんに片腕をのせていた。平然と。部下の異様な行動に心配し、理解しかねているCEOだ。

「最初に」私が言った、「これには個人的な要素はまったくない。あんたはいい人のように見える。第二に、これには倫理的な判断を下す意図はまったくない。あんたの性生活はあんた個人の問題だ。あんたがどこかのシヴォレ・タホーの肉体に関する知識を持っていようと、タホーが同意する成人であれば、おれはまったく問題にしない」

クーパーはちょっと眉をひそめ、いぶかしげな顔をしていた。

「そして、第三に」私が言った。「おれたちはあんたの弱みをつかんでおり、そうでないようにあんたが装うのは、すべてを遅延させるにすぎない」

「いったい、なんの話……」クーパーが言った。

「止めろ」私が言った。「ホークとセシルはオゥマーラの騎士道的愛のセミナーに行き、幸運なレイディであるセシルはお眼鏡にかなって女性親睦会に招待された。オゥマーラの助手が彼女をビデオに撮り、あんたはそのテープに目を通して、趣味のいい選択をし、彼女を密会の相手に選んだのだ」

「そんなことはばかげている」クーパーが言った。「私はこの女性が誰か、まったく心当たりがない」

「だから、あんたは、ドアを開けた時、彼女をセシルと呼んだのだな」

「そんなことはしていない。彼女は誤解したのにちがいない」

「おれたちの誰も誤解などしていない」

私は大きなエンタテインメント・センターを見た。突き当たりの壁際で音もなく威嚇するような感じを与える。

「ホーク」私が言った。「あれの使い方を知っているか？」

「もちろん、知らないよ」

「私はやれると思う」セシルが言った。

「彼がビデオになにを入れているか、見てみよう」

クーパーがセシルに言った、「きみは教養のある若い女性のようだ。しかし、これはなんと言っても不法侵入だし、きみは自分のためにいちばんいいことを考えるべきだ」

セシルがソファの横のサイド・テイブルからリモコンを取り上げて、キャビネットの中の訳のわからないものに向けてクリックすると、一瞬にして画面が明るくなった。彼女が歩いて行って、ホルダーの中のビデオ・テープに目を通し、一つを選んで挿入し、べつの装置をクリックすると、なにもない青い画面がほんのしばらく続いたかと思うと、バルモラル・キャッスルの舞踏室で、透明なプラスティックの脚付きグラスから白ワインを飲んでいるセシルが現われた。セシルがその画面を切った。

誰もなにも言わなかった。

そのうちにセシルが言った、「私のテープにセシルというラベルが貼ってあるわ。それ以外にマーシャ、ドロシイ、キャロラインとラベルを貼ったテープがある……だいたい、判ったでしょう」

「マーシャを出してみてくれ」私が言った。

「止めてくれ」クーパーが言った。

セシルがホークを見た。

「ビデオを出してみよう」ホークが言った。

彼女がべつのビデオ・カセットを取り上げた。クーパーが立ちかけた。私は身を乗り出して手の平を彼の胸に当て、そっと押してまた坐らせた。セシルがテープを入れてリモコンで訳のわからないことをやると、画面にマーシャが現われた。セシルと同じように美人で、セシルと同じように黒人だった。彼女が白ワインを手にしてほかの女性とお喋りをし、カメラに向かって微笑するのを、私たちは見ていた。そのうちに、なにかアマチュアらしいカットが出たかと思うと、裸のマーシャが、ほとんどまちがいなくこのリヴィング・ルームで、カメラの脇のほうへ微笑を向けているのを私たちは見ていた。彼女が廊下を通って寝室に入って行くのをカメラが追った。次の瞬間、また不器用なカットに続いて、クーパーとベッドに入っている彼女が映った。

「切ってくれ」クーパーが言った。

声がかすれていた。セシルが私を見、私が首肯くと、彼女がすべてを切った。

「私の妻」彼が言った。「妻に知らせることはできない」

「リコリス・キャンディ、その辺を歩き回って、ビデオの撮影装置が見つかるか、調べてくれないか」

「私は帰る」クーパーが言った。

彼が立とうとしたが、また私が手の平でもとへ戻した。

「いいや」私が言った。「そうはいかない」

「きみは私の意志に反して、私をここにとどまらせることはできない」

「つまらないことを言うな」

彼はまた立とうとした。私が押さえた。彼は私の手を押しのけようとした。できなかった。

「クープ」私が言った。「あんたが逃げるチャンスはないのだ」

彼はまた一分ほど私の手に逆らっていた。私に殴りかかろうか、どうしようか、と考えているのが見て取れた。賢明にも、と私は感じたが、止めることにした。ホークがビデオ・カメラを持ってリヴィング・ルームに戻ってきた。

「寝室のクローゼット」ホークが言った。「ほかにもいろんな物がある」

「ビデオの装置？」

「そうだ」

「それ以外に？」

「いろいろな大人用の遊び道具」

「クープ」私が言った、「呆れた男だな」

「見たいか？」ホークがセシルに言った。

「ヒャーッ」セシルが言った。

「と言うことは、おれさえいればいい、ということか？」ホークが言った。

「ヒャーッ、という意味」

ホークがにんまりした。クープは、戦ってここから脱出することについて自分の立場を考え、実行不能と判断した。私の手に逆らうのを止めて、またソファに寄り掛かった。

「いいだろう」彼が言った。「私は女性に関心があるのだ」

セシルの横に立っているホークを見た。

「我々、みんなそうじゃないか?」

「我々の中にはポン引きを使わない者がいる」ホークが言った。

クープは、口を開けて言うべきことを考えていたが、明らかに〈なにも言わない〉が最善だと判断したようだった。私を見た。お互い気心の合った白人二人だ。私は理解してくれる。彼と私でこの一件を片付けることができる。

「あんたは上院議員になりたい」私が言った。「場合によっては大統領に。セックス関連の醜聞? まずまちがいなく厄介なことになる離婚? それに合わせて、キナージイの株に与える悪影響?」

「いいだろう」彼が言った。「きみは私の弱みを握っている。どんな取引ができるのだ」

「絶対訊かないのか、と思っていたよ」

「これで、私はいくら払えばいいのだ?」

彼は気力を回復している。得意な分野に戻ったわけだ。取引をしている。

「今のこの時点では簡単には言えない。おれの会計士にキナージイの財務関係記録すべてを自由に調べる権限を与えてもらいたい」

「監査、ということかね? なぜ?」

「そういう意味だ。キナージイは現金で問題を抱えている、とおれは理解している」

「現金?」

「そのように聞いている」

「絶対にありえない」彼が言った。

「その監査の費用をあんたに払ってもらいたい」

「そんなことはできない。そんなことはばかげている」

「それに」私が言った、「ダリン・オゥマーラについてあんたが知っていることをすべておれに話してもらいたい」

「オゥマーラ?」

「そうだ。会社相手のポン引きだ」

「オゥマーラ? 私はオゥマーラについてはなにも知らない」

「それが取引だ。監査とオゥマーラ。さもないと、おれたちはあらゆる人にすべてを話す」

「私はそれに同意する気はない」

「おれはすでにミセズ・クーパーと話をした」

「ウイルマ?」

「そうだ」

「なにについて?」

「おれがあんただったら、この件について、彼女にいっさい知られたくない」

「おお、神様」

「おれの考えもまったくその通りだ」

「彼女に知らせることはできない。金を払う。私は金持ちだ。ちょっとした財産分を払う」

「オゥマーラと監査。さもないと、ウイルマとマスコミ、それに、たぶん、証券取引委員会、それに、場合によっては、風紀犯罪取り締まり班」

「なんということだ。おお、神様。私にはできない。そんなことはできない」

私は、組み合わせた両手と前腕を腿にのせて、わずかに身を乗り出した。

「クープ」私が言った。「あんたは話さざるをえないのだ」

それは、非常に困難なことを無理やり成し遂げようとしているようなものだった。私たちが話している間に、ホークが、寝室のクローゼットで見つけたジム・バッグにビデオ・テープを全部集めていた。その後、彼とセシルは坐ってしばらく私たちの話を聞いていた。

三十分ほどたつと、彼が立った。

「おれとセシルは、証拠品として、このテープ全部に目を通さなければならない」彼が言った。

「おれとセシル？」セシルが言った。

「場合によっては、二回、三回と見なければならないかもしれない。手掛かりを見逃すことがないように」

「二回、三回？」セシルが言った。

「なにか判るかもしれない」

「かもしれない。なにか発見しないと、無事にはすまないわよ」

「あんたもあの元気いっぱいの黒人娘が好きなんだな？」ホークがクーパーに言った。

クーパーは床を見ていてなにも言わなかった。私がホークに車のキイを渡し、二人は帰って行った。アパートメントを出る時、ホークがセシルになにか言い、セシルがくっくっと笑うのが聞こえた。

48

クーパーと別れた時はおそくなっていた。グリーン・ラインでケンモア・スクエアを出る最終列車をつかまえて、パーク通りでほとんど人の乗っていない電車を降り、レッド・ラインに渡って、ポターー・スクエア行きの、これもほとんど乗客のいない電車に乗った。リニーアン通りをスーザンの家に向かって歩いている時は真夜中近かった。私は、人気のない通りの孤独と、自分の足音が聞こえるのが好きだ。

長年の大企業生活、長年の政治的野心というのは危険な組み合わせだ。クーパーとの話し合いは、自分の警察官時代の年月より長かったような気がした。しかし、最後には、クーパーが知っていることすべてを聞き取った、という確信に近いものがあった。たいした内容でもないのに長時間かかった。しかし、監査の予定日は決まった。それに、オゥマーラがどのように関わっているか、ある程度知ることができた。

街灯はついていたが、通りの両側の分譲マンションやアパートメントのほとんど全部の室内灯は消えていた。時折、明かりのついている部屋がある。誰か眠れない人だ。金の心配をしている。健康。愛。子供。誰か興奮している人だ。怯えている。意気消沈している。

退屈。宿題をやっている誰か。セックスをしている誰か。ライト・ライのパストラミ・サンドウィッチを食べている誰か。一人で坐って、スコッチ・ウイスキイを飲みながら〈レターマン〉を観ている誰か。

スーザンのリヴィング・ルームに明かりがついていた。段を上ってベルを押した。すぐ、ドアがカチッと音を立て、入っていった。表のドアを閉めたとたんに、体全体が長い脚とぱたつく耳の感じのパールが猛然と階段を駆け下りてきて、私を舐め殺そうとした。いちばん上の段で後方の明かりに浮かぶスーザンの脚が見えた。

「ベルを鳴らした者は誰でも入れるのか？」私が言った。

「通りを上ってくるあなたが見えたの」

「一晩中窓際に坐って、おれが来るのを祈っていた？」

「あなたが電話してきて、来ると言ったじゃない」

「まあ、そうだ。そのように考えたいのであれば」

パールの動きをなんとか制して階段を上り、スーザンに接吻した。彼女がビールと自分の白ワインのグラスを持ってきて、リヴィング・ルームのソファで私の横にゆったりと坐った。ピンクのスエット・パンツと、オレンジのブロック字体で〈バング・グループ〉とプリントしてある白いぶかぶかのTシャツを着ている。

「愛の巣について話して」彼女が言った。

話した。

ビールが二本空になった頃、彼女が言った、「それで、あなたは彼を恐喝することができたのね」

「そうだ」

「あなたは時折、非情な野郎になる」彼女が言った。

「おれはそうだが、きみに対しては絶対にない」

「それは本当ね」

「大事なのはそれだけだ」

「あなたにとって」

「おれにとって。ほかに誰を非情と言っているのだ」

彼女が身を乗り出して私の口に軽く接吻した。

「ミスタ・クーパーについて話して。その好色な野郎について」

「話を始めるところを見つけるのが難しいのだ」

「私、あなたに絶大な信頼を置いてるわ」

「いいだろう。クーパーはエール大学にいた頃からギャヴィンを知っていた。卒業後、ギャヴィンはCIAに入り、クーパーは運命の定めるところに従ってハーヴァード・ビジネス・スクールに行った。二人はずっと友人でいた。キナージイの最高経営責任者になり、要職に忠実な友人がいる必要を感じた彼は、警備部長としてギャヴィンを雇った」

「最高経営責任者であるために？」スーザンが言った。「エネルギイ会社の？　ウオルサムにある会社の？」

「その点について彼に訊いてみた。彼は、キナージイの従業員全体の協力体制ができていない、と感じたのだ、とおれに言った。彼は、〈輸入エネルギイに頼らない〉グループから脅迫されている。社内と公の場で、信頼できるタフな男が必要だった、と言った。彼は社内でもボディガード的な組織の後ろ盾が必要だったのかもしれない、という感じがしたが、彼はそこまでは言わなかった」

「ギャヴィンは本当にタフ・ガイだったの？　私が言うのは、あのCIAの連中の多くはたんに情報分析係にすぎない、ということ。机を離れることがない」

「ギャヴィンが死んだ後、クワークが彼を調べたのだ。もちろん、はっきりと物を言う者はほとんどいない。クワークは、彼は、たぶん、秘密諜報関係の人間だったのだろう、と言っている。となると、彼は合法的なタフ・ガイだったことになる」

スーザンが微笑して、自分のグラスにワインを注いだ。私はまだビールが残っていた。

「あなたよりタフ？」彼女が言った。

「ありえない」

「彼は現金問題について、どう考えているの？」

「自分は微細管理者ではない、と彼は言った。それはトレント・ロウリイの領域だ、と言った。トレントが倒れた後、バーニイ・アイゼンが暫定的に財務を担当していた」

「クーパーはほんとうに〈倒れた〉と言ったの？」

「おれは判りやすく言い換えているのだ。彼は、アデルは個人的に好きだが、彼女はかなりの男好きで、信頼できるとは言えないかもしれない、とも言った」

「〈男好き〉というのは彼の言葉?」

「そうだ。なんだ、日記を付けているのか?」

「人の話し方に耳を傾けていると、時にはその人物を洞察することができるのよ」

「長年の間、おれを相手にそれをやってきたのか?」

「もちろん」

「それで、きみの結論は?」

「大きなジョン・キーツといったところ」

「それはまさにおれだ。沈黙と長い時間」

「それで、クーパーはあなたの会計士を入れることに同意した」

「補助員も。マーティは手助けが必要だ」

「彼はその特別なんとか、つまり、妙な経理についてなにか知っていた?」

「知らない、と言った」

「その言葉を信じる?」

「彼は、上院議員になり、大統領候補になる位置に就くことに焦点を合わせ、彼を金持ちにしたキナージイは、いまではたんなる基地にすぎないのだ、とおれは思う。利益が増え続け、株価が上昇し続けて、彼が立派な人物に見える限り、彼は会社にほとんど関心はなかった」

「となると、アデルが言ったことは正しかった」スーザンが言った。「彼はロウリイとアイゼンに会社の運営を任せていたのね」

「そのようだな」

「オゥマーラの件はどうなの？」

「クーパーが言うには、彼はトレント・ロウリイを通じてオゥマーラと会った。彼、クーパーはもちろん、彼の美しい妻、ビッグ・ウイルマに完全に献身的愛情を尽くしている……」

「彼は、彼女のことをビッグ・ウイルマとは呼ばなかった」スーザンが言った。

「おれは判りやすく言い換えているのだ。彼はビッグ・ウイルマに完全に献身的愛情を尽くしている。彼らの結婚は、もちろん、この上なく幸せだったが……」

「子供は？」

「息子が一人。職業軍人で海兵隊にいる」

「ほんとに？　奇妙じゃない。つまり、あのような家庭の出身で」

「そうだな。しかし、ウイルマがすばらしく、二人の結婚生活が幸せであるにもかかわらず、クープは、自分の人生経験を広げる方法があるかもしれない、と感じて……」

「そこで、彼は、ダリン・オゥマーラのセミナーに参加することにした」

「そうだ、参加した。アイゼン夫妻とロウリイ夫妻が彼を連れて行った」

「彼とウイルマでなく」

私は微笑した。

「きみはビッグ・ウイルマに会うべきだよ」

「場違い？」

「コブラの葬式に出たハイイロマングースのようなものだ」

「でも、それがオゥマーラの売り込み口上じゃないの？　夫や妻を一夫一婦婚の束縛から解放する？」

私は肩をすぼめた。

「クープの場合は夫のみだった。圧力をかけると、彼は、女性に関心があるばかりでなく、とくにアフリカ系の女性に関心がある、と言ったが、ついでに言えば、ビッグ・ウイルマはそうじゃない。それで、思いやり深い男である彼は、自分のすばらしい結婚を維持し、ウイルマが恥をかくことが絶対になく、彼女に欠けるところがあると暗示するようなことが絶対に生じないために、彼が夢見た黒人女性をオゥマーラが提供するよう、取り決めた」

「なんという男だろう」スーザンが言った。「それは誰のアパートメントなの？」

「ギャヴィンのもので、彼が使わせてくれている、とクープは言っている」

「彼の言うことを信用する？」

「しない。彼のためにギャヴィンが借りたのは、まず間違いない。しかし、おれは、彼がそのようなことで嘘を言うのは気にしない。クーパーのような男は、些細なことで逃げ口上を認めてやると、彼は戦いのいくつかに自分が勝っていると考え、重要なことを聞き出すのが容易になるのだ」

「キナージイのほかの連中はオゥマーラを使ってるの？」

「ロウリイが使い、アイゼンが使ったことは判っている。ほかの重役も関わっている、とクープは考えているが、それが誰だか、彼は知らない」

「それは嘘だと思う？」

「たぶん」

「しかし、あなたは気にしない」

「おれは性犯罪係の警官じゃない。ただ、誰がトレント・ロウリイを殺したのか知りたいだけだ」

「驚いた、あなたがそのために雇われたことを、もう少しで忘れかけてたわ」

「おれは筋道を忘れないよう努めている」

「クーパーは、髪の長い男についてなにか言ってた？」

「いや、べつに。彼はオゥマーラの友人で、オゥマーラに頼まれたので、秘書に電話をかけさせて、あの男がダイニング・クラブに入れるようにしてやったのだ、と言った」

「彼はあの男の名前を知ってるの？」

「覚えていない。秘書が知っているかもしれない、と言っている」

「そして、その男がただバアのカウンターに坐っているだけなのを、クーパーは不思議に思うはずじゃないかしら?」

「大統領になりたければ、オゥマーラがクーパーについて知っていることを知っている男が坐っている……」

「訊かないのね」スーザンが言った。

私は首肯いた。

「それで、オゥマーラのその友人は、なぜあなたを尾行しているの?」

「おれがキナージイについてなにを調べ出すか、心配しているのかな?」

「なぜ彼が心配するの?」

「とにかく、彼が会社相手のポン引きなのだ」

「そうね。あなたはそれがすべてだと、本気で思っているの?」

「いや。思っていない」

「ほかになにがあるか、判ってるの?」

「まだ判っていない」私が言った。

49

マーティ・シーゲルがピッグスキンのアタッシェ・ケースを持って私のオフィスに入ってきたが、これから就任式に向かうような身なりをしていた。

「きみはまちがいなく会計士なのだな?」私が言った。

「世界で最高の会計士だ」

「それは判っている。しかし、きみは、眼鏡を掛けてポケット・プロテクターを入れた変人であるはずなのだ」

「コンタクトで間に合うかな?」マーティが言った。

「会計士はコンタクト・レンズは使わないのだ」

「それに、多少なりとも優秀であれば、あんたと付き合うようなことはしない。自分が定型的でなくてありがたいよ」

マーティは、依頼人用の椅子の一つにそのピッグスキンのアタッシェ・ケースを慎重に置いて、同様の慎重さでもう一つの椅子に腰を下ろした。彼は長身で痩せており、黒い長髪を耳の上で波打たせている。黒のシルク・スーツ、ウインザー・カラーの付いた白いシャツに白のシルク・タイを締めている。顔はきれいにひげを剃っており、完璧に日焼けしている。おまけに顎に小さなくぼみがある。

「きみがキナージイの完全な監査をするよう、手配したよ」私が言った。

「現場に出入りできる？」

「そうだ」

「立ち入り禁止はいっさいない？」

「ない」

「時間の制限はない？」

「ない」

「あんたはCEOのなにかを握っているのか？」

「そうだ」

「結構。ぼくがこれまでに見たところでは、あの会社は念入りな監査が必要だ」

「すでになにか知っているのか？」

「もちろん。ぼくが世界最高の公認会計士でいながら、まだなにも知らないでいるはずがないだろう？」

「なにを知っているのだ？」

マーティが私のコーヒーメイカーを見た。ほとんど一杯だ。

「コーヒーを淹れたのか？」

「そうだ」

「少しもらおう」

カップを渡すと、立って行って自分でコーヒーを注ぎ、坐って脚を組み、折り目がふくらまないよう、ズボンの膝を丁寧に調節していた。

「株式公開会社はすべて」マーティが言った、「法律によって四半期毎と年次の財務報告を行なうことになっている。四半期は10Q、年次は10Kと呼ばれている」

「面白いじゃないか」

「あんたはなにか知りたいのか、知りたくないのか？」

彼がコーヒーを少し飲んだ。

「ヘイ、これ、悪くないよ」彼が言った。

私は控えめに首肯いた。

「報告書は公開される。証券取引委員会のウエブサイトで調べることができる。かりに当人が半合法的悪漢でなく、ほんとうに驚くべき公認会計士であれば、彼がとくに関心を抱く書類が三つある。貸借対照表、損益計算書と資金流出入計算書《キャッシュフロー》だ」

「おれは半合法的な悪漢と呼ばれることに憤りを感じる」

「いいだろう」マーティが言った。「非合法的悪漢だ」

「ありがとう」

「まともな会計士であれば、誰でもそれらの書類から多くの情報を得ることができる。そして、ぼくのように偉大なる会計士は、脚注に細心の注意を払うことを知っている」

「それで、なにを知ったのだ?」

「あんたはマーク・ツー・マーケット会計がなんだか知ってるか?」

「ノー」

マーティが満足そうな顔をした。

「あんたはコスト、あるいは、時には発生主義会計と呼ばれるものがなんだか、知ってるか?」

「これまたノーだ」

マーティは椅子に寄り掛かってコーヒーを一口飲み、椅子の坐り心地をなおした。

「それに」私が言った、「おれに詳細なことを話し始めたら、お前をそのアタッシェ・ケースに押し込んでやる」

「いずれにせよ、あんたは詳細を理解できないよ。あんたの場合にはありえないことだが、かりに、元帳をつけているとして、ナックル・ナイフを製造しているとしよう。あんたはホークに一つを一ドルで売って、資産勘定を借り方に一ドルと記入し、負債勘定を貸し方に一ドルと記入する。この二つの欄はつねに同額であるはずなんだ」

「おれは元帳を持っていない」

「判ってる。かりに持っていたら、その二つの欄は絶対に同額ではない。しかし、これは仮説だ」

「それに、ホークはすでにナックル・ナイフを持ってるよ」

「黙って聞くんだ。それで、あんたは元帳をつけていて、誰かが、現金はいくらあるか、と言うと、あんたは一ドルと言い、彼らが見せろと言うと、あんたはポケットからその一ドルを出して、彼らの鼻の下で振ってみせる」

私は首肯いた。話はいずれ要点に行くはずだ。彼に催促してもなんの役にも立たない。マーティは、なにかについて非常によく知っているために、こちらが知りたいと思っているよりはるかに多くのことを話さないではいられない人間の一人だ。

「しかし」彼は言って間を置いた。

「しかし？」

彼が劇的効果のために間を置いたのが判っているので、どうせなら、それを楽しむのを手伝ってやればいいのだ。

「かりに、あんたとホークが取引をする。彼は、五年間、毎年ナイフを買う。そこで、あんたは、資産勘定を借り方に一ドルと記入し、負債勘定を貸し方に五ドルと入れる。時がたつにつれてこの取引はそれだけの価値があるからだ」

私は首肯いた。

「判ったかな？　問題点が判ったか？」

「ホークが死んだり、その取り決めから手を引いたら、どうなる？」

「そうだ」

マーティは上機嫌だ。

「あるいは、最初の年に誰かがやって来て、現金を見せろ、と言ったら？」

「おれは自分の一ドルを取り出す」

「さらに、訊いた男は、あんたの流しの修理を終えたばかりで、あんたが五ドルの収入があったのを見てクレディットでやってくれたのが、今五スマッカー《ドル》要求する」

「おれがペリイ・コモのアルバムを全部捨てたとき以来、誰かがスマッカーと言うのを一度も聞いたことがないと思う」

「そんなことはどうでもいいんだ。ぼくが極端に単純化した言い方で説明したのが、マーク・ツー・マーケットという別の種類の会計のやり方なんだ」

「極端に単純化してくれてありがとう」

「そして、これがちょっとした飾りだ。かりにあんたが、年と共にナックル・ナイフのコストが上がる、と考え、あんたが、というより、あんたが毎年莫大な予約料を払ってぼくはあんたの言いなりになっているから、たぶん、あんたの指示でぼくが、価格がどれくらい上がるか予測し、ナイフはこの先五年後には二ドルになる、と判断する」

「この先。古めかしいな」

「そうだ、この先。覚えているか、ぼくはウオートン・スクールに行ったんだよ。そこで、今はあんたは十シモリオン《ドル》の取引ができて、それを貸し方に記入する。しかし、手持ちの現金はいくらある？」

「―シモリオン」

「判った？」

「キナージイでそれが行なわれているのか？」

「ぼくはそう思う」

「それで、その利点は、収入がふくらむ、ということなのか？」

「そうだ」

「となると、株の価値が上がる？」

「そうだし、もっと大きな利益を示す必要が生じたら、たんにカーヴを動かすだけでいい」

「ナイフは二ドル五十セントで売れる、と予測する。そうすれば、おれは貸し方に十二ドル五十セント示すことができる」

「その通り」

「しかも、それは合法的」

「もちろん、マーク・ツー・マーケットは完全に合法的だし、妥当なカーヴが予測できる会社では、多くの場合有益、時には必要なのだ。しかし、キナージイのように、戦争、天候上の出来事、政治的判断、経済環境、あるいはアラブの首長の死によって、製品の価格が大きく変動する可能性のある会社では、適切でない」

「それに、キャッシュフローの問題に当面するかもしれない」

「そうだ。会社は、例えば、従業員に現金で払わなければならない。利息を払わなければならない借入金があって、現金の手持ちが少ない場合、その利息は現金で払わなければならない。しかも、それを、今から五年後でなく、今やらなければならない」

「それで、最悪の場合は？」

「借金が払えない。破産する」

「キナージイがそういう状態になっているのか？」

「かもしれない。ぼくには、10Qに報告されているより損失を多く、利益を少なく示すべきであるように思える」

「誰かが帳簿を操作している、と思うか？」

「なにかが行なわれている」

「きみが監査をする場合、それがなんであるか、知ることができるか？」

マーティが、私がたった今なにかをギリシア語で言いでもしたような顔で私を見た。

「ぼくは世界最高の公認会計士なのか？」彼が言った。「もちろん、そうだ。かりに不正が行なわれているとしたら、ぼくはそれを見つけるか？　もちろん、見つける」

「それで安心したよ」私が言った。

50

翌朝、自分のリヴィング・ルームのソファで目を覚ますと、シャワーを使っている音が聞こえた。少なくとも、アデルは清潔だ。パンツをはき、コーヒーを淹れ、オレンジ・ジュースを絞った時、彼女が髪を整え、化粧をすませて寝室から出てきた。

「驚いた」彼女が言った。「コーヒーとオレンジ・ジュースが待ってる。あなたはすばらしい夫になれるわ」

「今朝、おれの会計士が、ボブ・クーパーの承認を得て、キナージイでの監査を始める」

「ほんと？　想像もできないわ」

「おれたちは会社へ行って、彼がきみと話したい場合、すぐ間に合うようにすべきだと思う」

「あなたの会計士？」

「そうだ。マーティ・シーゲル」

「キナージイへ？」

「おれが一緒にいる」

「それが重要だと思ってるの？」

「思ってる」

「ヴィニイが私たちと一緒に来るの？」

「もちろん」

「それなら大丈夫だと思うわ」

代わって私がシャワーを使った。タオル掛けに、きわめて非実用的に見える女性用下着が何組か干してあった。赤面しないよう努めた。服を着ていると、ヴィニイが出勤してきた。

「大きな眼鏡を掛けた長髪の痩せた小男を知ってるか？」ヴィニイが言った。

「知っている」

「彼はお前の家を見張ってるよ」

私は表の窓へ歩いて行った。

「アーリントン通りの角」ヴィニイが言った。「マールボロ通りの向こう側」

彼を見た。紺のシアサッカー・スーツを着て、両手を脇のポケットに押し込んでいる。

「エマソン・カレッジを見張ってるのかもしれん」ヴィニイが言った。

「いいや。おれだ」

「おれが訊いてみようか？」

「いや、放っておいて、どうするか見よう」

コーヒーを窓際へ持って行って、長髪を見ながらホークの携帯電話にかけた。

「どこにいるのだ?」

「よけいなお世話だ」彼が言った。

「なにをしているのだ」

「甚だしくよけいなお世話だ」

「ははあ、そういうことか」私が言った。「おれの家の前に長髪が現われた、マールボロとアーリントンの角だ。紺のシアサッカー・スーツ。黒縁の大きな眼鏡」

「オーケイ」ホークが言った。「先にここを片付ける」

「急いでくれ」

ホークが笑った。

「一緒にいる人はそれを望まないのだ」

「失礼。とにかく、最善を尽くして、終わったら電話してくれ」

「すでに終わっている、お前は中途でおれを呼び出したわけじゃない。彼を見つけたら電話する」

大きなグラスのオレンジ・ジュースとコーヒーを二杯飲んだ時、ホークが電話してきた。

「見つけた」彼が言った。

「オーケイ、泳がしておけ。どこに住んでいるか、何者か、そういったことを頼む」

「諒解」

長髪に後をつけられたまま、私たちは私の車へ行った。ヴィニイはそれが気に入らないのが見て取れた。

「おれが彼の足か、場合によっては膝に一発入れるだけでどうだ？」

「だめだ。大いにありがたいが」

「あなたたちは、あの男を撃つことを話してるの？」アデルが言った。

「そうだ」

「彼はなぜ私たちを尾行してるの？」

「それを知ろうと考えているのだ」私が言った。「ホークが彼の後ろにいる」

アデルが後ろを向こうとした。

「見るな」ヴィニイが言い、彼女が凍り付いた。

「いずれにしても、彼は見えない」私が言った。「長髪の尾行を終えるまで、彼を見ることはないと思う」

「それで、彼があそこにいると、どうして判るの？」

「そこにいる、と彼が言った」

「でも……」

「ホークは、そうでないことは絶対に言わない」ヴィニイが言った。

「絶対に？」

「そうだ」

私は自分の車の電磁ロックを外した。ヴィニイが前の助手席のドアを開け、アデルが乗った。ヴィニイが後ろに乗り、私が運転した。

「すると、あなたたちは、その男に尾行してもらいたいのね」アデルが言った。

「そうだ」

「彼が車を持っていなかったらどうなるの」

「そうなら、彼は真のアマチュアだ」私が言った。「しかし、彼がおれたちを尾行しようと、このまま家に帰ろうと、問題ではない。彼が何者か、ホークが調べ出してくれる」

ヴィニイが後ろの座席で後ろ向きになり、バック・ウインドウから見ていた。

「彼は車を持ってる」ヴィニイが言った。

黄色いマツダ・ミアータが、消火栓のそばに駐車していた場所から離れるのがサイド・ミラーで見えた。

「尾行仕事用にいい車だ」私が言った。

「すぐ溶け込む」ヴィニイが言った。

「それで、ホークは彼の後方のどこかにいる、と思うのね？」

「そうだ」

「それで、そのうちに、この男が私たちを尾行するのをやめて家に帰ると、ホークはそこまで付いて行って、彼が何者か、調べ出す」

「そうだ」

「ホークが彼を見失うかどうかしたら、どうなるの?」

後ろの座席でヴィニイが笑った。

アデルが後ろを向いて彼を見た。

「でも、その可能性はたしかにあるはずじゃない?」

「ない」ヴィニイが言った、「その可能性は」

51

キナージイが、彼らのいう渉外担当役員として、エディスという名前の、濃紺のスーツを着たやや太りすぎで、今のところはブロンドの女性を私たちにあてがい、私たち全員を空いているオフィスに入れた。そこがなぜ空いているのか、私は判っていた。ギャヴィンのオフィスだ。マーティが助手を二人連れてきていた。二人とも女性で、美人だった。私がマーティと知り合ってからの数年間、彼の助手はすべて女性で、みんな美人だった。その点で、私は時折、雇用面接の本質について疑念を抱くようになった。

マーティは、かつてギャヴィンが使っていた机を勝手に自分で使うことにした。助手たちは、運び込まれた会議用テイブルにノート・パソコンを置いた。アデルは机に椅子を寄せて自分と一緒に仕事をしたらどうか、マーティが提案した。彼女はそのようにした。ヴィニイが外のオフィスに行こうとした。

「だめ」アデルが言った。「お願い、ヴィニイ。ここにいてくれない」

ヴィニイが「いいとも」と言って会議用テイブルの端に坐り、宙を眺めていた。マーティがアデルに微笑した。アデルがほほえみ返した。

「あんたが知っていることを話してくれ」マーティが言った。

私の仕事はたんに約束遵守を確認するだけなので、複雑な会計仕事から休憩を取ることにし、外のオフィスで空いている秘書用の机の一つに坐った。私は、腰掛けている肘掛けのない秘書用の椅子には大きすぎたが、ほかに椅子はなかった。秘書用の机に両足を上げて間に合わせることにした。

私が両足を上げ、両手をゆったりと腹の上で組んでまだそこにいると、十分くらいたった頃、バーニイ・アイゼンが、身分の説明をしないままのスーツ姿の男二人を連れて入ってきた。

「いったい、ここでなにが行なわれているのだ」アイゼンが私に言った。

「監査だ」私が言った。

「監査？　監査だと？　誰の監査だ？　誰が我々を監査しているのだ？」

「おれだ」

「あんたが？　あんたが？　あんたが我々を監査することはできないよ」

その言葉が質問には聞こえなかったので答えなかった。アイゼンが私の脇から中のオフィスを見た。

「彼は誰だ？」

「マーティ・シーゲル。世界最高の公認会計士だ」

「アデルとエディスが二人とも中にいる」

「そうだ」

「いったい、アデルはあそこでなにをしてるんだ?」

「世界最高の公認会計士と話をしている」

「彼女をあそこから連れ出せ」彼がスーツの二人に言った。

二人のスーツは不思議そうな顔をしていた。

ヘルス・クラブのにおいをぷんぷんと放っている髪のカールした頑丈な体格の一人が言った、「彼女を連れ出す?」

「彼女を連れ出せ」アイゼンが言った。「彼女が来なかったら、かまわん、引きずり出せ」

スーツたちはますます自信なさそうな顔をしていた。

ヘルス・クラブの男が言った、「バーニイ、おれたちは誰かを簡単に引きずり出すことはできないよ」

もう一人のスーツは、頭が禿げかかっていて背が高く、ヘルス・クラブと言うよりは、サイクリングとテニスで体を鍛えているように見える。彼が首を振り、なおも振り続けていた。

「彼女が彼にどんなことを話しているか、判ったものじゃない」バーニィが言った。「おれが彼女をあそこから連れ出す」

「バーニイ」私が言った。「会議用テイブルの端にいる男が見えるか? 半ば眠って天井を見ている感じの男が？」

「彼がどうした？」

「あんたが彼女に触ったら、彼があんたを撃つのではないかと思う」

「撃つ？」

「ヴィニイは非常に短気なのだ」

バーニイは目を丸くしてしばらく私を見ていた。

そのうちに、ヘルス・クラブのスーツに言った、「警備員をここへ呼べ」

「その前に、あんたのほうのＣＥＯに相談すべきだと思う」私が言った。

「クープ？」

「まさにその通り」

バーニイは私を見つめていたが、すぐサイクリング／テニスに向かって、机の上の、私が重ねている足首の脇にある電話のほうへ首を倒した。

「クープにかけろ」

スーツがダイアルした。

「バーニイ・アイゼン」間もなく彼が言った。「ボブ・クーパーに」

彼が受話器をバーニイに渡した。

「クープ？」ちょっと待った後、バーニイが言った。「なんということだ、クープ、この以前のギャヴィンのオフィスでなにが行なわれているか、あんたは判っているのか？」

バーニィはしばらく黙って聞いていた。

「とにかく、あんたがここへ来る必要があると思う」

また聞いていた。

「だめだ、クープ。おれの言うことを聞いてくれ。あんたがここに来る必要がある」

聞いていた。

「オーケイ」と言って受話器を掛けた。

私は彼に微笑した。彼は私に背を向けた。二人のスーツがなすすべもなく彼のそばに立っていた。

「お前たちは仕事に戻ったほうがいい」バーニィが言った。「この件は、クープとおれが処理する」

「警備の者を呼ぶのか、バーニィ?」

「いや。黙って仕事に戻れ」

バーニィはその場に立って、自分の視線で彼女を刺し貫くことができるかのように、アデルを見つめていた。私たちが黙っていると、クープがさっと入ってきた。

「スペンサー、会えて嬉しいよ」彼が手を差し出した。

私が握手すると、クープがバーニィのほうを向いて、彼の肩に手を掛けた。

「バーンズ」彼が言った、「きみが心配するのは理解しているし、この件について、前もって知らせなかったのは私の落ち度だ」

「あそこにアデルがいるのが見えるか?」バーニイが言った。

「アデルは大丈夫だ。私の知る限り、我々はここにはなにも隠すものはないのだ、バーニイ」

「クープ」バーニイが言った。「問題はそういうことではないんだ。我々はこれによって得るものはなにもない。どこかの敵意を抱いている可能性の強い存在が、我々の業務遂行方法を細かに調べ回るのは、我々にとって非常に不利なのだ」

「いい加減にしろ、バーンジイ。そんなにいらだつのは止めろ。私は、キナージイの業務運営のいかなる面においても、いかなる調査も歓迎する。調査は、たんに、我々が運営しているのは偉大なる会社の一つであるという事実を強調してくれるにすぎない、と信じているのだ。それに、いかにありえないとしても、なにか不適切なことがある場合、私以上にそのことを知りたい者はいないのだ」

「クープ……」

「バーンズ」クーパーが言ったが、その口調は心持ち厳しくなっていた。「この監査は私が許可したのだ」

アイゼンは大きく息を吸い込んで押さえ、ゆっくりと吐き出した。次の瞬間、一言も発することなく向き直って出て行った。クーパーが私を見て微笑した。

「バーニイのことは気にしないでくれ」彼が言った。「彼はこの会社を非常に大切に思っているのだ」

「彼はなにかを非常に大切に思っている」私が言った。

クープがますます微笑を深めた。

「なんでも必要なものがあれば」彼が言った、「すぐさまエディスに知らせてくれ。それに、なにか問題があれば、まっすぐ私のところへよこしてもらいたい」

「諒解」

クープがあまりにも熱意に満ちているので、彼が脅迫されてこのような羽目に陥ったことを忘れるのは容易だった。

52

パーク・スクエアの新しい〈デイヴィオ〉での私たちの夕食にスーザンが加わった。

「キナージイからの帰りに、あの男が私たちを尾行しているのを見た？」アデルが言った。

ヴィニイが首肯いた。

「ホークを見た？」

ヴィニイが首を振った。

「彼があそこにいると、どうして判るの？」アデルが言った。

スーザンが微笑した。

「彼はあそこにいる」ヴィニイが言った。

「でも、あなたはどうして知ってるの？」

「おれたちは知っている」

「おれたち？」

ヴィニイが私のほうへ首を倒した。

「彼とおれは知っている」

アデルがスーザンを見た。「これはなんなの？　ある種の秘密結社？」

「そう」スーザンが言った。「まさにその通りね。口に出さない規範、規制がいっぱいあって、彼らの誰も、それを知っているのを認めることすらしないのよ」

「彼ら三人だけなの？」アデルが言った。

「いいえ」スーザンが言った。

彼女が私を見た。

「ほかに誰がメンバーなの？」彼女が言った。

「これはきみが立てる仮説だ」私が言った。

「いいわ」スーザンが言った。「そうね、警察官が何人かいるわ。クワーク、ベルソン、リー・ファレルという刑事、州警察のヒーリイ」

スーザンがコスモポリタンを上品に一口飲んだ。

「ロス・アンジェルスから来るチョヨという人、ジョージアのテディ・サップという男。ほかに誰？」

「ボビイ・ホース」私が言った。

「ああ、そうだ」スーザンが言った、「先住アメリカ人の紳士」

「キオワ」私が言った。

「そうだった、キオワ」スーザンが言った。

「ラス・ヴェガスの小男」ヴィニイが言った。

「バーナード・J・フォーテュナト」私が言った。

「判った」スーザンが言った。「彼らをうまくあやすと、その存在を認めるのよ」

「それで、あなたはなんなの」アデルが言った、「そんなことをすべて知っていて、デン・マザー？」

スーザンが笑って、ピンク色の飲み物をまた少し飲んだ。

「私はクラブの会長の職を得ているの」彼女が言った。「それによって、特別な扱いを受けてる」

「それで、どうして彼らは、いる、と言った場所にホークがいる、とあれほど確信してるの？」

「彼はみんなと同じだから」スーザンが言った。

「すると、彼らもそこにいる？」

「彼らがそうだと言えば」

「それに」アデルが私のほうに首を倒した、「彼らみんながそうである理由を、彼はあなたに話したことあるの？」

「彼らは、自分たちがそうであることを知らないのよ」

「彼女が今説明したことを、あなた方二人はどう思うの？」アデルが言った。

「おれはリングイーネにしようと思う」私が言った。

「ヴィールが美味しそうだ」ヴィニィが言った。

「返事する気すらないのよ」スーザンが言った。

アデルが大きく息を吸い込んだ。スーザンは部屋を見回していて、視線が止まり、動かなかった。

「失礼するわ、ぜひとも会いたい人が二人いるの」

彼女が立って、私たちから二テイブル先で、ほっそりした髪の黒い男がしゃれた感じの女性と食事をしているところへ行った。スーザンが二人に接吻し、生気溢れる感じで話していた。生気溢れるスーザンは、再公開の〈風と共に去りぬ〉を大画面で見る感じだ。色彩のすべて、ドラマのすべて、興奮のすべてが体現される。アデルと私は彼女を見ていた。私はビールを飲んでいた。アデルとヴィニイはボルドーの赤のボトルを分け合っていた。ヴィニイはスーザンを見ていなかった。ワインを飲んでいる間ですら、ヴィニイは全員を見ていた。

スーザンがテイブルに戻ってくると私が言った、「きみが接吻していたあの男は誰だ?」

「トニイ・パンガロ」スーザンが言った。「あなたが彼を知らないとは意外だわ。彼はアメリカ・スペイン戦争以来、ミシシッピイ河の東の主要な不動産開発に関わっているの」

「へえ、彼はそんな年寄りには見えないな」私が言った。

「効果のための誇張よ」

「公平に行こう。おれが行って、彼のデイト相手に接吻していいか?」

「だめ」

私たちは夕食を注文した。ヴィニイがワインをもう一本注文した。

「監査は進行している、とマーティが言っている」私がアデルに言った。

「そう。彼はとても頭のいい男のようだわ」

「彼は、きみが非常に役に立った、と言っている」

「よかった。ありがとう。彼はとてもいい人だわ」

「ちょっとサメ的な感じで」私が言った。

「サメ的？」

「効果のための誇張だ」

ヴィニイが二本目のボルドーのボトルを試して首肯き、ウエイターがみんなに注いでくれた。

「相手にはっきり知らせた今」私がアデルに言った、「監査は進行中だし、きみに対する危険はもはや存在しない」

「いいえ、私はまだあなたのところに泊まっていたい」彼女が言った。

「誰かがきみを殺す理由はない」私が言った。「ギャヴィンの場合と違って、かりにそういうことだったにしても、きみが人に話すのを阻止するには遅すぎる」

「お願い」アデルが言った。「もし、私が家に帰るのであれば、少なくとももう少し長くヴィニイに一緒にいてもらいたいの」

「それはヴィニィの考えしだいだ」私が言った。

私たち三人がヴィニィを見た。彼はワインを飲んでいた。飲み終わると、グラスを置いて肩をすぼめた。

「いいよ」彼が言った。

アデルがスーザンを見た。

「あなた、それで大丈夫だと思う?」

「彼が大丈夫だと言えば」スーザンが言った、「大丈夫よ」

アデルがヴィニィを見ながらゆっくり首肯いた。

「スーザン」彼女が言った、「あなたはほかのみんなと同じような言い方をするわ」

「同じなのだ」私が言った。「そのうちに、秘密の握手のやり方を見せてくれるよ」

53

正午ちょっと前、ホークが、サンドウイッチがいくつか入った袋を持って私のオフィスに現われた。彼が一つ取り出してよこした。

「脂肪六グラム」彼が言った。「これをたくさん食べれば、あのコマーシャルのどれかに出られるんじゃないか、と考えてるんだ」

「ホーク」私が言った。「お前は体脂肪二パーセントで生まれて、その後、ずっとそれを減らしているのだ」

「だから、おれたち、連中に嘘を言えばいい」

「おれたち？」

「お前も一口乗りたがるんじゃないか、と考えていたんだ」

「二つほど食べて、ベルトが余ってる感じかどうか、やってみるよ」

「コーヒーはどうなんだ？」

「淹れたてのポットだ」私が言った。

「いつ？」

「昨日」

「いいだろう」

私は、カップ二つに注ぎ、サンドウイッチの一つを開いた。

「長髪の名前はランス・デヴァニイだ」ホークが言った。

「ランス・デヴァニイ?」

「彼のドアベルの下にそう出ている」

「彼はずっとランス・デヴァニイではなかったにちがいない」

「たぶん、ちがうだろう」ホークが言った。「サウス・エンドのウエスト・ニュートン通りに住んでいる」

私のサンドウイッチはかなり美味しかった。また食べた。

「二戸建てのタウン・ハウス」ホークが言った。

「そうか?」

ホークとは長年の付き合いだ。彼は話を盛り上げている。

「もう一戸のドアベルにはダリン・オゥマーラとある」

ホークはなにも表に出さなかったが、ちょっと椅子に寄り掛かってサンドウイッチを一口食べた時の様子から、自己満足を味わっているのが見て取れた。

「ダリン・オゥマーラ」私が言った。

「そうだ。そこでおれは外で見張ることにしたんだが、オゥマーラは七時から真夜中までのトーク・ショウをやっていて、朝の二時半頃、彼がリピティ・ロップとやって来た」

「リピティ・ロップ？」

「真正なアフリカの隠語だ。おれはお前を教育しようとしているんだ」

「リピティ・ロップ」

「そうだ。で、彼はまっすぐ隣のランスの家へ行った」

「そこで考えたのだが、ダリン・オゥマーラが生まれた時の名前はなんだったのだろう」

私が言った。

「あと一時間ほど見張ってて、人が動く気配がないから、おれはぶらぶらと帰った」

「リピティ・ロップでなくて？」

「ぶらぶらと」

「とうぜん、そうだろう」

私は受話器を取ってリタ・フィオーレに電話した。

「弁護士補助員に、サウス・エンドの住所二つほどの所有者の名前を調べてもらえるだろうか？」私が言った。

「私が彼にそう言えば」リタが言った。

私はホークに住所を訊いた。

「二戸とも？」彼が言った。

「両方」

彼が私に教え、私がリタに伝えた。

「誰と話をしてるの?」リタが言った。

「ホーク」

「ホークがそこであなたと一緒にいるの?」

「そうだ」

「わー!」リタが言った。

「わー?」私が言った。「きみは刑事弁護士の中で一般に女王ピラニアと考えられているんだ。それが、おれがホークの名前を言うと、きみは〈わー!〉と言う」

「私、まだ少女時代の癖が残ってるの」リタが言った。「こちらから電話するわ。どうぞ、私に代わってホークに〈キス、キス〉と言っておいて」

私は受話器を掛けた。ホークは二つ目のサンドウイッチの包装紙を開いていた。

「すごい」私が言った。「お前はすでに細くなったように見える。リタがお前に、〈キス、キス〉と言ってくれ、と言った」

ホークが自分自身に向けているような微笑を浮かべた。

「まさか、お前とリタ……?」

ホークが無表情に私を見た。私はそれ以上訊かなかった、電話が鳴ったのだ。受話器を取った。

「こんなに早く?」私が言った。

「こんなに早く、なんだ？」ヒーリイが言った。

「失礼、ほかの人の電話を待っていたのだ」

「行方不明の私立探偵を見つけたよ」ヒーリイが言った。

「タルサで？」

「そうだ。ギャヴィンが二人に、タルサ・キナージイの警備関係の仕事を手配した。タルサの刑事が二人と話をした。二人とも、無駄な仕事のように思えることを認めている」

「彼らはなにかほかのことで役に立つ情報を？」

「まだだ。タルサ署がさらに彼らと話をして、おれに知らせることになっている」

「それで、おれの助力に感謝しているあんたは、おれに知らせてくれる」

「おれがかくも感謝していなかったら、喉が詰まるところだ」ヒーリイが言い、電話を切った。

「行方不明の私立探偵たちだ」私がホークに言った。「キナージイのタルサ工場で、余分に給料をもらって、ろくに仕事をしないでいる」

「ギャヴィンがそのように手配したのか？」

「彼が二人に、良すぎて到底拒否できないような条件を出したのだろう」

「二人を街から出すために」

「そうだろう。彼のためにスパイするよう彼が雇ったことを、おれたちに知られないために」

「それで、彼はなぜそんなことをしたんだ？」

「おれの想像では、オゥマーラ相手に行なわれている女房交換セックス行為のことを、どこかから聞いて、クーパーを守るために、なにが行なわれているか探り出そうとしたのだろう」

「ことによると、ギャヴィンはそんなに悪い男ではなかったかもしれないな」ホークが言った。

「かもしれない」

私たちはコーヒーを飲んでいた。昨日の淹れたてのコーヒーは今日の淹れたてほど美味しくないが、ないよりははるかにましだ。

「おれは単純なごろつきで」ホークが言った、「お前は探偵だ。しかし、なにか手掛かりをたどって行くたびに、オゥマーラと繋がりができるのに気が付くな」

「そのように考え続ければ、ことによると探偵になれるかもしれない」

電話が鳴り、今度はリタだった。

「ウエスト・ニュートン通りの二戸のタウン・ハウスの所有者は」リタが言った、「どちらもダリン・オゥマーラ」

「ランス・デヴァニイという名前の誰かは、出てこないか？」

「ランス・デヴァニイ？」

「そう」

「もちろん、出てこないわ」

「オーケイ。〈キス、キス！〉とホークが言っている」

「私に嘘をついてるのね」リタが言った。

「そう、嘘だ。しかし、最善の意図を込めて」

彼女が電話を切った。

「二戸ともオゥマーラが所有者だ」私がホークに言った。

ホークがイギリスのパブリック・スクールの訛りになった。

「驚いたな、ホームズ」彼が言った。「これは調べてみる価値があるな」

「たしかに。お前はもう少しの間、ランス・デヴァニイに付いているようだな」

ホークがホームズ的訛りを続けた。

「彼らの関係の正確な性質を立証するのは興味深いな」

「彼らは友人以上かもしれない、と考えているのか？」

「時には起こりうることだ」

「しばしば起こるな、サウス・エンドでは」

「ちょっと面白いな、騎士道的愛の主導者はオスカー・ワイルドだった」

「あらゆる種類の愛がある」私が言った。

「たしかに。それで、オゥマーラが同性愛者だと判った場合、〈心の問題〉はどうなると思う？」

「彼の視聴者の基盤が広がるかもしれない」

「かもしれん」

「あるいは、すべてを放棄することになるかもしれない」私が言った。

「かもしれん」

「それを調べてみたらどうだ」

「調べてみることになるようだな」ホークが言った。

54

今では私はキナージイ一家の一部になっていた。受付のデスクの女性に微笑してエレベーターに向かっても、〈どんなご用でしょう〉と言う者はいない。すべてが順調に進んでいるかのように、キナージイは元気に業務を続けている。かつてのギャヴィンのオフィスでは、マーティ・シーゲルと二人の助手がそれぞれのコンピュータに取り付いている。アデルがマーティのそばに坐って彼の肩越しに見ているのに、私は気が付いた。ヴィニイは、窓のそばで、背当ての高い革張りの回転椅子を後ろに傾けて坐っている。私がドアから顔を出すと、彼が人差し指で私を撃った。

「進行している？」

マーティはコンピュータから顔を上げることすらしなかった。

「真っ先に知らせるよ」

「その態度」私が言った。「これだけ金になる仕事を見つけてやったのに？」

「行って、悪人を追え」マーティが言った。

「オーケイ」

アデルが私に微笑したが、どうやら彼女の愛情の中で、マーティが私、あるいはヴィニイ、あるいは双方に取って代わったようだ。移り気よ、汝の名前はアデルだ。

私は、廊下を歩いてボブ・クーパーの角部屋の広いオフィスに行き、外のオフィスの一個小隊の秘書たちの中を通り過ぎ、中のオフィスの主任秘書のデスクへ行った。彼女が私をCEOの広大なオフィスに案内した。入って行くと、クーパーが立って満面に笑みを浮かべた。私はどこへ行っても歓迎される。

「スペンサー」クーパーが言い、机を回ってきたが、その机はヴァーモント州ほどの大きさなので時間がかかった。「よく来たな。最近、悪党を捕まえているかね？」

「あんたは判っているはずだ」私が言った。

「参った。今のは私が自ら招いた言葉だ」

私は、オフィスのあちこちに八つか十ほどある赤い革張りの肘掛け椅子の一つに坐った。

「ギャヴィンについて話してもらいたい」私が言った。

「ああ。ギャヴ」彼が言った。「なんとも残念なことだ。あれは自殺と確定したのかね？」

「かりにそうでなかったら、なぜ誰かが彼を殺すのだ？」

「なんということだ、きみは誰かが彼を殺したと思っているのか？」

「とにかく、自殺でなかったら、ほかにどういう選択肢がある？」

「当然、そういうことだ！　なんと、私は一分毎に間抜けになってる。きみは殺人だと思うのか？」

「あんたは、彼が自殺すると思うのか？」私が言った。「いや。ギャヴは真っ正面から立ち向かう男だ。彼は軍隊にいた。その後、ＣＩＡに入った。彼が自殺するとは想像し難い」

「すると、誰が彼を殺したのだろう？」

「警察は殺人と考えているのか？」

「警察はおれになんとも言っていない」

その点について嘘を言う特別な理由があるわけではないが、その反面、言ってならない特別な理由はない。

「ギャヴは簡単に殺せる男ではなかったはずだ」

「誰が銃を持っているかによる」

「もちろん、そうだな、銃を使えば……」

「だから、誰かが彼を撃つ理由は？」

「そう、彼は例のスパイ仕事をやっていた、敵を作ったのかもしれない」

「彼が一カ月以内に銃撃で死んだキナージイの二人目の人間でなかったら、おれはその説明にもっと納得がいくはずだ」

クーパーが首肯いた。彼の机の後ろのオーク張りの壁に、ビッグ・ウイルマによく似た彼女の巨大な肖像画が掛かっている。

「そうだな」彼が言った。

「ほかになにか考えは？」

「判らない……思い浮かばない……みんな、ギャヴが好きだった」

「彼はあんたに非常に忠実だった」

「ほんとにそうだった。私とギャヴの付き合いは長い。エール大以来だ」

「彼は結婚していなかった」

クーパーが微笑した。「ギャヴは女性と相性が悪かった」

「と言うと？」

「三回離婚している」

「現在、相手は？」

クーパーが、男同士、という感じで私ににやっと笑った。

「ギャヴにはつねに現在の相手がいた」

「現在のお気に入りは？」

「困ったな。私は人の秘密を語るようなことはしたくない」

「おれだってそうだ」

彼はその威嚇に気付いた。その威嚇が一瞬、陽気なCEOの盾を貫きそうになったが、彼は立ち直った。

「しかし、きみから聞くより、自分でそのことを話すほうがいい。ギャヴはトレント・ロウリイの奥さんとずいぶん時間を過ごしていた」

雑然とした大量の情報の中で、私は忘れていた。ロウリイ夫妻の家の外で、初めてジェリイ・フランシスに会った時。

〈これまでのところ、彼女が一緒にいるのを捕まえた唯一の人物は彼だった〉

〈彼女の夫？〉

〈そうだ。おれを雇った男だ〉

ギャヴィンが彼を雇ったのだ。

「ギャヴィンはマーリーン・ロウリイと会っていた？」私が言った。

「そうだ」クーパーが笑みを深めた。「人の好みの理由を説明することはできない、と言うことだな」

「そうだな」私が言った。

55

「私、ちょうどウオーキングに出かけるところなの」マーリーンが言った。「私と一緒に歩ける？」

私は、歩ける、と言い、二人で出かけた。マーリーンはウオーキング用の正装をしていて、私たちは彼女の隣人の人のいない広い芝生を通り過ぎた。すべてスパンデックスの組み合わせだ。彼女の通りの端で向きを変え、防潮堤に沿って歩いた。下方で大洋が海岸に打ち寄せている。下のほうに水着姿の人たちがいて、たまに注目に値する姿がある。マーリーンは、私が最後に会った時、酔っ払って意識を失ったことにはまったく触れなかった。事実、それについて言うべきことはあまりない、ということだろう。

「スティーヴ・ギャヴィンは気の毒だった」私が言った。

「そうね」

「あんたは彼を知っていたのか？」

「もちろん、知ってたわ。夫と出席したキナージイの数多くの催しで彼と会ったわ」

「彼が自殺を望む理由について、あんたはなにか心当たりはあるか？」

彼女はこの劇的な機会の誘惑に勝てなかった。なにかを考えているような素人臭い真似をした。眉をひそめ、唇をかすかに引き締め、目を細めた。

「彼は愛に不運だったのかもしれない」彼女が言った。

「彼は誰との愛に不運だったのだ？」

「誰？　困ったわ、私は知らない。ただそう言っただけ。私が言いたかったのは、それが、大勢の人が自殺する理由じゃないか、ということ」

「誰かが彼を殺したがる理由は？」

「誰か？　誰？　彼は自殺したもの、と思ってたわ」

「とにかく、たんなる仮説として、自殺でなく殺人であった場合。あんたは誰を疑う？」

「疑う？」

「仮説として」

白と黒の小さなブル・テリアを散歩させている魅力的な女性が、私たちのそばを通り過ぎた。私はその女性の後ろ姿をさっと見回した。すばらしい。マーリーンが咎めるように私を見た。

「可愛い犬だ」私が言った。

「ミスタ・ギャヴィンの死については」マーリーンが言った、「たとえ、仮説的にせよ推測できないわ。私、ほとんど彼を知らなかったの」

私は首肯いた。私たちは水辺を歩いた。前方の歩道で二羽のカモメが、オレンジの皮で争っていた。私たちがそばまで行くと舞い上がり、通り過ぎると、舞い降りて争いを続けていた。

「マーリーン」私が言った、「あんたはギャヴィンと親密だった」

「失礼、今なんと?」

「マーリーン、あんたはギャヴィンと親密な関係にあった」

「ずいぶんひどいことを言うのね」

「マーリーン、あんたはほんとにおれに嘘を言うのを止めるべきだ。ジェリイ・フランシスという私立探偵が、あんたたちが一緒にいるのを何回も見ている。キナージイの高い地位にあって非常に信頼できる情報源が、ギャヴィンはあんたと交際していた、と言っている」

マーリーンは立ち止まって防潮堤の手すりに寄り掛かり、沖合を見つめていた。そのうちに、ゆっくりと私のほうに向き直った。目が多少潤んでいるように見えたが、人々の中には、努めればそのような表情になれる者がいる。

「ひどい人」彼女が言った。「あなたは私になにも残さない。思いやりのかけらもない」

「かけらはあるかもしれない。スティーヴ・ギャヴィンについて知っていることをすべて話してもらいたい」

「彼は非常に立派な男だった」

「それで、あんたは彼の死によって、悲嘆に暮れている」

「どうしてそんなに残酷なの。私は自分の感情を表に出すことができなかった」

「どうして？」

「私は結婚している女性だった」

「あんたの夫の死までは」

「それで、夫の死後は？　翌日、私がギャヴといちゃついていたら、人はなんと思ったかしら？」

「考えるだけでもぞっとする。ギャヴはあんたの夫の死について、なにか考えはあったのか？」

「もちろん、なかったし、あれば彼は直ちに警察に話したはずだわ」

「そうだろうな。彼は、バーニイとエレン相手の、あんたたちの女房交換の段取りについて、なにか知っていたのか？」

彼女が私の顔を平手で打った。派手な殴り方だったが、さして強くはなかった。私は倒れなかった。

「今のはノーと受け取ろう」私が言った。「彼はダリン・オゥマーラと彼のセミナーのことは知っていたのか？」

「ひどい男ね。どんなことにも心を動かされないの？」

「ギャヴィンが、オゥマーラと彼のセミナーについて知っていたかどうか、あんたが話してくれれば、大いに心を動かされる」

「あれについて、私はなにか言ったかもしれない」

「あんたも関わり合っていることを、彼に話したのか？」

「もちろん、話してないわ。ただ、キナージィでは人気があると聞いた、と言っただけだわ」

「彼はあれに関心を抱いたのか？」

マーリーンは今度はふてぶてしい態度を取った。目下の者に話している時に人がやるように、顔を上げ、首を心持ち後ろに倒していた。

「そう。彼は非常に関心があるようだった。なんと言っても、たいへん興味深い考え方なのだから」

「もちろん、そうだ。それ以外に彼が関心を抱いていたことがあるのか？」

彼女が赤面しそうになった。

「おれが言っているのはそのことではない。それ以外に、あんたの夫や会社のことで、彼が関心を抱いていることはあったのか？」

「金に関してなにか問題があった、と思う。彼はそのことに関して、トレントが死ぬ前に、トレントとその話をしたのだと思うわ」

「金に関するどのような問題か、彼は言ったのか？」

「私が注意を払うようなことはなにも言わなかった。私は、その話すべてがたいへん退屈だった」

「彼は誰かほかの者とそのことについて話したのか？」

「クープのことを心配していたようだったわ。トレントの悲劇的な死の後、バーニイと話をするのがいいかもしれない、とギャヴは言ってたわ」

「バーニイ・アイゼン」

「そう」

私は顔を守るために両手を上げた。

「彼は、あんたとバーニイのことは知らなかった」

彼女は傲慢から冷淡へと移った。

「知らなかった、と言ったでしょ」

「それで、あんたとギャヴィンがセックス相手になってから、どれくらいたつのだ？」

「初めて一緒になった時から、うむ、そうね……たしか、トレントが死ぬちょっと前だったわ」

ブル・テリアを連れた女性が防潮堤沿いに私たちのほうへ戻ってきた。私はマーリーンの肩越しに彼女を見ていた。前は後ろ姿に劣らずいい。

「すると、しばらくの間」私が言った、「あんたは、トレント、バーニイ、とギャヴィンを手玉に取っていたわけだ。なかなか立派だ」

「私はなにも手玉に取るようなことはしていない。自身を見出そうとしてたのよ」

「その結果はどうなったのだ？」

「お陰で、非常によかった。今では自分が誰だか判ってるの」

私は彼女が仕掛けた罠を避けた。彼女が誰か、訊かなかった。彼女が誰であるにせよ、私はほとほと彼女に嫌気が差していた。会って以来、唯一彼女がしたまっとうなことは、昼食で泥酔したことだけだ。

「そろそろ引き返そうか？」私が言った。

「もう疲れたの？　私はいつも五マイル歩くの。体調はとてもいいわ」

「片腕で腕立て伏せができるか？」

「なにが？」

「いや、いい」

「五マイルは多すぎる？」

「そうだ。おれはここでさよならを言う」

「お役に立ったことを願ってるわ」

「大いに役に立った」

「よかった。私たち、つねに一緒にいる時間を楽しむわ、そうでしょう」

「つねに」私が言った。

56

オフィスに帰ると、クープが愛の巣を営んでいるパーク・ドライヴのアパートメント群の管理会社に電話をかけて、警察官を装った。その建物にはクーパーという名前の者、あるいはグリフィンという名前の者は一人もいない。アパートメント2‐Bはスティーヴン・ギャヴィンに貸し出している。小切手は彼の口座から振り出されている。

私は、ファイリング・キャビネットの上のスーザンの大きな写真を見た。

「だから」私が彼女に言った、「ギャヴィンはあの愛の巣について知っていたし、それ以外のなにか、なにか金に関することを知っていて、そのことについてトレント・ロウリイと、場合によってはバーニイ・アイゼンと話をしている」

そして、トレント・ロウリイは死に、ギャヴィンも死んだ。彼はその金のことをクーパーに話したのだろうか？　そのようには聞こえなかった。なぜだ？　クーパーは日々の業務に関与していないからだ。彼は大統領になりたがっていて、金に関するなにか醜聞が浮上した場合、否認権を維持したいからだ。

「だから、なぜ、ギャヴィンはマーリーンとエレンを尾行させていたのだ？」スーザンの写真に言った。

スーザンの写真も知らないようだった。しかも、それに加えて、なぜ彼は、マーリーンとの情事を続けていたのだろう？　もちろん、愛は一つの可能性だ。しかし、愛は必然的な要素ではない。彼女と寝たいのであれば、彼が彼女を尾行させているという事実は問題ではない。ジェリイ・フランシスと彼の相棒は、彼にだけ結果報告していたし、いずれにしても、二人は彼をマーリーンの夫だと思っていた。それに、後でいろいろと話をする必要がなければ、彼女は寝る相手として充分魅力的だ。ことによると、彼は、容易に利用できるから彼女と寝ていたのかもしれない。しかし、彼女の話を信じることができるなら、彼は一度にとどめなかった。なぜだ？　研究していたのか？

かりに、アデルが言うように、彼はクーパーに忠実だったとしよう。クーパーはそう思っているらしいが、だからといって、彼から真の損失感を感じ取ることはできなかった。クーパーは、クーパー以外の人間についてはさしてなにも感じないのだろう。それに、愛の巣を身代わりで借りていたので、ギャヴィンは、クーパーがある種の怪しげな性的遊びに関わっているのは知っていた。しかし、それがなんだか知らず、心配していたのかもしれない。彼も、クーパーに上院議員に、場合によっては大統領になってもらいたかった。

しかしながら、怪しげなセックス遊びでは彼を殺す理由にならない。秘密に関して、彼の口が堅いのはクーパーも知っていた。だいたい、クーパーはパーク・ドライヴのアパートメントを彼に借りさせているのだ。だから、なにかほかのことだ。そして、ほかのなにかで自分が知っているのは金のことだけだ。そのことについてはマーティが調べている。だから、なぜギャヴィンは、金の件で二人の人妻を尾行させていたのだろう？

またスーザンの写真を見た。田舎で撮った写真で、彼女は麦わら帽をかぶり、ワインのグラスを手にして、カメラから外れた誰かと話をしながら微笑している、いつもの首を回してちょっと傾けたあの微笑だ。写真の中で、彼女はいかにもスーザンらしい。気に入っている写真だ。

「おれはなにを見逃しているのだ？」私が言った。

スーザンの写真もそれについて考えていた。私も考えた。二人ともしばらくなにも言わないでいた。湿気の強い八月だ。窓の外は、午後の半ばにしては暗すぎるくらい暗くなっている。それに、雷鳴が聞こえる。雷は近くはない。稲妻が見えるには遠すぎる。まだ雨は降っていない。しかし、大気は不安定な状態で、雨はもうすぐやって来る。

そのうちに、私が言った、「すべては交差する」

スーザンの写真も、「もちろん、交差するわ」と言っているにちがいない。

怪しげなセックス遊びと金の問題の間に、なにか共通点がある。さもなければ、どう考えても筋が通らない。ということは、またしてもダリン・オゥマーラの登場だ。それに、彼の相棒のランス。

57

私は警察本署へ行って、ベルソンと坐っていた。デヴァニイもオゥマーラも前科はない。そこで、私たちは写真を見た。長髪に大きな眼鏡の人々の写真を見た。ランスは見つからなかった。イニシャルがL・DとD・Oの人々の写真を見たが、ランスもオゥマーラも見つからなかった。私たちは洗礼名で調べた。姓で調べた。セックス詐欺で試みた。ゆすり。発砲事故。思い付く限り、可能性のある相互参照をすべて調べた。二人のどちらも出てこなかった。

「かりにおれが殺人課の部長刑事ほどの影響力を持っていたら、オゥマーラの経歴についてラジオ局の協力が得られるかもしれない」

「それで、局が真っ先に言うことはなんだと思う？」ベルソンが言った。

「報道の自由。言論の自由。強制的捜索、押収からの解放。気象その他ほとんどすべてのことについて、市民に誤情報を与える自由」

「それで、かりにおれがそれらすべてを切り抜けて、なにか手に入れた場合、法廷でどんな争点が浮かんでくる？」

「言論の自由」私が言った。「報道の自由。強制的捜索、押収からの解放。市民に誤情報を与える自由。広告販売の自由……」

「だから、局は忘れろ。おれたちが知りたいことはすべて、訊くのに説得力のある理由がなければならない」

「たとえ法廷で支持されるような証拠でなくても、おれが彼についてなにか知っていたら、おれは彼を捕まえる方法を見出すことができる」

「お前がおれに話したことから、ことによると、売春の仲立ちで彼を捕まえることができるかもしれない」

「それでまずい点が二つほどある」私が言った。「彼はセミナーに対する支払いを受けていて、そのセミナーは合法的なのだ。それ以上のことを立証するのは困難だ」

「彼が依頼人に送り出している女たちはどうなんだ。彼は、ロマンスを信じる愚か者だからそうしているのか？」

「そうでないことはまずたしかだ。しかし、彼が、デイト仲介サーヴィスをやりながら、それをべつの名前で呼ぶことより、もっと悪質なことをなにかやっているのを立証するためには、証言したくない大勢の人々に証言を強制しなければならない」

「そして、女と寝る程度のことしかしていない人々の信望を台無しにしてしまう」

ベルソンがにやっと笑った。

「おれたち大勢の人間がやっていることだ」

「ありがたいことに」彼が言った。

「だから、おれたちは、それはやりたくない」

「たぶん、そうなるだろう」

「もちろん、おれたちがそれをやりたくないことを、オゥマーラに知らせる必要はない」

「その通りだ。その必要はない」

「おれはそのことを頭に留めておくよ」

「もう一つ、頭に留めておくべきことがある」ベルソンが言った。「これまでのところ、お前は、この男が重大な罪を犯していることについては、おれになにも話していない。彼が誰かを殺した、と考える理由がなにかあるのか？」

「おれは知っている」

「言わないつもりか？」

「もちろん、言わない」私が言った。「しかし、あんたが知っていることを変えるようなものはなにもない」

「だから、なぜ彼を容疑者と考えているのだ？」

「なぜなら、おれが彼を疑っているからだ」

ベルソンが首肯いた。

「その点を明確にしてくれてありがとう」

私が警察本署を出る頃には雷がやって来ていて、稲妻と雨が一緒だった。雨がワイパー

ほとんど同時に車がのろのろと動いている。雷は近く、強圧的で、ほとんど同時に続く稲妻が、濡れた車やつるつるの道路の上で水銀のように光っている。オフィスに帰り着いた時は七時近くになっていた。ちょうどレインコートを掛け、帽子の水を振り落としている時、黒いシルクのレインコートを着て無帽のホークが入ってきた。なにか入ったビニールの買い物袋を持っていた。

「すばらしい気分だ」ホークが言った。

彼がレインコートを脱いだ。

「雲を笑っている」彼が言った。

私のクローゼットへ行ってドアを開け、タオルを出して光っている頭を拭いていた。

「あんなに上空高くいるのに」

「止めろ」私が言った。

ホークが肩をすぼめた。

「陽気になっているだけだ」彼が言った。「なにか食べ物あるか？」

「出前のピッツァを一つ注文するよ」

「二つ」

オフィスの冷蔵庫へ行ってステラ・アルトワを二本取り出し、私に一本よこした。

「なにかおれに話すことあるのか？」私が言った。

「ダリンとランス。その名を口にできない愛、というのかな？」

私はビールを飲んだ。

「これによって、おれたちの側の憶測がかなり刺激されることになるな」

「そうかもしれないと思ったのだ。だから、ピッツァを二つ要求したんだ」

「すぐさま手配する」私は受話器に手を伸ばした。

58

私はピーマンとマッシュルームのピッツァを一切れ取って、三角形の尖ったところを食べた。

「それで、なにが判ったのだ？」私が言った。

「お前が法廷で使えるようなものはなにもない」

「法廷で立証するようなことではない。おれはたんに知りたいだけだ」

「あの二人はカップルだ」ホークが言った、「夕食を共にする。映画へ一緒に行く。夕方の散歩は一緒に行く。食料品の買い出しに一緒に行く」

「彼らが性的関係にあることにはならない」

「人々がお前とスーザンが一緒にいるのを見る、彼らはお前たちが性的関係にあるのが判る。おれとお前が一緒にいるのを見て、おれたちはそうでないと判る」

「その点は神に感謝すべきだ。しかし、お前の言う意味は判るよ」

「カップルは一緒にいると、友人とはちがう」ホークが言った。

「彼らは人前で愛情のこもったことをするのか？」

「いいや」

「しかし、お前は確信がある？」

「そうだ」

ホークが立って冷蔵庫に行き、また二人のビールを持ってきた。ビニールの買い物袋は相変わらず彼の椅子の横の床に置いてある。

「その袋になにが入っているのだ」私が言った。

ホークが大きく笑みを浮かべた。

「お前が訊くのを期待していたんだ」

「おれはできる限り我慢したのだ」

「そこで今日」ホークが言った、「おれが通りの向かいの戸口で雨を避けていると、二人の愛人が一本の傘を差して出てきて、二人はゲイではないかというおれの疑念を裏付けてくれた」

「真の男は傘は使わない」

「その通り。それに、二人が一ブロック先のきれいなレストランへ行くのが判った。そこで、ぶらぶらとそこへ行き、窓を通して見ると、ちょうど二人が席に着くところだった。一分ほど見ていると、ウエイターがそれぞれに大きなディナー・メニュを渡していた。彼が飲み物の注文を取ってテイブルを離れると、二人はメニュを見始めた。そこで、おれは考えた、二人は一時間、いや二時間そこにいるから、おれが見回す時間がある」

「そこで、お前は、大急ぎで二人の家へ戻った」

「おらあ、大急ぎで歩かねえだ」ホークが言った。「おらあ、素早いが優雅に彼らの家に行って、入った」

「入るのに苦労したか？」

「ばかな！」

「それで、なにか見つけたのだ」

「見つけた」

「それがビニールの買い物袋だった」私が言った。

「あれは、それを入れるのに見つけたものだ」

「臨機応変だな」

ホークが、片手に持っていたピッツァのスライスと、もう一方の手に持っていたビール瓶を置いた。ビニールの買い物袋を取り上げて、革張りのスクラップブックを取り出した。そーっと私の机に置くと、体を起こしてピッツァとビールを取り上げた。「ランスの寝室のタンスの一番下の引き出しで見つけた。シャツの下で。いいシャツだ。しかし、小さすぎる」

「彼のシャツを盗むことを考えていたのか？」

「そうだ。しかし、おれたちのどっちにも小さすぎる」

「おれのことを考えてくれてありがとう」

私はスクラップブックを開いた。最初のページは、一九九一年三月十日付けの新聞《キャンザス・シティ・スター》の切り抜きだった。キャンザス・シティの夫婦の殺人を報じている。次のページは、一九九二年一月の《セント・ルイス・ポスト・ディスパッチ》で、イリノイ州ベレヴィルの駐車場の自分の車の中で著名な医師が殺されているのが見つかった。そのように続いている。全部で九件の殺人事件、詳細な報道記事が、きれいに切り取ってスクラップブックに糊で貼り付けてある。殺人第八番はトレント・ロウリイ。九番はギャヴィンだった。

「ランスは薄気味の悪い男だ」私が言った。

「しかし、非常に趣味のいい身なりをする」

「これがなくなったのを知ったら、彼はすぐ逃げ出す」

「たぶん、家に帰って真っ先に彼が確認する物じゃない」

「調べたら、とたんにいなくなる」

「クワークに渡すか？」ホークが言った。

「彼がそれらの殺人を犯した証拠にはならない、彼が関心を抱いた、というにすぎない」

「それでも、警察が彼を連行するのに充分だ、そうじゃないか？　彼の指紋を採る。場合によっては、彼が誰なのか判る？」

「あるいは、警察は彼を連行せず、彼らが手に入れたのはスクラップブックだけだし、悪名高い悪党の不法捜索の結果だから、証拠として認める判事はいない。警察は彼を釈放せざるをえない」

「悪名高い悪党？」

「よく知られた」

「それに、誇り高き」

「拳銃を見つけたのか？」

「いや」

「オゥマーラの家を調べたのか？」

「調べた」

「なにもかもばらばらにする時間がなかった？」

「なかった」

「だから、おれたちは彼についてこのことを知っている」私が言った。「それでいて、彼が誰か、知らない」

「彼が、切り抜きを取ったそれぞれの市でそれらの殺人を犯した、と思うか？」ホークが言った。

「思う。クワークに殺人のリストを渡して、なにが判るか、彼に調べてもらうことはできる。しかし、時間がかかる」

「それに、表紙から指紋が採れるかもしれない」

「かもしれん。しかし、おれはまだ彼らに渡したくない」

「彼にこれを突き付けたいからだ」

「そのうちに」私が言った。「必要が生じたら」

「おれたちは、彼らが同居している家に今すぐ行って、スクラップブックを返し、それについて彼らに訊き、なにが起きるか、見ることはできる」

「運が良ければ、ランスが腹を立てるかもしれない」

「そして、彼が拳銃を使おうとする」ホークが言った。「そうすれば、おれたちは銃を探す必要はなくなる」

「気を引かれる。しかし、まだだめだ。もうしばらくランスに付いていてくれ。おれはマーティ・シーゲルがなにを掘り出したか、見たい。これのどこかで繫がりがあるし、それがなにか知りたい」

「しばらくたつと」ホークが言った、「自分がなぜ雇われたか、忘れがちにならないか？」

「おれは、誰がトレント・ロウリイを殺したか、まだ調べ出していない」

「それで、見つけたとして、それがどこかの見知らぬ人間で、これらすべてとまったく無関係だとしたら、お前は手を引くか？」

　私は微笑した。

「おれは好奇心の強い男だ」

「たしかにそうだ」

「ランスを逃がすな。たとえ、お前が監視していることを彼に知らせる必要が生じても、彼を見失うな」

「誰と話をしているのか、忘れないでくれ」ホークが言った。

「それに、ランスはたぶん九人の人を殺していることを忘れないでくれ」

ホークがにやっと笑った。「その点で、おれは彼の弱みをつかんでいる」

「もちろん、そうだが」

59

「非常に入り組んでいる」マーティが言った。

「きみがそう思うのか？」

「世界でもっとも偉大な公認会計士であるぼくだ。ぼくは畏敬の念を抱いている」

「合法的なのか？」

「とんでもない」

「おれに説明してくれないか？」

「徹底的に単純化することはできる」

「それはよかった」


続いていたうっとうしい雨があがって、乾燥した気持ちのいい日だった。マーティはスタニフォード通りにオフィスを持っていて、私たちは双方の中途で会うことに同意した。というわけで、彼と私は、パーク通り駅からさして遠くないザ・コモンのベンチに坐って、私たちの前のトレモント通りを街の人々が通り過ぎるのを眺めていた。私たちが餌をやることに関心がある場合に備えて、ハトとリスが回りを回っていたが、私たちにはそんな気はなかった。しかし、ハトもリスもなかなか諦めなかった。

「ぼくに判った限りでは、犯人はトレント・ロウリイとバーニイ・アイゼンだ。あんたは特別目的法人《スペシャル・パーパス・エンタティ》がなにか、知っているか？」

「いや」

「特別目的法人は、負債の証券化のためによく使われる仕組みなのだ」

「単純化することをきみに強くすすめる」私が言った。

「ぼくはつねにそのように心がけてきた。かりにあんたが店を持っているとしよう、〈スペンサー・サンドウイッチ・ショップ〉だ。あんたは、付けでサンドウイッチを買う客が大勢いて、その便宜の対価として月一パーセントもらうことにしている。そこで、一日の終わりに、あんたは百ドルプラス月一パーセントを稼いだことになる。しかし、レジにはなにも入っていない。そこであんたは、特別目的法人を作って、それを、例えば、スーザンズ・エクイティ・トラストと呼ぶ。あんたは自分自身の金をこの会社に投資することができるが、その金の少なくとも三パーセントは会社自体の金でなくてはならない。次に、あんたは、受け取り勘定の百ドルと利息をスーザンズ・エクイティ・トラストに売る。かくして、一日の終わりにあんたは百ドルを現金で手にする。今度は、スーザンズ・エクイティ・トラストが自身の株を、サブウエイ・サンドウイッチの売り上げに対する月一パーセントを稼ぐことに熱心な投資家に売る。そこで、スーザンズ・エクイティは利ざやを稼ぐ。投資家は、一パーセントの利息付きの自分たちの金を分割払いで回収することになる。

判った？」

「もちろん、判ったよ、銀行はローンでそれをやっている、そうだろう？　カー・ディーラーもそうじゃないか？」

「大勢の人がやっていて、完全に合法的だ」

「銀行やカー・ディーラーがやる場合でも？」

「驚くべきことだが、事実だ」マーティが言った。

「しかし、キナージイの場合は？」

「ロウリイとアイゼンは、負債を隠すために特別目的法人《SPE》を作っていた。ぼくが言ったことを覚えているだろう。彼らは山ほど収入を得ていたが、現金はあまりない」

「例の、マーク・ツー・マーケット会計のトリックだ」

「よくできました」

「だから、現金がないために負債が生じ始める」

「今度も正解。あるいは、一つか二つの企画がうまくいっていない」

「それに、負債への支払いが現金を使ってしまう」

「その通り」

「だから、それらの事情を帳簿から外す必要があった、さもなければ、人々は彼らの株を買わなくなる」

「品のない言い方だが、たぶん、不正確ではないだろう」

「そこで、SPEが彼らの解決策だった」

「それだけではない」マーティが言った。「彼らは、一つか二つの、多額の負債を抱えている事業をSPEに売って、帳簿でそれを収入として示すことができる」

「で、それは合法的なのか？」

「ぼくが条件について言ったことを覚えているか？」

「本質的に、SPEは、設立した会社から独立していなければならない」

「そうだ。これらの会社はそうでなかった。会社を、ロウリイとアイゼン、あるいはミセズ・ロウリイ、ミセズ・アイゼン、といった人が主として所有している。しかも、SPEを作るのに彼らが集めた金は、キナージイの株が担保になっている」

「例の三パーセントも含めて？」

「そうだ」

「だから、それらの会社はキナージイから独立していない」

「していない、それに、次第に発展するにつれて、それらの会社のいくつかは、キナージイと対立的だが、ロウリイとアイゼンには非常に利益となる事業に関わり始めている。どのようにしたか、聞きたいか？」

「とんでもない」私が言った。「この話し合いは二度としたくない」

「だから、あんたは、世界クラスの公認会計士じゃないんだ」

「ありがたいことだ。このようなことは、誰かが承認することになっているのではないか？」

「取締役会」マーティが言った。

「彼らは承認した？」

「ぼくが見た限りでは、キナージイ取締役会は、トレントとバーニィに強く勧められたら、年少者相手の強制男色でも承認するはずだ」

「外部監査はないのか？」

「ある、ニュー・イングランド諸州で最高の会計事務所のひとつだ。キナージイは彼らに年間三百万ほど払っている」

「彼らについては、ここまでにしよう。それで、そんなことが行なわれている中で、我が味方、クープはどこにいるのだ？」

「遠い彼方のどこかで星を眺めている」

「きみは、彼は知っていた、と思わないのか？」

「彼は知りたがっていたとは思えない。キナージイのような会社は、ぴかぴかの靴に笑顔で存在しているのだ。彼らの事業のやり方は、彼らの株が見栄えし、投資銀行や証券会社がまつわりつくよう、年々利益を増やしていかなければならないのだ」

「だから、彼は見て見ぬふりをしていたのか？」

「彼はそれすらする必要はなかったのだ、とぼくは思う。これらの取引は非常に複雑だ。作業工程経路図はまるでヒエロニムス・ボッシュが描いた物のようだ。ぼくはその一部を理解するのに苦労したのだ」

「これは驚いた」マーティが言った、「クープは理解できるほど頭がよくない」

「その彼が最高経営責任者だ」

「がっかりするだろう、どうだ」

「将来トラブルが生じるのか？」

「キナージイにとって？　もちろん、そうだ」

「彼らは倒産するのか？」

「絶対に。しかも、かなり近いうちに」

「アイゼンがこのことを知っている、あるいはロウリイが知っていた、という徴候は？」

マーティが私を見て微笑した。

「二人とも山ほどキナージイの株を持っていた」彼が言った。

「結構なことだ」

「大騒ぎを起こさないよう、ロウリイはできる限りはやく売っていた。アイゼンはいまだに売っている」

「大金か？」

「そうだ」

「百ドル？」私が言った。

「いや。それはあんたにとっては大金だ。彼らにとって大金というのは何百万だ」

「何百万？」

「株の値段にもよるが、何百万だ」

「だから、彼らが株を売り払うまでキナージイを支え続けるのは、彼らの利益にとってきわめて必要なことだな。その後は倒産するに任せておけばいい」

「従業員の天引き貯蓄その他の年金貯蓄の大部分はキナージイ株に投資されている」

「だから、会社が倒産したら？」

「彼らはパーになる」

「きみたち公認会計士は、独特の言葉を使うな。どこかでダリン・オゥマーラという名前に出会わなかったか？」

「出会ったよ。彼はSPEの一つを所有している」

「ランス・デヴァニイはどうだ？」

「出会った」

「SPE？」

「そうだ」

「どのような方法にせよ、キナージイが金を出している？」

「そうだ」

「くそっ」私が言った。

「くそっ？」

「そうだ。探偵も独特の言葉を使うのだ。それらすべてを法廷で立証できるか？」

「ぼくが帳簿を調べ続けることができれば。裁判に持ち込むのか？」

「どうなるか、見当が付かない」私が言った。

60

マーティはスタニフォード通りに向かって戻って行き、彼が去った後、私はしばらくベンチに坐っていた。自分が坐っているところから、アイゼン夫妻の分譲マンションがあったところまでトレモント通りを見下ろすことができる。私の前を大勢の黒人やヒスパニックの子供たちが、ダウンタウン・クロッシングに向かってウインター通りを下って行く。そこに小さな警察分署がある。スラム街の子供たちがそこに集まるのは、トラブルを起こすためではなく、安全だからだ、といつかお巡りの一人が教えてくれた。

これは新しい経験だ。私は情報過多に悩まされている。通常、私の問題は反対だ。〈それ〉がなんであれ、〈彼ら〉が誰であれ、彼らみんながそれに関わっているのが判っている。多額の金があり、その多くは不倫だが、多くのセックスがある。それが最も大きな二つの動機だ。私はプレイしている者全員の名前を知っている。誰が金を得、誰がセックスを得ているか、判っている。常識の範囲内で、キナージイのなにがまずいのか、それについてロウリイとアイゼンはなにをしているのか、理解している——彼らは金を奪って、係留索沿いに船に向かって大急ぎで走っている。自分がすべきことは、誰がロウリイとギャヴィンを殺したかを決めることで、それが決まればそこに行き着く。〈そこ〉がどこであるにせよ。ランス・デヴァニイの殺人スクラップブックは、気味の悪いファン気質以上のものを示している、と想定すれば、彼は都合のいい選択だ。彼がロウリイとギャヴィンを殺した理由を私が示すことができれば、彼はもっといい選択になる。たぶん、ギャヴィンは、なにかに近付きすぎたから撃たれたのだろう、その〈なにか〉がなんであれ。しかし、ロウリイはなぜ撃たれたのだ？　私は頭が酷使されているような気がした。あまりにも多くのことについて、あまりにも考えすぎていながら、結末はほとんど出ていない。こういうことには慣れていないのだ。もともと、考えることが非常に少なく、なにも情報がないところから結末を引き出すことにはるかに熟練している。しばらく坐って、女性の衣類の締め付けの厳しさに関する現在進行中の調査を更新していた。その間に、戦いに勝ったことを示す傷だらけの尻尾を付けた鼻っ柱の強いリスが前に立ち止まって、ピーナッツをよこせ、と私をにらみつけていた。ボストン・コモンには時折たくましいリスがいる。私はこれらすべてについて、新鮮で知的な観点が必要だった。午後二時十五分前。スーザンは五時に患者がいなくなる。おそい昼食に時間をかけ、のんびりと川を渡って行けば、スーザンはほとんど仕事が終わる。彼女の家の二階に上がって、場合によってはパールとちょっと昼寝をしているうちに、スーザンは、ＳＰＥに関する私の議論を楽しむ準備ができる。立ち上がった。傷だらけの尻尾のリスが後ろ脚で立った。

「あまり強引に催促するな」私がリスに言った。「おれは引き上げるのだ」

61

「アイゼンが容疑者に見えない？」スーザンが言った。「二人の人間が犯罪的な計画を進め、その一人が死んだ場合、彼の共犯者が論理的な可能性になるんじゃない？」

私たちは彼女の家の表の段に坐って、なんであれリニーアン通りを通るものを眺めていた。パールは私たちの間に坐っていた。油断がない。

「ロウリイを殺すことによって、彼がなにか得ていれば、彼は容疑者になる」

「それはなんだろう？」

「それが金である、と決める手だてが見つからないのだ」

「彼らは互いの妻に関わり合っているんじゃなかった？」

「そうだ。しかし、おれに判っている限りでは、〈おれのとやれ、おれはお前のとやる〉だった。嫉妬の必要はない」

「一人がもう一人ほど相互的でなかった場合はべつだわ」

「ロウリイはエレン・アイゼンについて真剣だった、とマーリーンは考えている」

「それで、エレンは？」

「その徴候は見当たらない」

「それでも、嫉妬の可能性はあるわ」

「この腹黒い連中のもつれ合いにしては、いかにも旧式でアメリカ的な動機であるような気がする」

「でも、可能性はあるわ。この計画の中で、アイゼンがロウリイを殺して得るものがほかになにかある？　事件に考えを集中しないで、たんに可能性について考えるのよ。なぜ、一人の陰謀者がべつの陰謀者を殺すの？」

「口封じだ。ロウリイが計画を暴露するつもりでいて、アイゼンがそれを知り、喋らないよう、彼を殺した」

「これで、嫉妬が一つの可能性としてあり、口封じがもうひとつの可能性ということになるわね」

「アイゼンは自分の分け前を得るために彼を殺したかもしれないが、おれは、それがどのようにして達成できるか、判らないのだ。それに、殺人の調査で、アイゼンが持ち株を全部売らないうちに、キナージイの状況が明るみに出るかもしれないのだ」

「だから、たぶん、それは可能性の一つではないわね」

「そう。たぶん、そうではないだろう。おれは口封じ説がなんとなく気に入っているのだ」

「それを共鳴させるものが、なにかあるの？」

「ギャヴィンだ。ギャヴィンが口封じのために殺されたのは、まずまちがいない」

「ははあ」スーザンが言った。

「おれは、きみが精神科医の専門語を使うのが大好きなのだ」

「それに、使わない時も」

「そうだ」

「アイゼンは人を殺すような男と思える？」

「彼はエリート化したくだらない会社員だ。ただ、おれたち二人とも、人を殺す可能性のある人間の範囲の広さを知っている……しかし、ノーだ。彼はそうは見えない」

「あなたにそのように見える誰かいる？」

「ランス」

「あのスクラップブックに、あなたが考えるような意味があるのであれば。でも、呪物的なものを集める人はいるのよ」

「そうだが、彼はたんなる呪物的なものの蒐集家だと考えるのは、今の研究課題にとって有益ではない」

スーザンが私を見て微笑した。

「驚いた、パスカルの賭けの論理の変形ね」

「だから、自分に関する報道を保存しておく連続殺人犯と想定すれば、彼は第一級の候補者になる」

スーザンはしばらく考えていた。パールは奇妙な帽子をかぶって歩いている男女を見ていた。二人に向かって吠えたいという欲求で、彼女の全身がこわばった。私の体も。しかし、私たち二人は、吠えてはならない、と繰り返し教えられているので、二人とも抑制を実行しているのだ。

「あるいは、彼を、あなたのほかの候補者と組み合わせることができるかもしれない」スーザンが言った。

「どのようにして？」

「ある犯罪的計画のメンバーが二人いて、一人は、人を殺す理由はあるかもしれないけど、その意志がない。もう一人は、人を殺す理由はないけど、意志は充分あるかもしれない。ちょうどいい組み合わせになるんじゃない？」

私は首肯いた。パールが私の腿に頭をのせ、私は軽く叩いてやった。

「あと一分もしたら、おれはそれを思い付いたにちがいない」

「もちろん、思い付いたわよ。訓練を積んだ探偵だから」

「それを絶対に忘れないように」

パールが心配そうな顔をしていた。

「私の考えが正しいかもしれないと思う？」

「思う」

「すると、私たちはあなたの事件を解決したの？」

「した、きみの言い分に従って有罪判決を宣する判事を、おれが見つけることができれば」

「なるほど、そういうこと。あなたは、たんに、一つの考えを支持しなければならないのが、いやでならないんじゃないの？」

「仮説支持はおれのミドル・ネイムだよ、レイディ」

「ほんとに？」スーザンが言った。「なんとも不思議ね」

62

翌日の大半を、コーヒーを飲みすぎ、両足を机に上げ、窓から外を眺めながら考えて過ごした。午後おそく、何カ所かに電話をかけ、六時十五分頃には、ホークと、ウエスト・ニュートン通りで、ランスとダリンの住まいの向かい側の戸口で雨宿りしていた。また雨が降っていた。

「彼らはまだ中にいる」

「いる」ホークが言った。「一緒に夕食をしているはずだ」

「どっちの住まい？」

「オゥマーラ」

「よし、おれは七時半にバーニイとエレン・アイゼンと会う約束をした」

「約束に遅れてはならんな」二人で通りを渡りながらホークが言った。

激しい雨は、湿気を多くふくんだ豪雨の一種で、通常はさほど長いあいだ降り続くことはないが、いつも猛烈な湿気に悩まされる。高気圧、低気圧、あるいは閉塞前線、乱雲かなにかと関係があるのだ。私たちは小さな戸口の雨除けに入った。私はベルの名前のリストを探していた。

「失礼して鍵をいくつか作らせたんだ」ホークが言った。「必要経費にのせておくよ」

「お前は経費報告書を持っていないよ」

「とにかく、かりに持っていたら、それにのるよ」ホークが言い、オゥマーラのタウン・ハウスの表のドアを開けて入って行った。質のいいサウンド・システムを使ったクラシック音楽が聞こえた。

「バッハ」ホークが囁いた。「ブランデンブルグ三番だ」

「適当に言ってくれ」私が囁いた。

右手にリヴィング・ルームがあって、その向こうにダイニング・ルームがある。オゥマーラとランスが夕食をしているのが見えた。ろうそくがあり、バケットに白ワインのボトルが入っている。二人とも、ディナー用の身なりをしたかのように上着とタイを着けている。私たちが部屋に入って行くと、二人とも凍り付いて私たちを見つめていた。CDプレイヤーはドアの横の棚にのっていた。私が切った。ランスは両手を膝に置いていた。ホークが一人で穏やかな笑みを浮かべるのが見えた。彼がテイブルを回ってランスのそばに立った。

「どうやってここに入ったのだ?」オゥマーラが言った。「いったいなにをしているつもりだ」

「おれたちはある会合でお前たちが必要なのだ」私が言った。

「会合？　いったい、なんの話をしているんだ？」

「おれたちは、エレンとバーニイ・アイゼンとの会合に、お前たちに来てもらう必要があるのだ」

「ばかなことを言うな」オゥマーラが言った。「私たちはどこへも行くつもりはない」

「しかし、行くのだ」私は両手で彼のジャケットの後ろをつかみ、椅子から抜き上げた。

彼が悲鳴に近い声を発し、「ランス」と言った時には声が割れた。

膝の上の素早い手の動きで、ランスが九ミリ口径の拳銃を出した。彼が撃鉄を起こそうとした時、ホークが右手で銃を取り上げ、左手でランスの長い髪を一握りつかみ、ランスを椅子から横へ引き出して立たせた。

「口径が合うはずだ」彼が私に言い、銃をレインコートの脇のポケットに入れた。

ランスが彼を殴ろうとしたが、ホークが腕をいっぱいに伸ばしてつかんでおり、ランスは手が届かなかった。ホークを蹴ったが、さして成功しなかった。彼がホークの前腕を噛んだ。ホークが右手の短いパンチで殴ると、ランスがぐったりした。ホークが髪を放すと、ランスは床に倒れ込んだ。

「おれは噛まれるのは大嫌いなんだ」ホークが言った。

「おお、神様」ダリンが言った。「おお、神様、おお、神様」

私が手を放すと、彼は床に身を投げ出して、自分の体でランスを覆った。

「おお、神様」彼が言った、「おお、神様」

間もなくランスが動き始め、しばらくたつと、体を起こして坐った。

「彼は大丈夫だ」私が言った。「頭の中でベルが鳴っただけだ」

「彼に銃を返してやれ」オゥマーラがホークに言った、「その上でお前がどれくらいタフか、見てみよう」

「誠実だ」ホークが私に言った。

「いい特質だ」私が言った。

「あまり見かけないな」ホークが言った。

「彼を立たせろ」私がオゥマーラに言った。「もはや出かけなければならない」

「お前たちは勝手にここに入ってきて」オゥマーラが言った、「私たちを誘拐することなどできない」

「もちろん、できる」私が言った。

「今すぐだ」ホークが言った。「さっ、行こう」

オゥマーラがランスを立たせた。彼はホークを見て気味の悪い奇妙な声を発していた。シューと言うよりは強く、唸りほどではないが、口から勝手に漏れて、そんな音を立てているのに彼は気付いてすらいないようだった。

「その音をもう少し出してろ」ホークが言った。「言葉が判るかもしれん」

ランスの目は大きく開いていて丸く見え、呼吸は浅く、速く、例の気味の悪い声が漏れ続けていた。私たちが固まってタウン・ハウスを出て、雨の中を私が駐車している消火栓のほうへ歩いて行く間、オゥマーラが彼に腕を回して囁き続けていた。オゥマーラが相変わらず腕を回したままランスと一緒に後ろの座席に乗った。ホークは助手席に乗って後ろを向き、片腕を座席の背当ての上にのせて、オゥマーラとランスを見ていた。今回は、銀色の四四口径マグナム・リヴォルヴァーを右手に持っていた。誰もなにも言わなかった。私はエンジンをかけ、ワイパーのスイッチを入れ、右折してコロンバス街に入り、濡れた街を横断した。

ザ・コモンを回ってトレモントのアイゼン夫妻の建物に行き着いた時は、ランスは気味の悪い音を発するのを止めていたが、息遣いは相変わらず浅く、速かった。私の見る限りでは、まだホークを見つめていた。私の見る限りでは、ホークはさして気にしていなかった。バーニイとエレンが一緒に玄関で私たちのベルに応えた。オゥマーラとデヴァニイを見ると、二人はなにも反応を示さないよう懸命に努めていて、それ自体が反応だった。

「私は今ここで言っておく」中に入ってリヴィング・ルームで坐っていると、オゥマーラが言った、「ここへ一緒に来るよう、彼らが私たちに強制したのだ」

「強制?」バーニイが言った。

「彼らはランスを殴った。その黒人がランスを殴った」

ホークがエレンに微笑した。

「気持ちよかった」彼が言った。

ランスがまた音を発した。しかし、短かった。

「バーニイ?」エレンが言った。

「一体、全体」バーニイ・アイゼンが言った、「ここでなにが起きているのだ?」

「あんたが訊くとは奇妙だな」私が言った。

63

私たちはリヴィング・ルームでそれぞれいる場所が決まった。ホークは、レインコートを着たままだがボタンを外して、ドアのそばの壁に寄り掛かっていた。私は背当ての直立した椅子を、フィルム・ノワールの警察官のように、背当てに両方の前腕がのせられるよう椅子を回して坐っていた。エレンとバーニイはソファに坐った。ダリンとランスは、窓の両側にやや装飾的な角度で置いてある対の袖付き安楽椅子に坐った。つい先日、特別目的法人についてマーティ・シーゲルが説明してくれたザ・コモンのすばらしい景色が見渡せる。私は今はそれまでよりくつろいでいた。この種の事柄のほうが理解しやすい。

「ここに興味深いことがある」私が言った。「ホークとおれは、今夕早く、オゥマーラの家と、市の上にそびえるあんたたちのこのすばらしいマンションで、共に非常に横暴な、違法である可能性のきわめて強いやり方で、行動した」

誰もなにも言わなかった。ランスは爬虫類のような小さい殺意に満ちた目で相変わらず私を見つめていた。ホークが彼の拳銃を取り上げていなかったら、私がもっと神経質になるような見つめ方だった。

「それなのに、警官を呼ぶことを口にした者は一人もいない」私が言った。「奇妙に思える」

誰もなにも言わなかった。

私はランスのスクラップブックをマニラ封筒に入れてきていた。足下の床から拾い上げ、開いて、スクラップブックを取り出した。ロウリイとギャヴィンの記事でいっぱいのページを開くと、椅子の背当てを避けて身を伸ばし、みんなが見ることのできるコーヒー・テイブルの上に、記事を上にして置いた。みんなが見た。誰も口をきかなかった。ランスが一度、唇をなめた。

「おれたちはそれをランスのシャツの引き出しの中で見つけた。ついでに言っておくと、その引き出しにきれいなシャツが詰まっていた、と、明らかに流行にめざといホークが言った」

「なんなの？」エレンが言った。

「何年も前にさかのぼる殺人事件の新聞切り抜きが詰まっているスクラップブックで、我々の特定の事件はもっとも新しいものにすぎない」

「どんな人間がそんな物を持ってるの？」

「殺人犯人が持っているかもしれない、かなり気味の悪い人間であるなら」

アイゼン夫妻がランスを見た。ランスは黒曜石のような目で相変わらず私を見つめていた。口の左隅に一筋の唾液がのぞいていた。オゥマーラはひどく体をこわばらせて坐っており、なにも見ていない感じだった。ホークはよく見るように、身動き一つしなかった。穏やかな表情だった。関心を抱いているようには見えなかったが、退屈した様子ではなかった。非常にうまくいっている性生活を顧みているような感じだった。

「それに」私が言った、「あえて言うなら、ランスはそれに合うほどに気味の悪い人間であるように、おれには見える」

ランスが初めて口をきいた。

「くそくらえ」彼が言った。

「そう、今のは正当な意見だった。しかし、念のために言っておくが、我々はお前の銃を持っているし、おれは、銃弾が合致するのはまちがいない、と見ている」

「くそくらえ」

「とにかく」私がグループに言った。「ランスは彼の立場を明確にしたが、おれの立場について、少し詳しく説明したい」

バーニイは相変わらず度胸のいい重役で押し通そうとしていた。なんといってもヘルス・クラブの会員だ。トレイナーが付いている。

「ここにいる誰も、お前の立場などに関心はないよ」

「バーニイ、あんたとロウリイがマーク・ツー・マーケットとSPEを犯罪的に操作していたのを、おれは知っている」

そう言った時、私はいくつかのことを成し遂げた。自分が話していることに精通しているような口調で話すこと、それを真面目な顔で話すことだ。自分であることが誇らしく思えた。

「お前は頭がおかしい」バーニイが言った。「それは判っているのか？」

「あんたとエレンがマーリーンとトレント・ロウリイ相手に夫婦交換をやっていたのを、おれは知っている」

「あんたは実に不快な男だわ」エレンが言った。

私はホークを見た。

「お前はおれが好きだろう、どうだ？」

ホークの表情は変わらなかった。

「白ん坊野郎だ」

「判ったかね？」私がグループに言った。

「ちっとも滑稽じゃないよ」オゥマーラが言った。

「ところが、滑稽なのだ。しかし、その話は止そう。おれは、お前とランシイ・パンツがバーニイと故トレントと一緒に、その犯罪的行為に関わっているのを知っている、お前たちがいくつかのSPEの所有者としてリストに載っているからだ。おれは、ダリン・ダーリン、お前がインチキ・セミナーでの立場を通じて、ボブ・クーパーに黒人女性を提供しているのを知っている」

「私のセミナーはインチキじゃない」オゥマーラが言った。

私は無視した。

「それと引き替えに、彼はロウリイとアイゼンがやっていたことを見て見ぬ振りをしていた、とおれは疑っているのだが、まだ立証できない」

「我々は違法なことは一切やっていない」バーニイが言った。

「その一方で、おれの仮説では、クーパーのいわば後見人であるギャヴィンが、噂を聞くのが彼の仕事であるところから、いくつかの問題点について噂を聞いた。会社のキャッシュフローになにかおかしい点があるし、会社のトップ・クラスの重役が風変わりなセックス生活を送っている」

「私たちのセックス生活は、私たちの私的な事柄だわ」エレンが言った。

「違法な点は一つもない」バーニイが言った。

ランスの口の隅に相変わらずわずかな唾液の筋が付いていた。しかし、今のところは私に〈くそくらえ〉と言っておらず、その点は多少の進歩と思えた。オゥマーラも黙っているが、彼の両肩がしだいにこわばっていた。彼は、たぶん、このグループの中ではいちばん利口で、ほかの連中が相変わらず否定している間に、万事休したことを知っていたのかもしれない。

「それに、彼自身の愛するエール大の仲間であるCEOが、彼なりにセックスに関する誤った判断を行なっている。ここで、ギャヴィンがクーパーを大切に思っていなかったら、話は違っていたに相違ない。それに、クーパーが、上院議員に選ばれ、後に大統領に選ばれることを望んでいなかったら、話は違っていたはずだ」

「私はこれ以上この話を聞く気はない」オゥマーラが言い、こわばった動きで立ち上がった。

それは空虚なジェスチュアで、まるで彼はそれを承知しているかのようだった。

「おれたちは話が終わるまで、お前が帰ることを許さない」私が言った。

オゥマーラは一瞬私を見、続いてホークを見た。ホークは彼に微笑し、致し方ないとばかり軽く肩をすぼめた。オゥマーラはいかにも疲れたように首を振り、また腰を下ろした。

「しかし、クーパーは、上院議員になりたいし、大統領になりたい。ギャヴィンは事実クーパーを大事にしていたし、大統領である男の身近な存在になることを大切に思っていたのかもしれない。そこで、彼は、女房交換についてなにか知ることができるかと思って、何人かの女房を尾行するよう、私立探偵を二人ほど雇った。一方、マーリーン・ロウリイは、トレントとエレンは夫婦交換取引の範囲を逸脱している、と信じるようになり、万一トレントとエレンが手を携えて夕日の彼方へ駆け落ちすることにした場合に備え、離婚訴訟になった場合の自分の立場を確保することにし、トレントを尾行するようおれを雇った。ところで、ギャヴィンは頭のいい男で、自分の地位を知られてクープとキナージイの名を汚さないよう、自分が傷付けられた夫だと、それぞれの私立探偵に言っておいたのだ」

彼らはみんな、気取った態度を取るのを止めていた。実際に興味を抱いていないにしても、少なくとも、私の話を聞かなければならない、という事態を受け入れているようだった。

「さて、ここに、おれは知らないが、いい推測であるように思えることがある。いろいろなことがアイゼンとロウリイにとって順調に進んでいる。二人は、間もなくキナージイが内部崩壊するのを知っている。しかし、二人は、株価を釣り上げ、ウオール・ストリートで混乱を起こさないよう、自分たちの株を小分けにして売っていた」

私は間を置いてみんなを見た。続いてホークを見た。

「おれは以前から願っていたのだ」私がホークに言った、「そのうちに〈ウオール・ストリートで混乱を起こす〉という文句を使える事件を扱うことを」

「生きる目的があまり残っていないのだな」ホークが言った。

「だから」私がまたグループに言った、「それは、会社が破産する前に自分たちの金を引き出す、という一種のレースだった。しかも、彼らはそのレースに勝っていたのだが、ロウリイが不運にも良心症に取り付かれた。おれたちは偉大な会社を破滅させている、と彼は言う、従業員が年金を失ってしまう、と言う、こんなことは許されない、と彼は言う」

私は言葉を切ってアイゼンを見た。

「そんなところかな?」私が言った。

アイゼンは黙っていた。当惑し、うんざりした表情を試みながらただ首を振っていた。

私には怯えているように見えた。

「そこで彼は、公にする、証券取引委員会に話す、などと言い、バーニイ、あんたは、そんなことは認められない、と考える。あんたは何百万ドルも失うことになる。オゥマーラやデヴァニイが何百万ドルも失うことになりかねないが、なにか手を打たなければならない。おれの推測では、あんたはオゥマーラに相談し、オゥマーラはお抱えの連続殺人犯に話を持って行き、ランスは、もちろん、道楽に耽ると同時に自分の愛人を喜ばせることに大喜びしてパンツを濡らしそうになる」

私が愛人と言った時、エレン・アイゼンがオゥマーラのほうへぐいと首を回した。私はホークを見た。彼はすっと眉を上げて首肯いた。彼もその動作を見たのだ。

「あんたは、ダリンとランスが恋人同士であるのを知らなかったのか？」私が言った。

エレンがオゥマーラを見た。

「ダリン？」彼女が言った。

「〈心の問題〉には制限はないのだ」オゥマーラが言った。

弱々しい言い訳だが、彼としては精一杯だった。弱々しいのは彼も知っていたのだと思う。みんなが破滅に向かい、自分も連れて行かれるのを知っていたのだ。それに、彼は諦めていて、今やっていることの大半は反射運動にすぎなかったのだと思う。エレンが目を丸くしてランスを見ていた。

「彼と？」彼女が言った。

オゥマーラは答える気がなかった。

「それで、その時が来たら、私たちはどういうことになるはずだったの？」エレンが言った。

　今度はバーニィの首がぐっと回った。

「いつの時が来たら?」彼が言った。

　私はホークを見た。彼がにやっと笑った。いよいよ沸騰し始めている。

「あなたが金を手に入れた時」彼女が言った。

「金?」バーニィが言った。

「エレン」オゥマーラが言った。

「くそくらえ、このゲイ野郎」エレンが言った。

　理想的に進展している。

「我々が金を手に入れた時、どういうことになるはずだったのだ?」バーニィが言った。

「私はあなたと別れる」

「彼と?」

「そう、楽しいじゃない、私は、嫌らしいゲイと夕日の彼方へ去って行くことになっていたのよ」

「エレン、私はきみに実証したと思う」オゥマーラが言った、「どんな男にも劣らずきみを愛することができるのを」

　今度はランスの首がぐっと回った。

「お前は彼女とやってることについてはなにも言わなかったな」ランスが言った。

ますます好調。

「やらざるをえなかったのだ」オゥマーラが言った。

「それはたんに……」手を軽く動かしてぶらぶらと立ち去る身振りをした。

「お前はおれの女房とやっていたのか?」バーニィが言った。「この糞野郎」

「金が入るまで?」ランスが言った。

彼の言葉が、もっと複雑な、怒りよりはるかに恐ろしいものを含んで溢れ出た。

「どの金?」バーニィが言った。

オゥマーラは、椅子の背に頭を押し付け、顎を上げて目を閉じた。エレンはソファでバーニィとならんで坐っていた。顔面蒼白だった。目がくぼみ、暗くなっていた。

「あなたがキナージイの金を盗み終わったら、私たちはその金を持ってよそへ行くことになっていた」彼女が言った。

か細く、抑揚がなく、耳障りな声だった。

「金を持って? いったい、どうやって金を持って行く計画だったのだ?」

エレンがくぼんだ暗い目を向けると、オゥマーラは顔を天井に向けて相変わらず目を閉じていた。

「私がその金を相続できるよう手配する、とダリンが言ったの」

私はランスを見て微笑した。

「そして、私たちは結婚する」

私は人差し指でランスを撃った。

「それがお前の出番か？」

「このインチキ野郎め」ランスがオゥマーラに言った。「彼女と寝て、金を手に入れるために、おれに彼女の夫を殺させるつもりだったのか？」

相変わらず目を閉じたまま、オゥマーラが感情の抜けた口調で言った。

「ごく一時的なことになるはずだった」

バーニイはソファの上で体をこわばらせていた。目を大きく見開いていた。左の頬骨近くがかすかにぴくついていた。こわばった指を広げて、両手を腿にのせていた。

「なんということ」彼女が言った。「お前は彼に私を殺させるつもりだったのね」

彼女の声が甲高くなり、痛みでもするかのように両手を腹に押し付けていた。

「そして、お前は、彼におれを殺させるつもりだった」バーニイが言った。

声がほとんど聞き取れなかった。ほかの者はなにも言わなかった。私はちらっとホークを見た。穏やかな顔をして壁に寄り掛かっており、唇をわずかにすぼめているので、暇つぶしに音もなくなにかを口笛で吹いているのが判った。沈黙が広がった。そろそろ刺激を与えるべき時だ。

「そこで、バーニイ、ギャヴィンがあんたのところへ来て、キナージイの財政的な問題を持ち出した」私が言った。「そして、あんたはオゥマーラに話した」

必要がない限り、アデルの名前を出す理由はなかった。

「おれはエレンに話した」彼が言った。「トレントも話した、あの哀れな間抜け野郎め。自首するつもりだ、と彼女に言ったのだ」

「なるほど」私が言った。「もちろん、どちらの場合も彼女はオゥマーラに話し」また人差し指でランスを撃った、「誰に電話したと思う？」

「彼だ」バーニィが低い声で言った。

「正解」私が言った。「拳銃使いのランスロット《ランスロット・ド・ル・ピストレ》だ」

「おれを妙な名前で呼ぶのは気に入らない」ランスが言った。

「お前がなにが好きかは問題じゃない。お前はオゥマーラに頼まれてトレントを撃ち、同じ理由でギャヴィンを撃ったのだ」

ランスの口の左隅の唾が顎を少しずつ流れ落ち始めた。またしても言葉のないシューという下品な音を立て始めた。私は椅子に軽く寄り掛かって黙り、みんなが自分たちの置かれた立場について考えていた。ランスはオゥマーラを見ていた。オゥマーラは自分のまぶたの裏を見ていた。バーニィはなにも見ておらず、エレンはオゥマーラを見ていた。

「ランスロット・デュ・ピストレであるべきだと思う」ホークが言った。

「ランスロット・デュ・ラックのように」私が言った。

「ウイ」

「このくそったれ野郎め」ランスがオゥマーラに言った。歯擦音を使わずにその言葉を歯の間から吹き出した。「お前は自分のためにおれを使って人を殺すのにおれを使ったんだ」

頭を後ろに倒し、目を閉じたまま、オゥマーラが言った、「ランス、お前は人を殺すのが好きなのだ」

「お前はもともと私が好きじゃなかったんだ」エレンがオゥマーラに言った。

オゥマーラはしばらく黙っていたが、答えた時、声がひどくかすれていた。

「私は誰も好きであったことはない」彼が言った。

それについて、誰もなにも言うことはないようだった。

64

沈黙が長くなった。誰もなにも言わなかった。誰もどこへも行かなかった。ランスは少しよだれを垂らし、オゥマーラはまだ目を休めていた。今や私は、なにがあったのか、重要な部分はすべて、判った。しかし、自分が知っていることのどれくらいが法廷で通用するか、確信がなかった。情報の大部分は、法解釈の厳しい判事が、不法捜索、強奪、それにたぶん誘拐、と裁定する可能性のある行為の結果なのだ。私が知っていることの多くは、ショックに基づく軽率な容認の結果だ。いったん、弁護士が付けば、彼らは何事も認めない。私は静寂の中でそのことについてちょっと考えた。ホークを見た。

「二人は罪にできる、と思う」ホークが言った。

私は首肯いた。

「今ここにいるのは」私が言った、「犯罪の度合いがそれぞれ違う犯罪人の集まりだ」

誰もなにも言わなかった。先程までのやりとりでみんな疲れ切っているようだ。

「バーニイ、あんたがいなくなったら、キナージイを救うことは可能か?」

「ことによると」

「あんたもエレンも実際に誰も殺していない。しかし、陪審が、あんたたちがそうすべく共謀した、という筋の通った判断を下すかもしれない」

「陪審？」エレンが言った。

「その一方で、オゥマーラとデヴァニィは明らかに殺人犯人だ」

「私たちは誰も殺していないわ」エレンが言った。

「おれたちはランスをつかまえている」私がグループ全体に言った。「彼の銃がある。その銃がギャヴィンとロウリィを殺したことを実証することが可能だ」

不適切な方法で入手したことを理由に、証拠品として却下されなければ、の話だ。その反面、私たちは、たぶん、ランスが連続殺人犯人であることを立証できるし、たいがいの判事は、連続殺人犯人を有罪にする方法を見出すものだ。しかし、それらすべては私が知っているべきことで、彼らは知らない。

「それに、ランスはダリンを裏切る」私がエレンとバーニィに言った。「ということで、問題はあんたたちおしどり夫婦に戻る」

二人は、あたかも船が沈没して私が唯一の救命艇を持っているかのように、私を見ていた。

「あんたたちがダリンとランスに対して証言することに同意すれば、おれは、あんたたちが地方検事と取引するのを手助けしてくれるこの市で最高の刑事弁護士を斡旋する」

「どんな取引」

「殺人を含まない取引だ」

「彼は私たちを対立させようとしているのだ、エレン」

「お前なんかくそくらえだ」エレンがオゥマーラに言った、「この哀れなゲイめ」

「私たちはこれに打ち勝つことができる」オゥマーラがランスに言った、「私たちが強く結び付いていれば」

「くそくらえ」ランスが言った。

　大多数の意見だ。

「おれたちの唯一の機会だ」バーニイが言った。

「この意気地なしのばか野郎め」エレンが言った。

「おれたちはこれがすむまで一緒にいるのだ」バーニイが言った。「彼らは、互いに不利な証言をおれたちに強制することはできない」

　エレンが瞬きをしていた。ランスが口から噴き出る音をたてた。オゥマーラは目を閉じていた。

「その弁護士を呼んで」エレンが言った。

　私は立ち上がって、ランスのそばのサイド・テイブルにのっている電話へ歩いて行った。そばを通った時、彼が私に飛び付いて上腕を嚙んだ。私が叫び声を発して彼を振り払い、また跳びかかってきたところを、左のフックで彼の動きを止め、右のフックで横たわらせた。私はホークを見た。

「おれたち二人とも注射を受けるべきかもしれないな」私が言った。
間もなく、家にいるリタに電話をかけた。

65

フランプトン・アンド・キーズの業務執行社員に、最終的な請求書提出と報告を行なうべく、午後遅くベヴァリイへ車を走らせている間、スーザンは助手席に坐り、パールはたいがいは後ろの座席にいた。

「すると、リタは取引を成立させたのね」スーザンが言った。

「かなり骨が折れたのだ」私が言った。「ロウリイの死でミドルセックス、ギャヴィンの死でサフォークと、地方検事が二人いる。しかし、彼女はうまくやった。二人はオゥマーラとデヴァニイに対して証言し、バーニイはキナージイを辞職して、証券取引委員会にすべてを説明する。かくして、サフォークとミドルセックスに関する限り二人は放免される」

「すごい」

「彼らにデヴァニイを引き渡すことになるので、取引が楽になったのだ」

「彼の銃が実際に二人を殺した」スーザンが言った。

「そうだ」

「それで、あなたがその情報の大部分を、多少、えー、非公式的に入手した事実は、事件を困難なものにしなかった」

「アイゼン夫妻の告白はあくまで自発的で、しかも完全なものだった。それに、デヴァニイは連続殺人犯人だ。連中は彼を有罪にし、同時にオゥマーラも有罪になる」

「あなたは推測しているの？」スーザンが言った。「それとも、なにか知ってるの」

「リタが親切にも、サフォークとミドルセックスの双方の話し合いにおれを含めてくれたのだ」

「あなたはかつてミドルセックス地方検事局で働いていたんじゃなかった？」

「べつの地方検事。べつの時代。しかし、そうだ」

「役には立つわ」

「彼らはおれを首にしたのだ」

「もちろん、それはそうだけど」

私はキャボットの近くのラントウル通りに駐車した。

「私はベイビイを散歩させるわ。彼女、運動が必要だし……店があるかもしれない」

「三十分後に車で落ち合おう」

私が入って行くと、受付係が名前を覚えていた。

「ミスタ・スペンサー」彼女が言い、微笑した。「ミスタ・フランプトンに会いに」

先に電話をかけて面会の約束を取っていなかったら、私はもっと感心したかもしれないが、それでもちょっとしたものだ。フランプトンの待合室で、受付係の胸に当然の注意を払っている間もなく、フランプトンが私を迎えに彼のオフィスから出てきた。

「入ってくれ」彼が言った、「入ってくれ。きみはまったくの天才だ」

私は、受付係と彼女の胸に控えめな視線を向けると、彼に付いて入って行った。私たちは握手した。

「とにかく、きみは仕事を成し遂げた」彼が言った。

「そうだ」

「話してくれ」

彼に話した。十分くらいかかった。

話し終えると、彼が言った、「すごい、きみはひどい混乱状態を解きほぐしたのだ、そうだろう」

「そうだ」私が言った、「そして、最終的請求書を持ってきた」

彼は請求書を封筒から出して眺め、すっと眉を上げた。

「それに、安くは解きほぐさなかったな」フランプトンが言った。

私は意見は述べなかった。

フランプトンはしばらく請求書の内容を調べると、下に置いた。

「いや」彼が言った、「きみは一セントにいたるまで、それに値する仕事をした。今この場で小切手を渡そうか？」

「それで結構だ」

「承知した」

彼が大きな小切手帳を出し、卓上計算機を使って控えに記入した。次に小切手を書いて署名し、ちぎり取って私によこした。

「マーリーンと話をしたいかね?」彼が言った。

「いや」

「彼女はこのいきさつを聞いたら喜ぶよ」

「そのためにあんたに話したのだ」

「彼女はがっかりするな」フランプトンが言った。

「彼女は大金を相続する」

フランプトンが微笑した。

「それで多少は気が紛れる」彼が言った。

私は立った。また握手した。私は受付区域に出て受付係にさよならと言い、ドアを閉めた。のんびりと車へ歩いて行った。走らなかった。私には鉄の意志がある。もちろん、スーザンは三十分で車に戻ってこなかったが、それは気にならない。もともと戻るとは思っていなかった。六時頃に彼女とパールがラントウル通りを戻ってきた。スーザンは袋を持っていて、パールと一緒に後ろの座席に入れた。身を乗り出して私の口に接吻した。

「終わった?」彼女が言った。

「終わった」

「かなり不快な事件だったわね」

「ゴミ箱の中のウジ虫どもだ」

「アイゼン夫妻はどうなると思う」

「今のところ、二人は一緒に暮らしている。たぶん、それが充分な罰になるだろう」

「〈ヤンクス〉に行ってすばらしい夕食をする?」

「マーティニ二杯にすばらしい夕食だ」

「そして、ベイビイには持ち帰り箱?」

「もちろん」

「その後、遠いドライヴで私の家に戻り、私があなたに、気恥ずかしいくらい露骨な性的言い寄りをする」

「それが主として、パールの気分を害さないための婉曲な表現なら、家に帰る長い道中、露骨な話をしていいかな?」

スーザンがまた私の口に接吻した。

「もちろん」彼女が言った。

スペンサーと働く女性たち

ミステリ作家
福田和代

いきなりわたくしごとで恐縮だが、つい先日突然思いたち、スペンサー・シリーズの再読を始めた。第一作『ゴッドウルフの行方』から始め、第十二作『キャッツキルの鷲』までたどりついたところで、『背信』の解説を書かないかという依頼をいただいた。虫の知らせというより、ひょっとするとスペンサーに呼ばれていたのだろうか？

依頼人の女性に夫の浮気調査を頼まれ、張りこんでみると夫の浮気相手にも、依頼人自身にも、探偵が張りついている——という、思わずにやりとしてしまう状況で、『背信』は幕を開ける。巨大エネルギー企業キナージイの上層部で起きている「なにか」を追いかけて、スペンサーの調査がどんどん深みにはまっていくのはいつものとおり。真実をとことん掘り出すまで気がすまないスペンサーの探求心は、健在だ。

それにしても、『キャッツキルの鷲』を読んで『背信』にワープすると、スーザンとスペンサーの関係が落ち着いていていてほっとする。

なにしろシリーズ読者には周知のとおり、『キャッツキルの鷲』では、スペンサーのもとをいったん去ったスーザンが、別の恋人との間に問題を抱えているのだ。スーザンには、おなじみスペンサー一家の大姐御として、

「彼が大丈夫だと言えば、大丈夫よ」

などと言い放ち、どっしりかまえていてもらいたいのだ。

『背信』で三十一作目を迎えるシリーズの大きな魅力のひとつは、スペンサー、スーザン、ホークを中心とするスペンサー一家のキャラクターの、三十年にわたる歴史と変遷だろう（もちろん、スペンサーたちの年齢はさておき……）。

本書に登場するヴィニイ・モリスなど、『拡がる環』ではスペンサーの敵側だったわけで、巻を重ねるにつれ彼らの関係に変化が生じるのも大いに惹かれる点だ。ホークですら、『約束の地』で初めて物語世界に顔を見せたときには、スペンサーと今ほど行動をともにする関係ではなかった。ヒーリイやクワーク、ベルソンなどの警官たちも、すっかりおなじみになった。登場時点では、ほんの端役だと考えていたキャラクターが、そのうち一家の構成員としてどっしりと物語に根をおろしていく。まことにこきみがいい。

本書二十七章で、キナージイ社のパーティに招待されたスペンサーとスーザンが、家で留守番をしているホークと愛犬パールが今ごろなにをしていると思うか、という会話を交わす。

「彼とパールはなにをしてると思う？」

「今現在？」

「そう」

「川沿いを走って、人々を怯えさせてる」

「パールは喜んでるわ」


スペンサーとスーザンの目には、ホークたちの姿が浮かんでいる。同じことを私もやっているわけで、なにかの拍子に今ごろスペンサーはダンキンドーナツでシナモンドーナツを買っているところだろうか、スーザンは患者を診ているころだろうかなどと、想像をめぐらせて楽しい気分になるわけだ。こんな想像（妄想？）をさせてくれる小説は、それほど多くは存在しない。

＊

ところで今回、久しぶりにシリーズを再読してみて、「女性や子どもに対して騎士的にふるまう」と言われ続けてきたスペンサーの、これまで私自身あまり意識してこなかった一面に触れたように思う。

スペンサー・シリーズには多様な女性陣が登場する。気性も職業も行動もさまざまだが、なかでもとびきり生き生きと描かれ、スペンサーが好意的に接するのは、スーザンを始めとする「働く女性たち」だ。『背信』にも、おなじみリタ・フィオーレ（初登場の『告別』では地方検事補だったが、現在は弁護士。どうやらサニー・ランドル・シリーズにも特別出演しているらしい。本書の中でも、そのエピソードについて軽く触れる会話がある）や、アデル・マッカリスターなど、堂々たるワーキング・ウーマンが登場する。とかく女性や子どもに対する「騎士」的なふるまいをとりあげられがちなスペンサーだが、精神的に自立して仕事を楽しみながら働く女性に対しては、相手の職業を尊重し、対等意識を持ってつきあっているように見えるのだが、どうだろうか。

もちろん、物理的な暴力から、女性や子どもを守ろうとすることは確かだ。たとえば『レイチェル・ウォレスを捜せ』のレイチェル。企業の警備員につまみ出されようとしているレイチェルを、彼女の意思に反してスペンサーは助ける。しかし、レイチェルの執筆した書籍については、功績を認めている。

あるいは、『残酷な土地』のキャンディ・スロゥンに対して、身体を張って取材しようとするキャンディを、「騎士」的スペンサーは快く思わないが、彼女の仕事に対する情熱を認めているゆえに、結局は彼女の意思を尊重して、とりかえしのつかない結末を迎えてしまう。『残酷な土地』ラストの、ブルースターにテレビカメラの前で読み上げさせる声明文が、スペンサーのキャンディの「仕事」に対する思いいれを表している。「キャンディ・スロゥンの努力がなかったら、わたしの悪事は絶対に露顕しなかったにちがいない」

追悼であり、賞賛。こんなふうに、自分の仕事を認めてもらえると嬉しいと考える女性は、多いのではないか。

女性の職業を尊重するという精神は、『失投』以来、たびたび登場するパトリシア・アトリイのような、コール・ガール組織の主などに対しても発揮される。スペンサーは、ミセズ・アトリイに『失投』以来、世話になり続けていて、『海馬を馴らす』にいたっては、失踪したエイプリル・カイルを捜すための資金が必要だから、依頼人になってほしいとの申し入れまでしている。スペンサーが女性に金の無心！『儀式』でエイプリルを預けたことといい、ミセズ・アトリイはスペンサーにとって、「いざというときには頼れる女性」のひとりらしいのだ。

『拡がる環』では、博士号を取得するためにワシントンに行っているスーザンを、仕事にかこつけてスペンサーが追いかけていく。スーザンの不在を言外に批判するスペンサーに対し、スーザンが問いかける。

「あなたも仕事でどこかへ行くわ。どう違うの？」

女性の立場から見れば、もっともな問いかけだ。

対するスペンサー。スーザンが仕事に熱中して自分をかまってくれないのがそんなに寂しいのなら、仕事をやめて自分といてくれとでも言いそうなものだが、彼の回答がふるっている。

「おれがいないのを、きみがもっと寂しがっているようだと、おれはもっと気分がよくなる」

なんと、かわいらしいセリフだろうか。とても、三五七マグナムを愛用する、タフな私立探偵の吐くセリフとは思えない。スペンサーは、仕事に夢中になっていることも含めて、スーザンという女性を全人格的に認め受け入れているのだな、と思えるシーンだ。

例をあげるときりがないのだが、そんなわけで、私はスペンサー・シリーズを、自立して働く女性たちに対する、男性側からの応援歌だと思って読んでいる。

考えてみれば、スペンサーは家事がうまく、料理の腕前はプロ級だ。身の危険を感じてスペンサーに助けを求めたアデルが、スペンサーの自宅を見て、

「驚いた。ごみ一つないわ」

と言うほど、整頓能力も高いらしい。

あと一つ、証明されていないのは育児に関する能力だが、それも『初秋』のひねくれたポール・ジャコミン少年を、一人前の青年に育てあげたことを思えば、立派なものだと予想される。

スペンサーは、職業を持つ女性にとって、まさに理想的な配偶者になりそうな男性ではないだろうか。……というスペンサー・シリーズの読み方は、あまりにも女性陣にとって都合が良すぎるだろうか？

本書は、二〇〇四年十二月に早川書房より単行本として
刊行された作品を文庫化したものです。

訳者略歴　英米文学翻訳家　訳書『真相』『ダブルプレー』『影に潜む』パーカー，『勝利』フランシス，『深夜プラス１』ライアル（以上早川書房刊）他多数

HM=Hayakawa Mystery
SF=Science Fiction
JA=Japanese Author
NV=Novel
NF=Nonfiction
FT=Fantasy

背《はい》信《しん》

〈HM⑪⓪-47〉

二〇〇八年六月　二十日　印刷
二〇〇八年六月二十五日　発行
（定価はカバーに表示してあります）

著　者　ロバート・B・パーカー
訳　者　菊《きく》池《ち》光《みつ》
発行者　早川浩
発行所　株式会社早川書房

郵便番号　一〇一‐〇〇四六
東京都千代田区神田多町二ノ二
電話　〇三‐三二五二‐三一一一（大代表）
振替　〇〇一六〇‐三‐四七七九九
http://www.hayakawa-online.co.jp

乱丁・落丁本は小社制作部宛お送り下さい。送料小社負担にてお取りかえいたします。

印刷・中央精版印刷株式会社　製本・株式会社川島製本所
Printed and bound in Japan
ISBN978-4-15-075697-0 C0197